KB013297

중국 설화 (III)

이야기에는 국경이 없다! 조선족 구전설화의 참모습

건국대 서사와문학치료연구소
다문화 구비문학대계 9

중국 설화 (III)
이야기에는 국경이 없다! 조선족 구전설화의 참모습

2022년 5월 10일 초판 인쇄
2022년 5월 15일 초판 발행

지은이   신동흔 외
펴낸이   이찬규
펴낸곳   북코리아
등록번호   제03-01240호
전화   02-704-7840
팩스   02-704-7848
이메일   ibookorea@naver.com
홈페이지   www.북코리아.kr
주소   13209 경기도 성남시 중원구 사기막골로 45번길 14
           우림2차 A동 1007호
ISBN   978-89-6324-859-2 (94810)
          978-89-6324-850-9 (세트)

값 15,000원

* 본서의 무단복제를 금하며, 잘못된 책은 구입처에서 바꾸어 드립니다.

건국대 서사와문학치료연구소
다문화 구비문학대계 9

중국 설화 (III)

이야기에는 국경이 없다!
조선족 구전설화의 참모습

신동흔 박현숙 김정은 오정미
조홍윤 김영순 황혜진 강새미
김민수 김자혜 김현희 엄희수
이승민 이원영 한상효 황승업

북코리아

머리말 : 현장에서 만난 1,364편의 생생한 이야기

캄보디아, 베트남, 필리핀, 중국, 일본, 인도, 카자흐스탄, 에스토니아, 브라질….

세계 여러 나라에서 온 이주민 화자들이 한국어로 구술하는 설화들을 들으면서 마치 꿈속의 한 장면에 들어와 있는 듯했다. 그들의 입에서 가지각색 설화들이 술술 흘러나오고 있는 광경이 거짓말 같았다. 책에서나 볼 수 있었던, 아니 책으로도 볼 수 없었던, 깊은 재미와 의미가 차락차락 우러나는 원형적 이야기들! 그 보물 같은 이야기들을 현장에서 만날 수 있다는 것은 최고의 축복이었다.

한국에 이주해서 생활하는 외국 출신 제보자들을 대상으로 한 설화 조사를 계획하면서 기대보다는 걱정이 컸다. 한국과 달리 설화 문화가 유지되고 있어서 구전설화를 기억하고 전해줄 수 있으리라는 기대가 있었지만, 30~50대가 주축을 이루는 제보자들이 설화를 오롯이 구연할 수 있을지 의문이었다. 모국어가 아닌 한국어로 구술해야 하는 상황이라서 더 그랬다. 한국생활이 쉽지 않을 이주민들이 선뜻 마음을 열어줄까 하는 걱정도 없지 않았다.

결과는 기대 이상이었다. 수많은 이주민 제보자들이 기꺼이 자국 설화 구연에 나서 주었다. 모국의 이야기와 문화를 알린다고 하는 책임감과 자부심이 주요 동기였지만, 그들은 곧 설화 구연이 매우 즐겁고 유익한 일이라는 사실을 깨달았다. 그들은 한 명의 문학적 주체가 되어서 자신이 아는 이야기들을 성심성의껏 들려주었다. 고향에 계신 어른들에게 연락해서 묻거나 숨은 자료를 찾아서 구연해 주기도 했다.

　　모든 이야기는 책이나 자료를 읽어주는 형태가 아니라 내용을 기억하고 새겨서 말로 구술하는 형태로 조사를 수행했다. 마음으로 기억해서 재현한 것이라야 화소(話素)와 스토리가 살아있는 진짜 구비문학 자료가 되는 것이기 때문이다. 제보자들이 구술로 전해준 이야기들 속에는 실제로 구비문학적 힘이 생생히 깃들어 있다. 재미있고 의미심장하며, 현장감이 넘친다. 그 언어는, 살아 있다.

　　조사 과정에서 이야기를 들으면서 놀란 적이 한두 번이 아니다. 이주민 제보자들은 평균적인 한국 사람들보다 훨씬 이야기를 잘했다. 한 사람이 수십 편의 설화를 유려하게 구술한 사례가 여럿이며, 한 편의 설화를 30분 이상 완벽하게 구연한 경우도 꽤 많았다. 캄보디아의 킴나이키 제보자 같은 경우는 한 편의 설화를 2시간에 걸쳐 생생하게 구연하기도 했다. 한국의 유력한 이야기꾼들에게서도 좀처럼 보기 어려운 모습이다.

　　10여 명으로 구성된 조사팀이 만 3년에 걸친 현지조사를 통해 만난 화자는 150명 이상이며, 수집한 자료는 약 2,000편에 이른다. 이 중 공개 동의를 얻지 못한 이야기와 완성도가 낮은 이야기들을 제외하고 가치 있는 것들을 선별한 결과 27개국 130여 명 제보자가 구술한 1,364편의 이야기 자료가 추려졌다. 자료마다 기본 구연정보와 줄거리(개요) 등을 갖추어서 정리하니 분량이 단행본 20권을 채우게 되었다. 양적·질적 측면에서 '한국구비문학대계'에 비견될 '다문화 구비문학대계'라고 해도 좋겠다고 생각해서 이를 총서명으로 삼았다. 『한국구비문학대계』(1980~1988; 전 82권)는 한국 구비문학 조사사업의 빛나는 성과이자 인류의 소중한 문화유산으로서, 갈수록 가치가 증대되고 있는 구술자료집이다. 우리의 『다문화 구비문학대계』도 그와 같은 역할을 하게 될 것으로 믿는다. 세계 각국의 설화를 생생한 한국어로 집대성했다는 점에서 전에 없던 새롭고 특별한 언어문화 자료집이다. 이와 같은 현지조사 성과는 세계적으로도 유례없는 일임을 강조하고 싶다.

　　다문화 구비문학대계는 20권의 자료집과 1권의 연구서로 구성되어 있다. 자료집 구성은 다음과 같다.

1~2권 : 캄보디아 설화 (64편)

3권 : 태국·미얀마 설화 (53편)

4~5권 : 베트남 설화 (114편)

6권 : 필리핀·인도네시아·대만·홍콩 설화 (72편)

7~9권 : 중국 설화 (186편)

10권 : 몽골 설화 (92편)

11~12권 : 일본 설화 (149편)

13권 : 인도·네팔 설화 (78편)

14권 : 카자흐스탄 설화 (61편)

15권 : 러시아·중앙아시아 설화 (55편)

16권 : 유럽·중동·중남미 설화 (57편)

17권 : 세계의 문화와 풍속 이야기 (93편)

18권 : 세계의 속신·금기와 속담 (160편)

19권 : 세계의 신과 요괴 전승 (91편)

20권 : 한국 이주 내력 및 생활담 (39편)

    1~16권까지 각국 설화를 나라별로 정리해 실었고, 17~20권에는 세계 여러 나라 문화 이야기와 속담, 생애담 등의 구술담화를 모아서 수록했다. 15권의 '중앙아시아'에는 우즈베키스탄, 키르기스스탄, 타지키스탄이 포함되며, 16권에는 에스토니아, 스웨덴, 터키, 아제르바이잔, 사우디아라비아, 도미니카공화국, 칠레, 브라질, 파라과이 등 9개국 자료가 실려 있다. 다 합치면, 설화가 수록된 나라는 총 27개국에 이른다. 중국편 자료가 가장 많은데, 한족과 조선족 자료를 포괄한 것이다. 7권에 한족 제보자의 구술자료를, 8~9권에 한국계 중국인 제보자 구술자료를 수록했다. 설화는 각 나라마다 앞쪽에 신화와 전설에 해당하는 것들을 싣고 뒤쪽에 민담을 실었다. 같은 유형의 자료를 한데 모으고 서로 내용이 통하는 자료를 이어서 배치함으로써 효과적으로 내용을 견줘볼 수 있게 했다.

    27개국 총 1,364편에 해당하는 설화 자료 가운데는 한국에 처음 소개되는 것들이 매우 많다. 1, 2권에 해당하는 캄보디아 설화는 대부분 길고 흥미로운 것들인데, 모두가 한국어로 처음 출판되는 것들이다. 필리핀과 몽골, 인도, 카자흐스탄 등의 수많은 이야기들도 대부분 새로운 것들로 구성돼 있다. 베트남과 중국, 일본 설화 가운데는 한국에 알려진 유명한 이야기들도 포함돼 있지만, 새롭게 소개되는 것들도 많다. 각국의 대표 설화, 예컨대 베트남 설화 〈의붓자매 떰과 깜〉이나 일본 설화 〈복숭아 동자 모모타로〉 같은 경우는 제보자마다 이야기를 구술해서 최대 7~8편에 이르는 각편을 수록했는데, 세부 내용상 크고 작은 차이가 있다. 각편(各篇)마다 미묘한 차이가 있는 것은 구비설화의 본래적 특징으로, 이는 중요한 연구대상이 된다. 각국 주요 설화의 구술자료 각편들을 생생한 구어로 풍부하게 갖춘 것은 해당 국가에도 없던 일로서, 본 자료집의 가치를 더욱 높여주는 요소가 된다.

　구비문학에 낯선 독자들로서는 구술을 녹취한 본문이 처음에 다소 어색하게 여겨질 수도 있을 것이다. 하지만 찬찬히 읽어나가다 보면 구술 담화의 맛과 가치를 생생히 느끼게 되리라고 믿는다. 구술자의 다양한 목소리가 귀에 쟁쟁 울려오는 듯한 경험을 할 것이다. 이주민 구술자들에 대하여, 이들은 오롯한 문화적·문학적 주체이자 구비문학 아티스트라고 말하고 싶다. 설화를 전공하는 한국인 연구자들에게 한국어 구술로 큰 감동과 깨우침을 안겼으니 특별한 아티스트가 아닐 수 없다. 현지조사 과정에서도 틈나는 대로 부탁했거니와, 이들이 앞으로도 적극적인 설화 구술로 21세기 한국어문화의 한 주역이 되어 주기를 기대한다.

　본 자료집은 구비문학 연구와 언어문화 연구, 다문화 한국사회 연구를 위한 기초 자료로 널리 활용될 수 있다. 학술연구 외에 문화콘텐츠와 교육용으로도 본 자료집은 큰 의의를 지닌다. 작가와 기획자들에게 새롭고 특별한 소재를 제공할 것이며, 각급 학교와 평생교육 기관 등에서 다문화 교육자료 등으로 활용될 것이다. 아울러 본 자료는 일반 독자들에게도 재미있고 소중한 문학적·문화적 경험을 전해줄 것이다. 한국인 독자들은 외국의 문학과 문화에 대한 이해를 넓히는 한편으로 이주민들에 대한 인식을 일신할 것이며, 이주민과 다문화가정 구성원들은 문화적 정체성과 자부심을 내면화할 것이다. 아무쪼록 이 책이 한국사회 구성원들이 열린 마음으로 서로를 이해하는 가운데 상생적 화합과 발전을 이루어나가는 데 기여하기를 바라는 마음이다.

3년간의 현지조사와 정리 작업은 한국학중앙연구원 한국학 토대연구 지원 사업에 힘입어 진행되었다. 꼭 필요한 지원이 이루어져서 좋은 자료들을 널리 수집할 수 있게 된 데 대해 감사의 뜻을 밝힌다. 자료의 출판은 연구지원과 별개로 이루어진 것으로, 출판사의 후의와 결단에 의해 이루어졌다. 자료집의 가치를 이해하고 기꺼이 출판을 맡아준 북코리아 이찬규 사장님과 편집부 김수진 과장님께 깊은 감사 인사를 드린다.

이 자료집이 나올 수 있었던 것은 현지조사와 자료정리의 실무를 맡아 수고한 전임연구원과 연구보조원들이 있었기 때문이다. 팀장을 맡아서 일련의 길고 힘든 작업을 훌륭히 감당해준 박현숙, 김정은, 오정미, 조홍윤 박사와 이원영, 황승업, 김자혜, 김현희, 한상효, 김민수, 이승민, 엄희수, 강새미 등 여러 연구원의 노고에 감사와 사랑의 마음을 전한다. 공동연구원으로서 현지조사와 연구작업을 적극 뒷받침해준 김영순, 황혜진 선생님께도 깊이 감사드린다.

이 책은 기꺼이 이야기를 들려준 여러 제보자들에 의해 이루어진 것이다. 낯선 조사자들을 반갑게 맞이하고 바쁜 시간을 쪼개어 열성껏 이야기를 풀어내 주신 130여 명 제보자들께 머리 숙여 인사드린다. 본 자료집이 특별하고 귀중한 문화유산으로 자리 잡아 오래도록 널리 활용됨으로써 제보자들의 열정과 노고가 빛을 발할 수 있기를 바라 마지않는다. 모두들 행복하게 씩씩하게 잘 지내면서 한국사회의 실질적 주역 구실을 해주시기를 기원하며, 다시 만나 많은 이야기들을 즐겁게 나눌 수 있기를 기대한다.

2022년 5월
저자를 대표하여
신동흔

목차

12

일러두기

1. 본 자료집은 한국에 와 있는 세계 여러 나라 이주민이 한국어로 들려준 설화와 생애담, 문화 이야기 등을 화자가 구술한 대로 녹취하여 정리한 것이다. 현지조사는 구비문학 전공자들이 만 3년에 걸쳐서 진행했으며, 구비문학 조사 및 정리 방법에 따라 자료를 수집 정리했다. 27개국에서 온 130명 이상의 제보자를 직접 만나서 구술 자료를 녹음했다. 제보자의 주축은 결혼이주민이며, 유학생과 이주노동자도 포함돼 있다.

2. 자료집은 총 20권으로 구성되어 있으며, 총 1,364편의 구술 이야기 자료가 수록되어 있다. 1~16권에는 각 나라별로 신화와 전설, 민담 등 설화자료를 실었고, 17~20권에는 여러 나라 문화 이야기와 속신·속담, 신과 요괴 전승, 생애담 등을 종합해서 실었다. 별권으로 연구서 『다문화 이주민 구술설화 연구』를 갖추어 조사사업의 성격과 의의를 밝히고, 자료 총목록을 제시했다.

3. 모든 자료마다 조사일시와 장소, 제보자와 조사자 등 기본 구연정보를 제시하고, 이야기 줄거리(또는 개요)를 제시하여 이해의 편의를 도왔다. 그리고 모든 설화와 생애담 자료에 '구연상황'을 제시하여, 해당 이야기가 어떤 맥락에서 구술되었는지 알 수 있게 했다. 설화집에 해당하는 1~16권 말미에는 나라별 제보자에 대한 정보가 제시되어 있다. 제보자 인적사항과 특성은 조사 당시를 기준으로 삼은 것으로, 추후에 변동되었을 수도 있다.

4. 이야기 본문은 녹음된 내용을 그대로 받아 적었으며, 현장 상황을 생생히 전하기 위해 조사자와 청중의 반응 부분을 함께 담았다. 한국어 어법에 맞지 않는 구술도 그대로 반영하여 전사했으며, 오해의 소지가 큰 경우 괄호 속에 표준어 표기를 제시했다. 내용 이해를 위해 필요한 경우에는 각주를 달아서 보충 설명을 했다.

5. 이야기 본문에서 제보자의 구술 외에 조사자와 청자의 반응은 [　] 속에 넣어서 정리했으며, 기타 보충설명은 (　) 안에 제시했다. 여러 조사자가 발언한 경우 '조사자 1', '조사자 2' 등으로 표시했는데, 번호는 구연정보의 조사자 순서에 준한다. 본문은 이야기 전개 흐름에 따라 문단을 나누었으며, 대화에 해당하는 부분은 행을 바꾸어 표현했다. 대화에 부수되는 언술은 행을 달리하되, '고'나 '구'는 구어체 특성을 살려 대화문 뒤에 붙였다. 2인 이상의 제보자가 공동으로 구술한 자료는 각 제보자와 조사자의 발화를 단위로 삼아 단락을 나누는 방식으로 편집했다.

6. 본 자료집에 자료를 수록한 모든 제보자들에게는 사전에 자료공개 동의를 받았다. 다만, 생애담 등의 구술에서 사적 정보가 노출될 수 있는 부분은 내용을 일부 삭제하거나 **로 표시하기도 했다. 조사장소도 개인정보 보호를 위해 번지수와 같은 세부정보를 삭제했다.

중국 동북3성 사람들이 믿는 동물 신선

● **구연정보**

조사일시 : 2017. 12. 10(일) 오후

조사장소 : 충청북도 청주시 가경동

제 보 자 : 이화(이윤정) [중국(한국계), 여, 1974년생, 결혼이주 19년차]

조 사 자 : 오정미, 한상효

● **구연상황**

제보자가 외할머니의 연변 이주 생활담을 이야기한 후, 외할머니가 들려주었던 지역 전설을 구술했다. 장백산과 관련된 이야기 여러 개를 준비해왔는데, 그중 비교적 짧은 이야기부터 시작한다고 했다. 이야기는 동북3성 사람들이 많이 믿는 다섯 개의 동물 신선에 대한 것이었다.

● **줄거리**

중국 동북3성 사람들에게는 다섯 가지 신선으로 믿는 상징적인 동물들이 있다. 여우, 족제비, 고슴도치, 뱀, 쥐가 그것이다. 여우는 사람을 홀리는 힘이 있으며, 족제비와 쥐는 꾀가 많은 동물이다. 고슴도치는 가시를 세운 모습이 신비로워 사람들이 가족의 평안을 비는 존재이다. 뱀은 중국을 상징하는 용의 작은 모습으로 여겨진다.

장백산은 제가 한 여덟 개 정도 전체를 해왔는데. 그 보니까 짧은 것도 있고 긴 것도 있어요. 내용이.

근데 짧, 그 일단은 그, 우리 저희가 살고 있는 동부 지역에 대한 거. 그쪽에 거 간단하게 한두 가지만 하고. 제가 외할머니한테서 들은 거. 이건 좀 어렸을 때 어쨌든 이래저래 서로 친구들끼리 얘기하고 이러면서 그랬던 거 같애요. 할머니한테 들은 건 아니에요, 이거는. 예. 막 책에서 나왔는지 잘 기억은 안 나는데. 예.

그 인제 이제 저희 동북은 흑룡강, 길림, 그리고 요령 이렇게 해서 동북3성이라고 얘기하잖아요. 근데 그게 동북지역에서, 지역마다 다 다른데 동북지역에서는 이제 그 다섯 가지 신선으로 보는 상징적인 동물이 있어요. 근데 제가 그 신선이라는 거랑, 신이란 명칭이랑 되게 비슷한 거 같아요. 그래서 제가 한 번 검색해 봤어요. 그랬더니 중국에서 신이라 안하고 신선이라 그러거든요? 네, 선. 그래서

'아 신이랑 신선이랑 뭐가 다를까?'

보니까. 신은 뭐, 사전적으로

'종교의 대상으로 초인간적, 초자연적 위력을 가지고 인간에게 화복을 내린다고 믿어지는 존재.'

이랬어요.

그니까 어찌 보면 신은 정말 내가 잘 안 하면 큰일 날 것 같고, 나한테 뭔가 직접적으로 관련 있는 거 같은 느낌인 거예요. 근데 중국에서 말하는 신선은 막 그, 여유롭게 자기들이 인간 세계가 아닌 신들의 세계가 있잖아요. 거기에서 자기들만의 세상에서 자유롭게 행복하게 죽지도 않고 사는 그런 존재의 개념이에요. 그니까 약간 분리가 돼 있는. 그런 존재라서 신선은,

'도를 닦아서 현실의 인간세계를 떠나 자연과 벗하며 산다는 뭐, 상상의 사람.'

이렇게 얘기했더라구요.

그래서,

'아, 그냥 이렇게 신하고 신선이라는 게 느낌이 다르구나.'

그니까 중국은 신이라는 게 그런 신이 아니야. 한국에서 말하는 신이 아니고 신선의 개념이 믿음도, 그런 신선의 개념이 신이에요. 네.

그래서 다섯 가지가 호랑이, 아니 여우, 그리고 에, 그, 저번에 말씀드렸던 족제비. 족제비 뭐 은혜를 갚다. 제가 말씀드렸잖아요. 족제비가 있고, 그리고 그 고슴도치. 요거 좀 특이하죠? 그리고 뱀 하고 쥐. 이렇게 다섯 가지가 있어요. 근데 음, 그, 여우 신은 호신이라고 해요. 그니까 여우 호(狐) 써서 호신, 아 호선(狐仙). 신선 선 자

써서 호선. 그리고 황선(黃仙). 족제비는 황수랑(黃鼠狼)이라고 하기 때문에 앞 글자 따서 황선이라고 하고, 그리고 고슴도치는 하얀가 봐요, 애기 때는. 그래서 백선(白仙). 이렇게 얘기하고 그리고 뱀은 사선(蛇仙) 이렇게도 얘기하고 류선(柳仙)이라고도 얘기해요. 그리고 쥐는 그 회색이잖아요. 회선(灰仙) 이렇게 얘기하는데.

그 여우는 약간, 그, 중국에서 후이리징(狐狸精)이라는 말이 있거든요? 후이리징 그러면 여우같은, 징은 뭐예요. 그 정신 할 때 정이에요. 그 정령 하는. 정신할 때 정. 정령인데. 여자들이 후이리징하면 무슨 뜻이냐면 여자들이 너무 여우같이 막 남자들한테 그렇게 하는 여자를 예, 그 암묵적으로 후이리징이라고 표현하거든요. [조사자 1: 여우같다고.] 예, 여우같을 때 후이리징이라 표현하거든요. 그래서 여우가 수련을 막, 구미호 그런 것도 있잖아요. 수련을 많이 거치면은 사람으로 변신도 하고. 뭔가 사람한테 뭐 깃들어 갖고 한다는 그런 믿음이 있기 때문에 후이리징이라는 말도 쓰고. 여우, 뭐 정령 이런 의미로 표현도 하고 그러고.

그 족제비는 색상이 되게 황금색이 나잖아요. 색깔도 예쁘고 그리고 되게 '족제비 같은 인간' 이런 말도 하잖아요. 족제비 같은 사람이라는 말이 있더라구요. 족제비 검색해보니까 있어요. 한국에 '족제비 같은 놈' 뭐 이렇게 있더라구요. 진짜로. [조사자 2: 욕처럼.] 네. 근데 옛날에 썼나 봐요. 그게 약간 교활한 사람을 얘기한대요. 뺀질뺀질한 사람.

그래서,

'아 이거 되게 비슷하게 표현을 한다.'

근데 중국에서는 그 교활하다는 의미가 뺀질거리고 안 좋다는 의미보다도 신비롭게 되게 이렇게 그, 융통성 있게 교활한 그런 느낌? 이런 거예요. [조사자 2: 꾀가 많은.] 네. 꾀가 많고 그런 느낌이 들드라구요.

그리고 족제비가 이렇게 사람한테 붙으면 정신세계를 지배한다는 믿음이 있어요. 그래서 족제비를 뭐 신선같이 이렇게 뭐 숭배하는 게 있고. 그리고 고슴도치는 그, 중국에 보우지아시엔(保家仙)이라고 해서 가정을 이렇게 도와주고 보살펴주는 신선이, 선이 있다 이렇게 믿었는데 고슴도치인 거예요. 근데 주로 이렇게 고슴도치가, 이것도 뭐 설화 얘기가 있는데 중국에서 기본적으로 알고 있는 게 있는데 이렇게 뭐, 그거는 검색하면 다 나오는 내용이니까. 이거 찾다보니까 고슴도치 찾아보니까 제가 알게 된 거라서.

근데 그거를, 이건 따로 이렇게 뭐 믿는 게 아니고 이렇게 고슴도치 같은 거 써가지고 벽에 붙이거나, 아니면 나무로 영패 같은 거 해가지고 올려놓고, 다른 거 뭐 하는 게 아니라, 날짜를 해서 하는 게 아니고, 우리 가족들이 밥 먹을 때 밥풀 하나 더 올려놓고,

"우리 가족 지켜주세요."

이렇게 단순한 의미. 근데 그런 게 있잖아요. 보니까 고슴도치가 참 애기 때는 참 하얗고 귀여운데 어느 날 딱 가시 세우면 되게 신기하죠? 중국에서는 신비로운 거를 되게 영물이라고 생각하는 경향이 있어요. 근까 눈에 보이는 거하고 다른 거 있잖아요. 그거 때문에 그런 거 같더라구요. [조사자 1: 아, 중국에서는 실제로 이렇게 밥 한 그릇 더 놓구.] 네, 그렇게 해요.

[조사자 1: 고슴도치 신이 있다 생각하고. '우리 가족 잘 지켜달라' 이런.] 네. 고슴도치 글자 써서 벽에 종이 붙여도 되고. [조사자 1: 아 진짜?] 그림 그린 거 붙여도 되고. 아니면 나무에다 이렇게 해가지고 조그맣게 이렇게 이렇게 올려놓고. 이렇게 지금도 하는 데 있대요. [조사자 1: 아 그렇구나.] 네. 저는 직접은 못 봤는데. 어렸을 때 이런 거 들었거든요.

아 동북쪽에는 뭐 다섯 가지가 있다고 그랬는데 다른 지역에도 뭐 있다고 그랬는데. 그리고 이제 쥐는, 좀 어두운 곳에 살잖아요. 그것도 어찌 보면 신비로운 거예요. 인간이 모르는 땅속에 이렇게 있기 때문에. 그리고 이렇게 그 속에 것, 사람들이 모르니까 더 궁금하잖아요. 네. 그리고 지혜가 많다. 쥐는 꾀가 많은 동물로도 알려져 있어요. 그래서 뭐, 쥐 그런 거도 저 어릴 때 교과서에서 배운 건데, 엄마 쥐가 딸을 뭐 태양한테, 해한테 시집보낸 거 거기도 꾀가 많게 나오잖아요. 그거도 이제 그 학교에서, 책에서 배운 게 생각이 나고. 그

리고 이제 신격화시킨 부분이 있고. 그리고 쥐가 곡식을 먹고 살잖아요. 그리고 창, 창고를 지키는 신이라는 믿음도 있어요. 그래서 창신이라는 표현도 써요. 그래서 네, 쥐, 예. 쥐를 그런 부분이 있어가지고. 이거는 다른 지역이 아니고 동북3성에서만 주로 하는 거고.

지금은 보면은 이렇게 그, 지금도 일부지역에서는 이게 관련된, 아까 족제비 황선사라고 절처럼. 절은 아니고. 한국에도 어디 거 여행지 가다 보면은 쪼그맣게 요렇게 사당같이 지어놓은 게. 쬐끄만 기와집같이 해놓고 거 나무로 된 거 있고, 있더라구요? 큰 절 같은 데 말고. 있어요 황선사라고. 저 어렸을 때 책에서도 봤었거든요? 황선사, 족제비를 모시는, 돌 이렇게 쌓, 기초 돌 쌓아 놓고 나무로 집 짓고, 이렇게 지붕 있고. 황선사 이렇게 써가지고 나무에다 써 놓은 거. 네, 있었었어요. 그중에서.

[조사자 1: 뱀은요? 참, 선생님.] 뱀? [조사자 1: 사선?] 아, 사선. 뱀을 얘기 안 했구나. 아 그 류선이라고도 얘기하는데 그, '류시원' 할 때 류가 그 성 류가 그 류드라구요. 근데 한국적인 의미는 뭔지 잘 모르겠어요. 나무 목 자 앞에 있는 거. [조사자 2: 버들나무 류(柳) 자.] 아, 버들나무 류 자예요? 네. 류신. [조사자 1: 뱀이 류신이에요?] 네. 뱀이 사신이라고도 하는데 그냥 이렇게. 정식 명칭은. [조사자 1: 그럼 쥐는 창신?] 아니, 회, 회신. 회선. 신이 아니에요, 교수님. 신선할 때 선(仙). 아 다 선이에요. 신이 아니고. 중국에는 신의 개념이 아니고 신선의 선의 개념이에요. 네.

근데 그, 뱀은 용의 화신이라는 믿음이 있어요. 그래서 어, 그, 우리 그 십이지간인가? 생일 할 때 열두 개 있잖아요. 토끼, 쥐 뭐. 여기서 용띠도 있고 뱀띠도 있는데. 내가 예를 들면, 내가 예를 들어 뱀띠면은 제가 교수님한테, 교수님이 저한테,

"무슨 띠예요?"

이렇게 물어보면은 교수님은 용띠면

"용띠예요."

그러지만 저는

"아 저는 작은 용띠예요."

이렇게 얘기해요. 뱀이라는 단어보다는 용이, 왜냐면 용의 화신
이라고 믿었기 때문에. [조사자 1: 아 재밌다.] 그래서,

"저 뱀띠예요."

라고 얘기 안 하고.

"워슬샤오룽(我是小龍). 저 작은 용띠예요."

이렇게 표현해요. 지금도. [조사자 1: 지금도?] 네. 그래서 뱀을 작
은 용이라. 왜냐면 모양이, 그 상상 속의 용이 이렇게 구불구불하게
뱀하고. [조사자 1: 그렇죠, 맞아요.] 근까 눈에 보이는 걸 자꾸 거기다
가 대입시키고 싶은 게 뭐 있는 거 같애요. 근까 뱀이 용이랑 비슷하
니까,

"아 인간 세상에 있는 용 같은 존재다."

이런 믿음이 있어서 뱀을 작은 용이라 표현하고. 그리고 저번에
말씀드렸던 여와가 하늘을 때 왔다 거기서 해서 그 여와라는 존재도
이렇게 그, 어렸을 때 책 같은 데 보면은 몸은 뱀이에요. 머리는 사람
이고 몸은 뱀의 몸이에요. 예, 그렇게 어렸을 때 교과서에서 봤던 기
억이 나요. 네.

그래서 아, 그렇구나. 저는 뭐 따로따로 분절되게 생각했던 게,
이번에 이거 하면서 이거 이렇게, 이렇게 연관이구나. 제가 더 많이
배웠어요.

용이 변해서 생겨난 장백산

● 구연정보

조사일시 : 2017. 12. 10(일) 오후

조사장소 : 충청북도 청주시 가경동

제 보 자 : 이화(이윤정) [중국(한국계), 여, 1974년생, 결혼이주 19년차]

조 사 자 : 오정미, 한상효

● 구연상황

제보자가 동북3성 지역에서 전승하는 동물 신선 이야기를 마친 뒤 외할머니
께 들었다는 장백산 관련 전설을 이어서 구연했다.

● 줄거리

용은 중국을 대표하는 상상 속 동물이다. 옛날에 천지가 개벽했을 때 용 한 마
리가 있었는데 그 용이 지상을 어지럽게 했다. 그래서 천궁에서 옥황상제가
병사들을 보내 사십구 일 동안 싸워 용을 물리쳤다. 옥황상제가 단단한 쇠사
슬로 용을 묶어 두었는데, 뒷날 용이 소멸하면서 머리는 산봉우리가 되고 입
은 천지, 몸통은 큰 산, 비늘은 산, 발톱은 지류가 되고 꼬리는 심양성의 동릉
과 북릉이 되었다. 이것이 곧 장백산이다.

　　근데 그 아무래도 연변 쪽이 제일 장백산이 그 바로 옆이기 때문
에 아마도 외할머니도 그, 뭐 거기서 십 년 이상, 오래 사셨대요. 그
래가지고, 그러다보니까 엄마도 뭐, 셋째 이모까지 거기서 태어났으
니까 더 오래 있으신 거죠. 그렇기 때문에 많이 아셨을 거 같은. 음.
딴 지역에 사셨으면 또 그쪽에 관련된 걸 아셨겠죠. 그래서 인제 그
장백산, 이거는 용, 용에 관련된. 되게 용에 관련된 게 많아요. 뱀, 뭐,
용. 거의 용이에요.

용은 중국인들에서는, 중국인들은 용이 물 있는 데는 다 용이 산다고, 용이 비를, 우주를, 저기 뭐지 하늘에서 비 내리는 걸 관장해서 용, 뭐, 그 뭐지? 한국에도 용궁이 있고. 근데 중국에는, 그 용이 바다에만 사는 게 아니에요. 왜냐면 중국 내륙에는 호수가 더 많거든요. 한국은 바다가 많지만 용이 바다에 살겠지만 중국은 호수가 강이 많기 때문에 강에서도 용이 산다고 이렇게 생각해요. 그래서 이제 그 용들의, 그 중국에서 제가 다문화 수업할 때도 항상 그래요. 중국을 대표하는 가장 상징적인 게 용이에요. 상상 속의 동물, 용이고. 그 중국인들도 그것 때문에 되게 자랑스럽게 생각하는 그런 부분이 분명히 있어요. 약간 용이 후손 같은 그런 느낌이 있는 거 같아요.

그래서 이제 그, 개천, 아니다. 창세신화처럼 우주하고 막 이렇게 다 혼합된 암흑이라서 아무 것도 없을 때, 그때의 이야기인데. 이제 그 하늘 땅 사이에 되게 엄청나게 큰 용이 신적인 용이, 근까 신비로운 용이 나타났다고 그렇게 얘기해요.

그러면 막 용이 그 엄청 크고 하기 때문에 얘기 가만히 이렇게 기어가도 진동이 될 판에 얘가 신나게 휘젓고 다니면은, 더군다나 화가 나서 휘젓고 다니면은 얼마나 막 난리겠어요, 그죠? 근까 온 천지 여기가 난리나니까 하늘에 있는 옥황상제한테, 이제 상고가 들어간 거예요.

"어, 너무 시끄럽다."

여기서 말하면 제우스처럼 그, 외국에서 말하는 것처럼 천궁이 있다고 중국인들은 믿기 때문에 거기서 지금 난리난 거예요. 막 우당탕탕 막, 바닥도 시끄럽고 그래서. 근데 도저히 그 평안한 날이 없다, 천궁에 평안한 날이 없다. 그래서 아 옥황상제가

'그 하늘의 장군하고 병사를 보내가지고 이 용을, 쟤를 해야겠다, 처치를 해야겠다.'

이렇게 해서 다 보냈어요. 근데 사십구 일간의, 막 이렇게 전투를 하고 그랬는데 진짜로 뭐 용 한 마리를 그 많은 하늘의 병사들도 어쩔 줄을 몰라하게 만큼 용이 힘도 세고, 되게 굉장히 큰 용이에요. 근데 그렇게 사십구 일 동안 해서 겨우 이제 용을 정복을 했어요. 어, 그래서 이제 옥황상제가 그 하늘의 장군들한테,

"저 용을 정말 튼튼한 쇠사슬로 다 감아라, 쟤가 언제, 지금은 기운이 빠져 잡혀있지만 언제 다 하고 나갈지 모른다."

그래서 계속 그 철사로 감아놨어요.

인제 감아가지고 딱 그렇게, 이렇게 바닥에다가 이렇게 해놨는데, 얘가 이제 그 오랜 세월 지나니까, 그 어떻게 소멸이 됐다 그러나요? 소멸이 됐는데, 그 용의 머리는 이제 그 산에, 그 주변에 있는 넓은 만주벌판에 주변에 있는 산봉우리들이 되고, 머리가.

그리고 그 용의 입 있잖아요. 여기가 천지, 용의 입이 천지의 그 구덩이가 됐대요. 천지의 구덩이가 되고, 그 폭포, 거기서 산에서 나오는 폭포는 용이 흘리는 침. 침이 이렇게 폭포가 됐고.

용의 몸통은 큰 산 있잖아요. 산봉우리 말고 산맥들. 큰 산이 됐고. 그리고 용의 비늘은 넓게 펼쳐진 드넓은 산림이 됐대요. 음, 그 나무들 빽빽한. 나무들이 됐고.

그리고 용의 발톱, 발톱은 얘가 막 쇠사슬에 해 있으니까 막 반항하고 그러니까 긁고 다녔을 거 아녜요. 그니까 이게 막 긁어 가지고 골짜기가 생기고, 막 이렇게 산에 이렇게 생기는 골짜기 있잖아요. 골짜기가 생겨서 그 스물네 줄기의 계곡같은, 물이 흐르는 계곡같은 게 됐고. 그리고 그 지류가 여덟 개 있다고 그러거든요, 그쪽에. 지류. 강의 지류. 그래서 여덟 지류가 됐다. 이렇게 얘기를 하고. [조사자: 뭐가 지류가 된 거예요? 발톱이?] 네. 발톱 자국이 막 한 게. 계곡 사이에 물도 흐르고 해서 지류가. 그냥 계곡이 된 부분도 있고 물이 흐른 부분은 지류가 됐고.

그리고 용의 꼬리는 막 여기저기 막 때려가지고, 발버둥치다 때려가지고 심양, 심양 아시죠? 심양성의 동릉과 북릉이 됐다, 이렇게 표현을 해요. [조사자: 동릉과, 북쪽에 있는 북릉.] 네. 능이 뭐 왕릉할 때 릉. 그런 능. [조사자: 막 꼬리를 치니까.] 네. 팍팍 해가지고 쌓이고 이러니까. 음, 그렇게.

근데 너무 밋밋하게 용을 그랬죠? 용이 아니 전설치고는 너무 밋밋한 거 같애. [조사자: 그래도 재미있어요.]

근데 그 중간에 뭐가 있었을지 모르겠지만, 어. 근데 막 그, 저는 어렸을 때 막 되게 막. 그 땐 신화인지 창세인지 뭐 알 수가 있나요? 그냥 할머니가 재미있는 얘기 해준다 그러면 했는데. 그냥 나중에 용이 그냥 쇠사슬에 갇혀 죽었다니까 되게 아, 밋밋하고 재미없었거든요. 뭔가 반전이 있을 거 같은데.

[조사자: 아, 재미있어요. 그래서 결국 그 용의 머리가 장백산의 산봉우리가 되구.] 네, 여러 가지 이렇게 높은 산들의 봉우리가 되고. [조사자: 입은 천지가 되고.] 네, 그니까 용이 엄청 거대한 용이잖아요. 그러니까 애가 이렇게 네. 그렇게 됐다고. 입은 인제 천지가 됐고. 저는 폭포가 그 침 흘린 게 그게 너무 기억에 잘 남아가지고. '아, 얼마나 침 흘렸으면 그렇게 폭포가 됐을까?' 이러구. 그랬어요.

[조사자: 이 얘기가 할머니가 해주신 얘기죠?] 네. 저희 할머니가 옛날에 어렵게 사셔서. 그땐 그랬죠 뭐. 많이 이렇게 뭐 배우지를, 서당도 못 가고 배우지 못하셨지만. 정말 스마트하신 분이에요. [조사자: 그러신 거 같애요. 진짜.] 정말 똑똑하신 분이고, 말씀도 너무, 정말 서울말투 쓰셨거든요. 저 어렸을 때 기억나요. 완전히 완벽한 서울말투 쓰셨는데 말씀도 너무 재미있게 하시는 거예요. 조근조근 이렇게

"그랬단 말이지."

뭐 이러면서 하시는데 너무 잘하시더라구요.

[조사자: 그러셨을 거 같애요. 아니 왜냐면 그때 먹고 살기도 힘드셨을 텐데 이렇게 손녀한테 상상의 나래를 펼칠 수 있는 이런 이야기들을 계속 해주신 거잖아요.] 그니까 저하고 유대감이 너무 깊으셨어요. 저 어릴 때, 그때 외삼촌이 결혼하기 전이었으니까. 그냥, 애기 없잖아요. 그죠? 딸은 따로 살고. 그니까 아니 갓난 애기 갖다 맡겼는데, 키우다 보니까 내 새끼 같고 그랬겠죠. 그래서 다섯 살 때 집에 갔는데 제가 처음에 엄마를 엄마라 안 불렀대요. 그냥 할머니한테 가겠다고 계속 울었대요. 근데 그러고 나서 학교 다니고 방학만 되면 가니까. 할머니는 가면 꼭 같이 자요. 근데 내가 심심하다고 자꾸 저쪽 방가니까,

"일루와 봐. 할머니가 재미있는 얘기 해 줄게."

할려구. 그 아마도 꼬셔서 그런 거 같애요. 안 그러면은 할머니 방에 안 붙어 있으니까.

장백산의 백운봉 전설

● 구연정보

조사일시 : 2017. 12. 10(일) 오후

조사장소 : 충청북도 청주시 가경동

제 보 자 : 이화(이윤정) [중국(한국계), 여, 1974년생, 결혼이주 19년차]

조 사 자 : 오정미, 한상효

● 구연상황

〈용이 변해서 생겨난 장백산〉 구연을 마친 후, 제보자가 외할머니께 들었다
는 장백산 관련 전설을 이어갔다.

● 줄거리

장백산의 가장 높은 봉우리인 백운봉에 관한 전설이다. 어머니가 병이 들어
왕 씨 효자가 백방으로 어머니를 위한 약을 구하자, 신선이 나타나 백두산 꼭
대기에 약이 있다고 알려주었다. 효자는 갖은 고생을 하여 산꼭대기에 올라
흰 돌을 발견했다. 아들은 흰 돌을 가져와 갈아서 달여 어머니에게 먹였다. 그
랬더니 어머니의 병이 씻은 듯이 나았다. 주변 사람들이 이 사실을 듣고 올라
가봤지만 흰 돌은 없고 흰 구름만 있어 백운봉이라 하였다.

　　장백산의 제일 높은 봉우리가 백운봉이에요. 백두산의 제일 높
은 봉우리는 뭔지 아세요? 장군봉이래요. 장군봉. 근데 그 장백산의
제일 높은 봉우리는 백운봉인데, 그 백운봉에 대한 전설인데요.

　　이제 그 중국인들이 제일 많이 성씨가 왕, 왕 씨하면 왕서방 막
이러잖아요. 그래서 인제 왕 씨 성을 가진 모자가 살았는데 인제 막
아버지가 일찍 돌아가시고 엄마랑 의지해서 살았는데 아들이 되게
효자였대요. 엄마도 뭐 아들 잘 키우고 이렇게 살았는데 어느 날 이

제 엄마가 병이 나서 뭐 어떤 좋다는 건 다 해드려도 엄마가 이제 병이 안 낫고 계속해서 아프시니까 이제 아들이 걱정을 한 거예요.

그래서 아, 그냥 너무너무 엄마가 어떻게 될까 걱정했는데 어느 날 인제 자다가 인제 일어나보니까 백발의 그 성인 같은 분이 나타나가지고,

"너희 엄마의 병을 고칠 수 있는 방법을 내가 아니까 알려줄 테다."

이렇게 얘기를 했어요. 그래서,

"어떻게 하면 되냐?"

그랬더니,

"니가 니 목숨까지 내놓을 수, 내놓을 각오를 해야 그 약을 얻어 올까 말까다. 니 엄마 고칠까 말까다. 니가 살아남아야 그나마 할 수 있는 일이다."

이랬어요. 그래서,

"아니 어머니만 고칠 수 있다면야 내 목숨이 무슨 대수겠냐."고.

"어머니가 없이 어떻게 내가 태어났겠냐."고.

그래서,

"알려 달라."

그러니까 이제 신선 같은 분이 이제,

"백두산 꼭대기에, 제일 산꼭대기에 가면은 음, 그 너의 엄마 병을 고칠 수 있는 게 있을 것이다."

이렇게 얘기하고 홀연히 사라졌어요. 그래서 이제 아들이 너무 꿈인데 생생한 거라서,

'신이 나한테 내리는 계시인가 보다.'

해서 엄마한테 얘기했어요.

"엄마 나, 어머니, 나 어머니 병을 고칠 방법을 알아냈으니까 이제 저기 그 장백산 산꼭대기 한 번 갔다 올게요."

그니까 엄마가

"안 된다 아들. 그거는 거기 가면은 뭐 그렇게 많은 응, 들짐승들도 있고 그 험한데. 니가 계곡에서 발 헛디뎌 떨어지면 어떡하겠냐."

고.

"엄마가 이제 얼마나 더 살겠다 그러냐."고.

"괜찮다."고.

"니가 잘못되면 내가 살아서 뭐하냐."고.

막 이렇게 얘기했어요. 그래서 아 막 그러니까 엄마, 아들이 생각해보니까,

'아 내가 괜히 엄마한테 얘기했나.'

그래서 그냥

"아, 알았어요, 어머니. 안 간다."고.

그러고 어머니를 안심시키고 이제 며칠 지났어요. 마을분들한테만 가까운 분한테,

"제가 엄마 약 구하러 갔다 올 테니까 제가 없더라도 저희 어머니 잘 부탁드립니다."

이렇게 하고 갔어요.

그래서 이제 뭐 무기가 될 만한 거, 쇠로 만든 거 뭐 챙겨가지고 이제 걸량 같은 거 챙겨서 등에다 매고 이제 산으로 갔는데, 그 장백산 산꼭대기에 올라가니까 막 그냥 옷이 찢기고, 살갗이 찢기고, 다리 삐고. 정말 사람 몰골이 막 그러다 야생동물 만나고 그러면 막 싸우고. 엄마를 살리겠다는 일념으로 막 초인적인 힘을 발휘해가지고 이렇게 막 하다가 갔는데.

정말 산꼭대기까지 가니까, 산꼭대기 다 올라가니까 그냥 그 푸른 수풀 우거지고 거기에 막 연못 같은 호수가 막, 파랗게 그냥 나무가 다 비쳤는데 신선세계 같은 느낌인 거예요. 그래서 애가 몸은 만신창이가 됐는데 너무 너무 거기에 매료돼가지고

"와, 이게 인간 세상이냐, 신선의 세계냐."

그래서 벌라당 드러 누워가지고 그리구 있었는데. 어, 보니까 손이 뭔가 보스락보스락 보니까 주변에 닿는 게 무슨 하얀 돌이 막 있는 거예요. 하얗게, 그냥 일반 돌 같은 게 아닌, 뭔가 이렇게 약간 말하면 얼음 조각 같은 거 있잖아요. 그런 게 막 있어요. 그래서 주변을 둘러보니까 뭐, 뭐가 될 만한 게 그런 거밖에 없는 거예요.

그래서 딱 생각한 게 그 백발의 성인이 나타나서 한 게

"올라가면 너의 눈에 띨 것이다."

했는데 자기는 그건 거 같은 거예요. 그래서 그거를 막 주머니에 챙겨가지고 이렇게 내려갔어요. 그래서 그걸 갈아가지고 달여 가지고 엄마한테 드렸더니 진짜 엄마가 병이 씻은 듯이 다 나았어요.

그래서 이제 마을 사람들한테,

"어떻게 나았냐."

그러니까,

"아 나 장백산 꼭대기에 가니까 산꼭대기에 가니까 이렇게 막 하얀색 그 얼음 조각 같은 돌이 있어서 내가 가져와서 엄마를 끓여 드렸더니 그게 만병통치약인가 봐."

이랬더니 동네 사람들이 누가 아프면 거기를 또 가는 거예요. 근데 산꼭대기 올라갔다 온 사람이 인제 힘들어 가다 못 간 사람도 있죠. 뭐 포기하고 막 죽을 거 같으니까. 근데 어떤 사람이 갔다 오더니 올라가 보니까 아무것도 없는 거예요. 하얀 구름만 잔뜩 있고. 정말 없어요. 무슨 흰 돌이라고 없어서 이제 내려와서 그러는 거예요.

"아니야, 내가 올라갔더니 흰 돌은 고사하고 흰 구름밖에 그냥 거기 뭉게뭉게 흰 구름이 앞이 안 보이게 흰 구름밖에 없더라."

그래서 그다음부터 백운봉이라고 이름을 지었대요. [조사자 1: 아.]

"흰 구름밖에 없더라."

그래서 백운봉이라고. [조사자 1: 효자 눈에만 보이는 거구나.] 그러니까요. 그런 느낌인 거예요.

음, 중국의 전설은 거의 제가 보면은, 신적인 존재를 가미했는데 나쁜 뭔가 좋은 사람, 나쁜 사람 크게 막 뭐 징벌받아서 이런 게 별로 없어요. [조사자 1: 그런 게 좋죠 뭐.] 그죠. 한국의 그거랑 되게 다른 거 같애요. 정서상, 그쵸? 그래서 듣다 보면 그 얘기가 그 얘기 같애요. 똑같아서. 뭐 용이 나타나구요. 그 얘기 같애. [조사자 1: 아니에요. 완전 달라요. 선생님. 되게 재미있어요.]

장백산 천지 유래

● **구연정보**

조사일시 : 2017. 12. 10(일) 오후

조사장소 : 충청북도 청주시 가경동

제 보 자 : 이화(이윤정) [중국(한국계), 여, 1974년생, 결혼이주 19년차]

조 사 자 : 오정미, 한상효

● **구연상황**

제보자가 〈장백산의 백운봉 전설〉 구연을 마친 뒤 외할머니께 들었다는 또
다른 장백산 관련 전설을 이어서 시작했다.

● **줄거리**

서왕모에게 예쁜 두 딸이 있었는데 둘의 우열을 가리기 힘들었다. 그래서 가
장 예쁜 사람을 비춰주는 거울을 주면서 거울에게 물어보라고 했다. 동생이
먼저 거울을 본 후 언니에게 건네주었고, 언니가 거울을 보며 자기가 제일 예
쁘지 않냐고 물었다. 그러자 거울이 동생이 더 예쁘다고 답했다. 화난 언니가
거울을 던져버렸고 인간 세상으로 떨어진 거울이 주변 풍경을 다 비춰주는
천지가 되었다.

옛날에 천지에 대한 전설인데, 이렇게 그, 아까 그 용이. [조사자
1: 장백산에 있는 천지예요?] 네. 장백산에 있는 천지. 근데 그 용, 용의
입이 천지에 막 그렇게 구덩이가 됐다 그랬잖아요. 입을 딱 이렇게
벌리고 죽어가지고. 구덩이가 됐는데. 그 구덩이에 찬 물에 대한, 천
지수에 대한 얘기예요.

근데 이제 천, 천지 그니까 그, 음, 천지가 그냥 중국인들의 그
약간 그, 금강산이 신선들 노는 산이다, 이런 느낌같이 천지에 장백

산이 약간 그런 느낌인 거예요, 중국인들한테는. 그래서 정말 신선들이 노는 선계 같은, 선유의 무슨 산이다, 이런 믿음이 있어서. 근까 온갖 그, 지구, 땅 위에 있는 모든 금수, 동물이나 새들이나 사람이나 하물며 그 천상에 있는 옥황상제나 그 신계, 신선계 모든 존재들까지도 이 장백산의 매력에 미혹될 정도로 그렇게 멋잇는 산으로 인식이 돼 있는데, 옥황상제하고 거기 신사들도 되게 좋은 장백산에 와서 노닐고 이렇게 하고 가고 그랬어요.

근데 에, 여기 서, 서왕모. 서왕모가, 들었던 얘기는 아시죠? 저번에 그 누구야, [조사자 1: 여와?] 아니, 아니, 아니. 그, 그 있잖아요. 달 누구야? [조사자 2: 항아.] 어, 항아의 남편이 서왕모한테서 그 장생불로 약 받았잖아요. 그래 서왕모. 우리는 씨왕무냥냥(西王母娘娘)Xīwángmǔniángniáng이라 그래요. 그래서 이제 여자아이예요 서왕모가. 근까 이제 서왕모가 예쁜 딸이 둘이 있었어요. 근데 너무너무 딸이 예뻐가지고 정말 누가 더 예쁜지 우열을 가리기 힘들 정도로 예쁜 딸이 둘이 있었는데. 인제 어느날 신선들이 모임에서 이렇게 같이 밥 먹고 같이 모임을 하다가, 그 아, 이렇게 누가 더 예쁜가 누가 얘기를 했어요. 서왕모의 딸 둘 중에 누가 더 예쁜가 막 이런 거예요.

그래서 사람들이,

"쟤가 더 예쁘다, 쟤가 더 예쁘다."

이랬잖아요. 근데 우열을 가리기 힘든 거예요.

근데 이제 이 서왕모한테 보물 거울이 있었어요. 근데 그 보물 거울이 이렇게 딱 비춰주면은 누가 제일 예쁜지 그 백설공주의 거울처럼,

"누가 제일 예쁘니?"

하면 딱 얘기해주는 그런 거울이 있었어요.

그래서 그 거울을 이제 꺼내들면서 이제 서왕모가 장난삼아,

"야 이 거울한테 물어봐라."

이렇게 얘기한 거예요. 그래서 이제 작은 딸이 딱 건네받아가지고 수줍게 거울을 슥 보고 자기 얼굴 보고 작은 딸이 수줍게 웃으면서 언니한테 거울을 넘겨줬어요. 근데 이제 거울을 딱 보니까 자기

얼굴 볼수록 자기가 너무 예쁜 거 같은 거예요. 보다가 이제 자기 자신한테 도취돼가지고,

"나는 왜 이렇게 이쁘지?"

막 이러고 있는데 갑자기 느닷없이 그 보물 거울이 얘기하는 거예요.

"내가 보기에는 니 동생이 예뻐."

이런 거예요. 그래서 그니까 얘가 순간 듣고서 어, 너무 얼굴이 새빨개져가지고 너무너무 화가 나고, 막 부끄럽잖아요. 그래가지고 그거를 휙 던져버렸어요.

근데 그게 이제 인간 세상에 땅에 내려간 거예요. 천지에 빠져가지구, 천지에 떨어져서 천지의 그 물이 됐다구 그래요. [조사자 1: 아, 진짜?] 네. 그래서 그게 그렇게 다 모든 산을 비출만큼 물이 맑고 아름다운 물이 됐다고 막. [조사자 1: 아, 그 거울이 천지가 됐다.] 네. 근데 백설공주가 생각나는. (웃음)

"거울아, 거울아. 이 세상에서 누가 제일 예쁘니?"

막 그러고.

[조사자 1: 아니 근데 정말 왜, 너무 맑은 호수나 천지 보면 저희가 뭐지, '거울에 비춰지는 거 같다.', '거울 같다.' 그런 말 하거든요.] 그죠, 그죠. 네. 근데 사진도 찍어 보면은, 이렇게 막 강이 맑은 데 보면은 정말 똑같이, 응. 또 그런 거 너무 신기하더라구요. 세상에, 저 맑은 물 보면 되게 기분도 좋고, 정화되는 느낌이 들고. 그래서 이거 되게 굉장히 연계됐어요. 그죠?

저는 굉장히 많이 얘기 들었는데 이렇게 제 기억에 남는 것만 추리다보니까. 근데 수십 개 되는 거 같애요. 비슷하면서도 또 다른 얘기. 왜냐면 그 장백산에 대한 약간의 그 동경 같은 게 있다 보니까 엄청 되게 되게 많이 전해져 내려오는 거 같애요.

그 안에 막, 다른 거 그 동백산, 아니 장백산 안에 사는 인삼, 인삼도 정령이라고 중국인들은 믿어요. 인삼에, 인삼동자라고 하잖아요? 저 어릴 때 만화, 애니메이션으로 런션와와(人参娃娃)rénshēnwáwa라고 인삼동자가 여기다 꽃 달고 막 이렇게 하얀 동자가 뛰어다니

고, 애기가 뛰어다니고. [조사자 1: 네, 맞아요.]

　　그리고 그 좋은 사람 눈에만 보이고. 그리고 심령이 깨끗하지 않은 사람한테는 보이지 않아요. 그죠, 그걸 뽑아다 가면 엄마 병 고치고, 효자 되고 막 그런 거 있죠. 그래서 그런 것도 있고 그랬었어요. 거기 안에 사는 인삼 정령 어떻게 생겼냐, 근데 굉장히 되게 많은 얘기가 있는데.

장백산 천지의 구름할머니

● 구연정보

조사일시 : 2017. 12. 10(일) 오후

조사장소 : 충청북도 청주시 가경동

제 보 자 : 이화(이윤정) [중국(한국계), 여, 1974년생, 결혼이주 19년차]

조 사 자 : 오정미, 한상효

● 구연상황

제보자가 〈장백산 천지 유래〉 구연을 마친 후, 천지와 관련된 또 다른 이야기 구연을 이어갔다.

● 줄거리

선녀들이 하늘에서 내려와 천지에서 목욕을 하곤 하였다. 그 사실을 안 나무꾼들이 몰래 천지로 와서 선녀를 훔쳐보았다. 그래서 천제가 구름할머니를 내려보내서 선녀들이 목욕하는 것을 볼 수 없도록 항상 지키고 있게 했다. 구름할머니는 마음이 착한 사람이 가면 구름을 걷어서 천지를 볼 수 있게 했다. 그리하여 흑심을 품지 않은 남자에게만 선녀를 볼 수 있게 하였다.

인제 그 천지가 이제 그, 뭐, 북한으로는 잘 못 가니까 거의 다 중국의 장백산으로 가서 천지를 보잖아요? 근데 이제 천지에 갔다 온 사람들이 얘기하는 게, 아 뭐 정말 삼대가 덕을 쌓아야 천지를, 맨날 구름이 끼고 안개가 그래서 보이지가 않는대요, 천지가. 그래서 삼대가 덕을 쌓아야 천지를 볼 수 있다, 이렇게 얘기한대요.

그래서 어떤 사람이 자기는 봤다고. [조사자 2: 저는 봤습니다.] 오, 그래요? 오 진짜 대단하신 분이다. 하하. 진짜 그렇대요. 삼대가 덕을 쌓아야 볼 수 있다고. 그래서 어떤 사람이 우스갯 말로,

"그러면 볼 때까지 가면 되겠네."

자주 못가니까. 거기 백두산 천지가 일 년에 날씨 맑아서 볼 수 있는 날이 며칠 안 된대요. 솔직히 말하면 워낙에 고도가 높고 안개가 많이 끼고. 물이 있다 보니까 수증기 올라와서 안개가 많이 끼고, 구름도 많이 끼니까 안 보인다고 하더라구요.

근데 거기에 대한 얘긴데, 약간 그 중국인들은 어떤 그 자연현상에 대해서 되게 명칭을 붙여서 거기에 대한 신적인 부여를 해요. 그래서 음, 우리 삼신할머니처럼 구름할머니, 안개할머니 이렇게. 윈포포(云婆婆)yúnpópo, 우포포(雨婆婆)yǔpópo 이렇게 얘기하거든요? 포포가 뭐냐면, 그 나이든 할머니, 여자 노인인데 하여튼 노파 같은 느낌? 삼신할머니처럼 이런 느낌의 그런 이름이 있는데. 구름할머니, 안개할머니 이런 식으로. 근데 왜 장백산에는 그렇게 맨날 구름과 안개가 껴서 사람들 눈에 잘 안 띄게 신비로우냐. 거기에 대한 얘긴데.

옥황상제가 사는 천궁에 칠선녀가 있었어요. 근데 그 계속 쭉 연계되지만, 그 천상에서 가장 이렇게 그 사람들이 땅에서 머물 때는 정말 자기들이랑 가까운 곳에서 많이 머문다 그래요. 그래서 이렇게 장백산에 있는 천지에서 노닐고 이러다가, 그냥 내려와서 놀다 보면은 며칠씩 놀다가 보면은 이제 목욕도 하고. 거의 이제 보면은 그거 잖아요. 옷 벗고 물속에 들어가 막 놀고 이런 거.

그렇게 노닐고 있는데, 거기 장백산 거기 옆에는 천지 옆에 나무도 있고 산도 있고 주변에 마을도 있으니까. 거기 벌목, 나무들을 나무 주우러 나무꾼들이 남정네들이 가끔 이렇게 와서 보는 거예요. 훔쳐보는 거야. 그래서 이 여자들은 그런 남자 눈에 띄면 그렇잖아요. 하늘의 존재, 땅의 존재가 원래 그 구분이 지어졌다 생각하는데, 이쪽은 신성한 존재들이고 인간은 그냥 평범한 저긴데. 너무 이렇게 그런 거는 안 좋게 생각하기 때문에. 그, 뭐지? 천제가 구름을, 안개할머니, 구름할머니한테 시켰어요.

"니가 가서 선녀들을 보호해라, 쟤네들을."

그래서 사람이 어떻게 할 수 없으니까. 그래서 그러고 나서 이제 규율을 하나 정했어요. 규율을 정했는데, 이제 무조건 다 안 보이게 아니라, 정말로 좋은 남자, 여자를 탐하지 않고.

[조사자 1: (조사자 2에게) 야. 너 좋은 남잔가 봐. (웃음)] 순수한 남자. 어, 그러네. 어떻게 연계됐어. 그거 생각 안 해 봤는데. [조사자 2: 선녀가 없던데? (웃음)] 선녀는 더 좋아야 보이나봐. [조사자 1: 잘 보지.] 선녀는 더 좋아야 보이나 봐. (웃음)

[조사자 1: 규율이 있었어요?] 그래서 규율을 한 개 정했어요. 그래서 이제 정말 착하고, 여자를 범하지 않은. 근데 중국 뭐, 옛날에는 약간 숫총각 같은 개념이에요. 여자를 범하지 않고 착하고 순수하고. 그니까 여자한테 흑심을 품지 않는 사람. 그런 사람들 눈에는 보이고 그렇지 않은 남자들 눈에는 안 보이게 했다고. [조사자 1: 그래서 안 보인 거야.] [조사자 2: 흑심이 있었구나.] 그래, 예.

그래서 그랬어요, 장백산이. 웬만한 사람들한테 보이지 않는다 그래요. [조사자 1: 아 재밌다.] 근데 여자든 남자든 다 그렇지 않을까요? 여기 남자라고 전 들었지만. 여자도 흑심 있는 여자들 눈에 안 보이나? (웃음)

[조사자 1: 그니까 구름할머니가 평상시에는 이렇게 안개와 구름으로 이렇게 천지에 띄우는 이유가 선녀를 보호하기 위해서.] 네. 그니까 계속 그렇게 돼 있으면은 그러니까, 뭔가 있잖아요. 인간 세계의 좋은 사람들, 너네한테는 내가 선녀를 구경할만한 혜택을 주는 느낌. 아니면 언제 선녀를 보겠어요. 인간이.

흑사 요괴를 물리치고 천지를 지킨 사람

● **구연정보**

조사일시 : 2017. 12. 10(일) 오후

조사장소 : 충청북도 청주시 가경동

제 보 자 : 이화(이윤정) [중국(한국계), 여, 1974년생, 결혼이주 19년차]

조 사 자 : 오정미, 한상효

● **구연상황**

〈장백산 천지의 구름할머니〉 구연을 마친 뒤 천지와 관련된 또 다른 전설을 구연했다. <천지수>로 널리 알려진 이야기와 같은 유형의 이야기인데 내용에 다른 점들이 있었다.

● **줄거리**

천지에 흑사 요괴가 나타나 사람들이 살 수 없었다. 그러자 옥황상제가 흑사를 물리치는 사람은 자신의 딸과 결혼을 하게 하고 천지에 용궁을 만들어 용왕 대접을 받게 해주겠다고 약속했다. 옥황상제의 아홉 번째 딸인 선녀가 흑사를 물리치는 남자가 누구인지 궁금해, 모든 독을 해독하는 구슬을 가지고 지상으로 내려갔다. 흑사가 무서워 아무도 나서지 않았지만, 한 청년이 홀로 흑사를 물리치러 천지로 향했다. 청년이 흑사에게 당해서 쓰러지자 선녀가 그를 해독약으로 구했다. 선녀는 남자에게 구슬을 주고 모든 사실을 알려준 뒤 하늘로 올라갔다. 흑사는 남자가 가진 구슬을 보고 도망다녔다. 남자는 엄마가 준 사슴 머리와 소 탈을 쓴 채로 화살을 숨겨서 흑사에게 활을 쏘았다. 남자가 흑사와 싸우는 중에 구슬이 천지에 빠져 물이 맑아지게 되었다. 남자에게 당한 흑사는 도망갔고, 선녀가 다시 내려와 남자를 만났다. 옥황상제는 딸과 남자를 결혼시켰다. 남자는 천지를 계속 지키기 위해 사슴 머리와 소 탈을 벗지 않고 살아갔다. 이후 남자는 사십구 개의 동굴을 찾아다녀 결국 흑사를 죽였다.

이번에는 천지에 우리가, 백두산 천지에 괴물이 산다 그러잖아요? 네. 그래서 막 그 사진에도 굉장히 많이 올라오고. [조사자 1: 네, 맞아요.] 근데 그거는 옛날부터 그런 얘기가 있었나 봐요. [조사자 1: 진짜?] 왜냐면 신비하니까,

"저 맑은 물속에 뭔가 분명히 있을 거야."

이런 게 있었나 봐요. 그래서 천지의 괴수에 대한 그런 얘기가 있어요. [조사자 1: 재밌다. 옛날부터 그런 게 있었구나.]

아까 얘기한 거 쭉 긴 내용은 빼고. 이제 막 그 하늘에까지 그 장백산이, 그 아름다운 풍경에 다 그냥 감탄할 정도로 신선들이 와서 노닐고 그런 건 똑같은데. 어느날 갑자기 이제 천지에, 그 흑사, 검은 뱀의 정령이라 표현해요. 헤이셔징(黑蛇精)ʰēishéjīng 하면 우리는 여우도 정령, 그 징이 뭐냐면 그 정신할 때 정(精)인데, 그 정이 요괴 같은 그런 개념인 거예요. 근까 정령의 개념이 아닌, 흑, 검은 뱀의 요괴, 어떻게 말하면. 근까 나쁜 짓하는 걸 요괴라 하잖아요. 정령은 좋은 의미인 거 같고. 간단하게 징이라 표현하거든요. [조사자 1: 어, 여우는 정령 같은 거고?] 아니, 아니 근까 중국에서 말하는 정이 정령의 개념이 아니고, 살짝 홀리는 요괴 같은. 안 좋은 부정적인 이미지의 그 정인, 요괴 같은 느낌? [조사자 1: 검은 뱀.] 네, 검은 뱀. 흑사.

근데 이 뱀이 또 그냥 굉장히 그 크고 막 무섭게 생겼는데, 온몸에 독이 가득 있는 그런 뱀인 거예요. 그래서 이 뱀이 어느 날 갑자기 어디서 나타나가지고 천지에 서식하게 됐는데, 계속 여기 뱀이 있다 보니까 물도 막 시커멓게 오염이 되고, 비린 냄새가 막 사방에 진동하고 해서. 도저히 막, 그, 막, 여기서 난리를 쳐가지고 정말 어떻게 생명체가 살기 어려운 그런 환경이 됐어요. 그래서 막 어, 그런 상황인데 이제 시간이 지나니까 정말 사방 백 리에 물도 다 말라서 없고, 사람도 안 살고. 막 이런 상황이 된 거예요.

그래서 옥황상제가 또 인제 그 병사를, 천병을 파견해서 이제,

"니들이 가서 저, 으, 그, 흑사 요괴를 물리쳐라."

이렇게 해서 보냈어요. 근데 이 많은 천병들이 가서 이 뱀 하나를 아무리해도 물리칠 수가 없는 거예요. 다 전패하고 와가지고.

"죄송합니다. 저희 힘으론 도저히 안되겠습니다."

근까 여기 말하면 육군, 공군, 해군 뭐 다 갔겠죠. (웃음) 근데 아무도 못 한 거예요. 아이구 도저히 안 되겠다 싶어서 방을 붙였어요 인제.

"여기, 저기 장백산 천지에 있는 흑사 요괴를 물리치는 사람은 나의 사위로 삼아서, 나에게 예쁜 딸이 있느니라. 나의 사위로 삼고, 그리고 장백산하고 그 천, 천지에 너를 거주하게 해서 용왕의 대접을 받게 해주겠노라."

이렇게 얘기했어요. 용왕이 뭐 대단한 어찌 보면 직위 같은 건데. 용왕의 대접을 받게 해준다는 건 정말 파격적인 제안이거든요. 그래서 그렇게 했는데 아니 아무리 몇 날 며칠 지나도 아무도 와가지고,

"내가 좀 해보겠습니다."

하는 사람이 없는 거예요.

근데 그래서 음, 그, 용왕(옥황상제)의 딸 중에 아홉 번째, 아홉 번째 선녀가 생각했어요. 이제 나이도 이제 혼기가 차고 그랬나 봐요. 그래서 야, 저, 되게 굉장히 막 그거 때문에 골치 아프니까 그냥 아주 천궁에서도 그 흑사 요괴하면 모르는 사람이 없을 정도로 막 그런 거거든요. 골칫덩어리고. 그래서,

"저 못된 흑사 요괴를 처단할 정도면 얼마나 용맹하고 멋있는 사람일까? 어, 그런 사람이랑 결혼해서 더구나 꿈에도 그리던, 우리는 가끔 허락받아 내려가는 그 장백산에 천지 용궁, 용궁에서 용왕 대접 받으면서 사는 게 얼마나 그 행복한 일일까."

그러면서 이제 그런 꿈을 꿨어요. 동경했어요.

"나도 그런 사람 만나서 빨리 나타났으면 좋겠다. 나 결혼해야겠다. 어차피 뭐 사위로 삼겠다 했으니까."

그런데 아무리 기다려도 사람이 안 나오니까 아 이 여자가 조바심이 났어요. 그래서,

"내가 직접 찾으러 가봐야 되나?"

막 이러고. 음, 그래서 그 세상의 모든 독을 해독할 수 있는 그

구슬이 있어요. 근데 그 구슬을 몰래 갖고 인제 인간세상으로 내려가는 거예요, 인제. 장백산 천지로 내려갔어요.

인제 내려가서 이렇게 삭 이렇게 보니까, 이, 그, 장백산 근처에 어떤 남자가 살았는데, 근까 이렇게 가까운 데는 다 그 흑사 요괴 땜에 사람이 살 수 없구 이제 멀리 다 밀려났는데, 보니까 이 사람이 되게 용감한 사람인데 아, 저 나쁜 저 괴수를 좀 물리쳐야 될 거 같애요. 너무 해를 끼치니까. 언제 우리 마을까지 해를 끼칠지도 모르니까.

"내가 가서 음, 좀 해야겠다."

이 사람은 방도 모르고 무슨 방인지도 모르고. 근까 그냥 어쨌든 그렇게 용감하게 나섰어요. 그래서 그 활을 엄청 잘 쐈어요. 그래서 활을 어깨에다 탁 메고 산꼭대기로 가고 있어요, 얘를 물리칠려고.

[조사자 1: 그 남자가 거기 가게 된 거는 이 선녀가 내려와서?] 아니에요, 아니에요. 이건 별도 얘기예요. 선녀는 이제 내려왔고, 이 남자는 그 방이고 뭐고 몰라요. 그냥 이렇게, 그냥 이렇게 가게 된 사람이에요. 우연히.

그래서 어, 이제 올라갔는데 에, 이 그 올라가서 이렇게 꼭대기에 올라가보니까 가서 이제 발로 이제 바닥을 탕 구르면서

"이 흑사 요괴야! 얼른 나오너라! 내가 널 처단해 줄 테다!"

이러면서 그랬어요. 그니까 인제 뭐, 뭔가 싫어가지고 시커먼 정말 냄새나게 못생긴 괴물이 막 이렇게 이렇게 천지에서 꾸물꾸물 올라와가지구.

'저게 뭐지?'

하고 노려보는 거예요. 그래서 이 사람이 이제 딱 이렇게 활을 겨누고서,

"내 활을 받아라!"

쐈어요. 근데 그 순간 이제 막 이 뱀이 확 덮치더니 이제 정신을 잃고 쓰러진 거예요.

그래가지고 아, 정신을 잃고 쓰러졌다가, 정신을 차려보니까 정말 선녀같이 예쁜 여자가 자기한테 복숭아를 멕이고 있는 거예요.

복숭아 즙이 많으니까. 인제 복숭아를 이렇게 따가지고 즙을 짜 멕이고 있는데,

"어, 여기는 어디고, 난 누구지?" (웃음)

그리고 비몽사몽 있다가, 그러니까 음,

"당신은 누구시오?"

이렇게 얘기하니까 선녀가 아 이제

"내가 우연히 여기서 거닐다가 당신이 저, 그 흑사 요괴한테 활을 쏘고, 그 요괴가 뿜은 독에 당신이 닿아가지고 쓰러진 거 봤다."고.

그러면서

"내가 당신을 구했다."

이렇게 얘기하는 거예요. 그러면서 음,

"나는 하늘의 아홉 번째 선녀라."구.

그랬어요. 음 그래서 인제 그 얘기를 했는데.

그다음에 이제 흑사 요괴가 보니까 이 사람이 다시 살아났거든요? 이게 괘씸히 죽겠네. 죽일려고 딱 달려들고 보니까 이 그 선녀 손에 있는 구슬을 본 거예요.

"아, 저거 닿으면 내가 죽겠구나."

왜냐면 얘는 독 때문에 사는 건데. 어, 그래서 얼른 도망갔어요. 근데 이제 맞은 거야, 화살이. 여기 관자놀이 중앙에 맞으니까 얘가 정말 와서 복수할려고 왔는데 그 독을 없애는 구슬 때문에, 해독 구슬 때문에 도망을 갔어요. 그래서 선녀가,

"나 아무래도 집에 돌아가야 될 거 같다. 우리 아버지가 알면 큰일 난다."

그러면서 이제 자초지종을 다 얘기해줬어요. 우리 아버지가 이렇게, 이렇게 방을 붙였으니까, 어, 내가 이렇게 내려와 보니까 어떤 용감한 사람이 활을 메고 와서 막 이렇게 정말 멋있게 그냥,

"흑사 요괴야 나오너라."

한 걸 다 본 거예요. 근데 사모하는 마음이 생긴 거죠?

"나 당신이랑 결혼하고 싶어졌어요."

이렇게 얘기하고. 그래서

"내가 하늘나라로 갈 테니까, 응, 낭군님은 부디 저 흑사 요괴를 처단, 처단하십시오."

그러니까, 어, 갑자기 간다고 하니까,

"어 당신을 어떻게 찾아야 돼요?"

그러니까 선녀가 얘기하기를,

"여기 지금은 천지의 물이 저 흑사 요괴 때문에 시커멓게 비린 냄새 나고 이렇게 더럽지만, 흑사 요괴를 물리치고 나면 다시 깨끗한 물을 진짜, 거울같이 반사하는, 반사되는 깨끗한 물을 하늘나라에서도 볼 수 있다. 천궁에서도 볼 수 있으니까 그때 그럼 내가 내려와서 당신을 만나줄 것입니다."

이렇게 얘기했고, 그리고 그 독을 없애는 그 구슬을 주면서, 자신의 구슬이라고.

"당신이 또 독 타면, 이거 갖고 해독을 하라."고.

이렇게 얘기를 했어요. 그래서 인제 갔으니까 이제 의기양양해 가지고

"나 이제는 뱀 독 안 타. 뭐 이제 화살만 구하면 되겠는데?"

이 흑사 요괴가 지금 얘한테 구슬이 있는 거 알고 자꾸 도망 다니는 거야. 얘한테 안 덤벼요. 덤벼야 어떻게 해 보는데. 그래서 아 그냥 여기 천지 주변에 암만 뱅뱅 돌아도 얘를 어떻게 할 수가 없는 거예요.

어느 날 그냥 있다가 이제 그냥 딱 보니까 흑사 요괴가 나타났는데, 배가 '빵빵한 게 어디가 또 사람을 잡아먹고 왔는지, 동물을 잡아먹고 왔는지 약 올리고 있는 거예요. 그래서

'아, 이놈이 나랑 싸울 생각을 안 하고 또 어디 가서 또 살생을 하고 왔구나. 내가 빨리 저놈을 처단해야 되는데. 뭔가 뾰족한 수를 생각해야겠어.'

그러고 인제 안 되겠다 싶어갖고 집에 가서 인제 엄마한테, 항상 보면 이제 어르신들은 약간 그 지혜가 있으시잖아요. 그래서 옛날에 고려장도 없어졌고. 그래서 엄마한테 가가지고,

"어머니, 나 저 요괴를 처단해야 되는데, 우리 인간들이 재 때문

에 살 수가 없으니까 어머니가 좀 저한테 지혜를 주십시오.”

그랬어요. 그래서 인제 어머니가,

“알았다, 아들아.”

하더니 인제 다 인제 얘한테 인제 보호장치 같은 거를 그, 뭐야, 그, 토니가 나온 게 뭐죠? 영화 요즘에. [조사자 1: 아, 갑옷?] 어, 그치 그거 이렇게 어벤져스인가? 거기 나오는 그거처럼 무장을 시켜 줄라구.

그렇게 했는데 머리, 사슴, 사슴 머리 같은 걸 이렇게 해서 씌운 거예요. 얼굴에 보호한다고. 그리고 이제 그 사슴의 뿔이 있잖아요. 그 뿔이 굉장히 날카로운 칼, 칼 갖고 사슴 뿔로 이렇게 만들고. 갈아가지고 만들고. 그리고 이제 입은 인제, 그 오리, 오리 주둥이같이 이렇게 만든 거예요. 이렇게 오리 주둥이가 이렇게 기다랗게 딱딱하게 이렇게 나왔잖아요? 오리주둥이같이 만들었는데, 그 안에 화살을, 이렇게 그 장치를 설치했는데, 인제 한 번 이렇게 딱 누르면은 화살을 일곱 방씩 나오게끔 이렇게 세 번 누르면 스물한 방이 나오는 거예요. [조사자 1: 어머니가?] 으응. 이렇게 해서. 여기다가 이렇게 장치를 해줬어요.

그리고 이제 몸통에다가는 소, 소처럼 누렇게 뭔가를 해서 입혔는데. 그 소털이 다 이렇게 철, 쇠. 철사 같은 거에다 소털 해서 근데 얘가 힘을 딱 주면 소털이 빳빳이 서는 거예요. 처음에는 이러고 있다가. 그럼 공격을 할 수 있겠죠. 그래서 얘가 설 수 있는 소털을 만들은 거예요. 그래서 그 꼬리, 꼬리를 만들어 줬는데 왜냐면 이 물속에 들어가면은 얘가 무슨 어떻게 헤엄을 치든지 해야 되는데 꼬리가 물고기 꼬리처럼 움직일 수 있는 꼬리도 이렇게 매달아줬는데. 그 소의 힘줄 갖고 만든 거예요. 소 힘줄을 이렇게 꼬리 만들어가지고 막 자유롭게 이렇게 움직일 수 있게. 오리발 저기처럼. 만들어준 거예요.

애가 딱 그렇게 해가지고 갔더니 이놈이 그, 흑사 요괴가 보니까,

“저렇게 생긴 남자를 피하면 되네.”

하고 열심히 피하다 보니까 어느 날은 보니까 이상한 게 서있는

거예요. 그래서,

"저건 뭐지? 그 놈만 피하면 되는 줄 알았더니 저건 또 어디서 나타난 괴물이지?"

하고 딱 왔어요. 그래가지고 인제 애가 서 가지고 또 그랬어요.

"흑사 요괴야! 나한테 덤벼라!"

그니까 흑사가 움찔하다가 보니까 아, 걔가 아니거든요?

"에이 그래. 나는 그 해독 구슬만 없으면 내가 뭐 너까짓 것이야 내가 죽이지."

해가지고 애를 한입에 삼킬려고 머리를 꽉 물었어요.

그런데 머리를 무니까 그 뿔에 있던 칼이 이렇게 뚫고 나가고, 그다음에 아프니까 애가 아프니까 악 하고 깨물은 거예요. 그랬더니 그 안에 있던 화살이 막 세 번을 무니까 스물한 방이 막 사방에 날리고. 그니까 자기도 아프니까 침을 꿀떡 삼켰어요. 그랬더니 이렇게 삼켜서 넘어간 게 아니고, 그 소털이 있던 그 철사가 다 빳빳이 서가지고 거기 찔려서 이빨이 다 부러진 거예요, 뱀이. 그래가지고 막 어떻게 몸부림치다가 그걸 뱉어내고 애가 도망을 갔어요. 정말 기진맥진해서. 도망을 갔어요.

그래서 근데 이렇게 막 교전을 하는 도중에 갖고 있던 그 독을 없애는 구슬이 물에 빠져버렸어요. [조사자 1: 아이구, 아이구.] 그래가지고 인제 애는 도망갔는데 물에 빠지니까 그, 그 천지에 있던 그 뱀의 독이 다 정화가 됐잖아요. 그니까 물이 맑아진 거예요.

그래가지구 처음엔 맑아진 물을 보구 하늘에 선녀가 본 거예요. 그래서 탁 내려와서,

"우리 낭군님이 드디어 해냈구나! 저 나쁜 요괴를 처단했구나."

딱 내려와가지고,

"어 너무 멋있다."

하고 보니까 멋있는 사람이 없고 어디 괴물 같은 게 서 있어. 그래가지구 그래서 막 처음엔 놀랐는데 아, 그 나라고. 얘기를 하니까 그다음에는 그 여자가 그런 거지.

"이렇게 기지를 발휘해서 그러니까 더 멋있다."구.

그러면서 아, 그랬는데 둘이 그다음에 그걸 벗겨야 될 거 아니에요. 근데 둘이 밤낮을 낑낑대도 벗을 수가 없는 거예요. 이미 그 뱀이랑 접전하는 중에 몸에 다 이렇게 자기 몸처럼 된 거예요. 그래서 벗을 수가 없어가지구 어떡하니, 나는 그 해독 구슬도 저기 천지 물에 빠뜨렸는데 어떡하지? 그러니까,

"아, 당신 덕분에 천지가 저렇게 깨끗하게 됐으니까 잘 된 거 아니냐. 당신 몸이 이런 건 내가 우리 아버지한테 가서 얘기하면 옥황상제니까 뭔 방법이 있을 거예요."

이렇게 해갖고 탁 데리고 올라갔어요. 그 올라가서 이제 음, 이제 그니까 이 옥황상제가,

"아 훌륭하다, 잘했다."

그랬는데 딸이 아버지한테 그런 거예요. 아이, 이 남자한테 시킨 거죠, 딸이.

"아 가서 우리 아버지가 그렇게 약조했으니까 당신이 이야기하면 날아 성혼을 시켜줄 것입니다."

이렇게 얘기했어요. 그래서 가서,

"나를 사위로 삼아주신다고 하지 않았습니까?"

근데 중국에서는 사위를 부마라고 표현해요. 뿌마(駙马)fùmǎ 이렇게, 왕. [조사자 2: 왕의 사위.] 공주랑 결혼한 사람을 부마라고 표현해요.

"부마라고 시켜준다 그러지 않았냐."고.

그랬더니 어, 갑자기 난감해진 거예요. 근까 항상 저는 신기한 게, 중국은 옛날 저기든 요즘이든 굉장히 민주적인 느낌이 있어요. 왜냐면,

'우리는 어떻게 하면 어떻게 해야 된다!'

있잖아요 한국에 보면은 강박적인 게 많은데, 어 그 딸의 눈치를 보는 거예요.

"아, 딸아 너는 어떻게 생각하니? 아부지가 얘기 했지만 너의 의사도 존중하겠느니라."

라고 그랬더니 딸이

"아버지, 저도 저 사람이 마음에 들어서 사모했습니다."

이러니까

"아우 그래 잘됐구나. 너희 둘이 결혼해라."

이랬는데, 그다음에 얘기한 거예요. 근데

"쟤는 몸이 저렇게 돼서 어떡하냐."구.

그랬더니 옥황상제가,

"그러면 밖에 보여질 때는 니가 그런 모습으로 있고, 왜냐면 천지를 지킬려면 일반 사람의 모습으로 지킬 수가 없지 않느냐. 니가 이제 천지를 지키는 수호신이 되는 거야. 용왕 대접을 받으면서 거기 너희들이 살 거처를 마련해 준다."

그니까 용궁처럼 해준 거예요.

"그리고 너한테 자유자재로 변신할 수 있는 능력을 주마."

이렇게 얘기했어요. 그래가지고 인제 둘이 이렇게 용궁에 내려가 가지고, 그렇게 됐다.

그리고 이제 내려가서 아까 그 흑사 요괴 있잖아요? 내려갔는데, 내려가서 터를 잡아놓구, 죽었는지 살았는지 확인해야 될 거 아녜요. 그래서 돌아다니면서 막 찾아다니다가 거기는 사십 아홉 개의 동굴, 사십 아홉라는 걸 굉장히 많이, 숫자에 대한 게 많아요. 그니까 어우 뭐 사십 아홉 번을 싸워서 졌다.

그래서 왜 그러냐면, 9자에 대한 게 있어요, 9. 그때도 9, 9, 49 해서. 9가 1부터 10까지, 1부터 근가, 한 자리 수 중에서 제일 높은 수잖아요. 그러면 지요우(久)ᴶⁱᵘ 하면 엄청 길다는 뜻이에요, 오랫동안. 근까 그게 제일 큰 숫자기 때문에 뭐, 9자 들어가면 오래 산다. 사람이 오래 살면 좋잖아요? 그래서 9, 9 하면 뭐예요? [조사자 2: 81.] 81. 아니면 7자도, 7, 7에 49 이런 식으로. 굉장히 7하고 9에 대한 그게 있드라구요.

그래서 음, 마흔아홉 개의 동굴을 찾아다니면서 에, 그 진짜 만신창이가 된 그 요괴를 찾아내서 처단하고. 네 그렇게 살았다고. [조사자 1: 아, 그 남자가?] 네. 그래서 사람들이 천지에 올라가면은 가끔 그런 모습을 한. 네, 그 사람 이름도 있었는데 모르겠어요. 뭐였던지.

[조사자 1: 그러면, 그 옥황상제가, 아 재밌다. 그 옥황상제가 그 천지를 지키기 위해서 일부러 그 옷을 낮에는 벗지 말라고 한 거예요?] 네. 근까 옷이 아니라 이제 자기 몸이 된 건데. 변신할 수 있게 해 준 거예요. 그래서 이제 낮에는, 누구한테 보일 때에는 그 모습으로 나타나고. 근까 괴수처럼 보이는 거예요. [조사자 1: 어. 아 재밌다. 어.] 그니까 인제 그리고 자기가 또 자유롭게 변신하고 싶을 때는 인간의 모습으로. 본래의 모습으로 그 선녀랑 같이 그 안에서, 궁에서 살게 되고. 그래서 백두산을 다스리는, 아 장백산을 다스리면서 천지를 다스리는.

[조사자 1: 이 괴수 얘기가 어떻게, 중국분들 다 아시는 얘기세요?] 음, 아닐 거 같아요. 저희 지역에서만 알 거 같아요. 근데 괴수에 대한 얘기도 되게 다양하게 있을 거 같긴 해요. 저는 안 찾아봤는데. 여러 가지 있을 거 같긴 해요.

[조사자 1: 너무 재미있어요. 기승전결이 너무 완벽한 이야긴데?] 근까 이 큰 틀은 같겠죠. 그 안에 디테일하게 아마도 지방마다 다를 거 같기도 하고. 뭐 동북3성도 굉장히 크잖아요. 그니까 우리가 들은 거랑, 또 저쪽에 뭐 헤이룽장쪽에서 들은 거랑, 그쵸? 저쪽에 그 랴오닝에서 들은 거랑, 그죠, 다 다를 거 같아요. 조금씩, 네. [조사자 1: 그래서 보고 싶다.]

북한에도 굉장히 이런 게, 재밌는 얘기가 있을 거예요, 그죠? [조사자 2: 있을 거예요, 있을 거예요.] 아 기회가 되시면 그런 데 가서 하면 좋은데. [조사자 1: 그러니까.] 그죠, 못 가서. 그건 아쉽다. 북한에 대한.

[조사자 1: 재밌다. 천지를 지키는 괴수가 있긴 있는 거네.] 네. 그죠. 옛날에 사진도 보면 막 합성한 사진같이 시커먼 게 있다고 그렇게 나오잖아요. 근데 거기 굉장히 디테일하게, 머리는 사슴머리고, 뿔도 있고 네. [조사자 1: 오리 주둥이고.] 네, 오리 주둥이고, 털은 다 이렇게 철사로 뾰족한. 그리고 꼬, 꼬리는 물고기 꼬린데 좀 이렇게 눌러 가지고. 왜냐면 소 힘줄이 질기잖아요. 근까 뜯어지지 않는다는 의미인 거 같애. 의미부여를 많이 해서, 약간 말 되게끔 많이 한 거 같은.

근데 그 엄마, 호랑이 엄마 얘기도 그렇잖아요. 막 무에다 피도 발라 놓고. 그죠? 근데 저는 한국 거는, 〈콩쥐팥쥐〉는 자기 와이프 바뀐 걸 왜 모를까요, 그죠? 근까 개연성을, 중국의 설화는 개연성을 많이 부여하죠? [조사자 1: 맞어.]

저는 이렇게 들으면서 느꼈어요. 아니, 자기, 그래서 수저는 바뀐 줄 아시면서 왜 마누라가 바뀐 줄 모르십니까? 그러니까 말도 안 되지 저거. 막 이러구. 그리고 그 뭐지? 그 뭐야, 그 신발도 그렇잖아요. 아니 뭐 신발만 보고 반해가지고 신발 찾아다니면서 결혼한다는 게 말이나 됩니까? 막 이러고. 신데렐라는 춤이라도 같이 춰봤잖아요. [조사자 1: 맞어요. (웃음)] 근데 콩쥐는 뒷모습만 봤어. 교수님, 콩쥐는 신발 흘린 뒷모습만 봤어. [조사자 1: 그러네 진짜.] 한복 입으면 다 똑같이. [조사자 1: 개는 춤이라도 췄지 진짜.] 그니까요. 근데 요즘에는 옷이 이쁘니까 몸매라도 알텐데 뭐. 뒷모습에 한복 입으면 다 펑퍼짐해 똑같은데. 그 뒷모습 보고, 신발 보고 글쎄. '내가 쟤랑 결혼해야겠어' 하는 거죠. 저는 이런 생각하면 되게 웃기더라구요.

[조사자 1: 아니 이야기가 진짜 개연성이 딱딱, 합이 딱딱 맞아 떨어지네요, 진짜.] 그니까요. 그래서 아, 너무 인위적이지 않나 하는 생각도 가끔 들어요. 이렇게 전하는 사람들이 인위적인 걸 부여했을 수도 있겠어요, 그죠? 그냥, 순수하게 그냥 들은 거가 아니라 뭔가 개연성이 있어야 되지 않을까 이런 거 있죠. [조사자 1: 그러면서 덧붙여지는 거죠.]

그니까 어릴 때 막 그거도. 아니 막 무를 갖다 났으면 났지, 거기다가 우리 닭 피를 발라놓고. 그래 사람이란 생각이 나야, 먹으면서 사람 피 냄새 나야,

'아 사람이구나.'

이 생각을 하면서,

"아무 맛 나네. 니들도 먹어 봐라."

하면서 줬다는 거, 그것도 일부러 붙인 거 같기도 하고. 그런 생각이 들더라구요.

[조사자 1: 귀한 얘기를 또 들었네.] 근데 너무 지엽적으로 장백산에 대한 얘기만 했네요. (웃음) [조사자 1: 선생님 이게 더 좋아요, 사실

은. 이렇게 장백산에 대한 거.]

　근데 다양하게 있을 수가 없어요. 왜냐면 이게 또 중국에서 태어나서 자란 그 조상들도 중국인들이랑 또 다를 거예요. 그분들은 중국부터 해서 중국에 굉장히 많은 신이 있어요, 교수님. 뭐 무슨 신, 무슨 신 해가지고. 그, 그 시골 마을에 가면은 그런 거 다 있대요. 그런데 그 사람들은 그렇게 들을 수 있겠지만, 저희는 그런 문화가 아니었고 조상들이 여기서 가신 분이라 그 근처 동네에서 본인들이 들었던 거랑 해서 또 한국에서 들었던 거랑 해서 하다 보니까 저는 중국의 얘기만 추려내다 보니 이렇게 된 거고.

　어렸을 때 한국의 얘기도 많이 해주셨어요. 저는 해와 달 얘기도 다 알았어요, 저는. 한국의 설화 어렸을 때 다 알았어요, 거의. [조사자 1: 거의.] 네, 거의 다 알았어요. 근데 조금 다르긴 한데, 거의 다 알았어요. 그래서 그런 게 있을 거 같애. 그래서 또 만나시면은 한족이나 다른 족. 굉장히 민족도 많아요, 교수님. 만날 때 민족도 확인하시고 알아보시면. [조사자 1: 저희 한족도 만나서 얘기도 듣고, 유학생한테도 듣고 그러는데 얘기가 많이 다르죠.] 다르죠. 다르죠. [조사자 1: 진짜 재미있어요.]

　저는 할머니가 워낙에 말씀을 잘하셔서. [조사자 1: 선생님이 그니까 할머니 피를 닮은 거죠.] 저희 엄마는 말을 아무것도 안 했어요. [조사자 1: DNA가 이렇게 유전돼 오신 거예요.] 너무 재밌게 막. 저녁 내내도 듣고, 어쩔 때는 무서워가지고.

　"할머니, 잠이 안 와요."

　그러면,

　"어, 괜찮다."

　그러면,

　"또 다른 얘기 해주세요."

　무슨 무슨 지켜주는 할머니 얘기를 해요. 그래서 아이들만 지켜주는, 착한 아이들만 지켜주는 할머니 얘기를 또 해 줘요.

　'아마 착하니까 자도 되겠지?'

　음, 그런 생각이 나요.

송화강의 흑룡과 백룡

● **구연정보**

조사일시 : 2017. 12. 10(일) 오후

조사장소 : 충청북도 청주시 가경동

제 보 자 : 이화(이윤정) [중국(한국계), 여, 1974년생, 결혼이주 19년차]

조 사 자 : 오정미, 한상효

● **구연상황**

제보자가 동북아3성의 동물신선과 은혜 갚은 여우에 대한 이야기를 마친 후,
장백산 관련 전설로서 이어간 이야기다.

● **줄거리**

중국 소나무에는 꽃이 피지 않고 가을 겨울이면 잎이 다 떨어지는데, 이와 관
련된 전설이 있다. 옛날에 송화강에 나쁜 흑룡이 살아서 사람들과 동물들이
살기가 어려웠다. 그래서 옥황상제가 백룡을 보내 흑룡과 싸우게 했다. 그런
데 물이 흐려져 흑룡이 어디에 있는지 구분하기 어려워 백룡이 힘들어했다.
그러자 사람들이 꾀를 내어, 하얀 소나무 꽃을 강에 떨어뜨려 강물을 하얗게
만들었다. 덕분에 백룡이 이기게 되었다. 그 후로 그 강의 이름은 소나무 꽃
이름을 따 송화강이 되었고, 다시는 소나무에 꽃이 피지 않았다고 한다.

저희 고향에, 하얼빈 쪽에 강이 많아요. 그니까 가장 가까운 게
고향이랑, 제가 태어난 고향이랑 가까운 데는 목단강이에요. 무단지
앙(牡丹江)이라고 있잖아요. 있고, 그리고 그 위쪽에 보면 송화강이
있잖아요, 쏭화지앙(松花江) 그렇게 있고 하는데. 네, 뭐 그 송화강에
대한 이야기예요.

근데 이게 거기가 제가 어렸을 때 중국의 얘기는 거의 전설의 느
낌이에요. 네, 전설. 그니까 뭐 창세신화 아니면 전설. 그 거기에서

왔다갔다 하고 민간적인 막 그런 사람들 사는 얘기, 저번에 말했던 그 호랑이 엄마 그거 외에는 기억나는 게 없더라구요. 민담은 그 호랑이 엄마, 막 무에다가 피를 묻혀서. 그거 말고는 뭔가 어떤 그 뭐, 전설 같은 증거물이 있는 전설 같은 게 많은 거 같아요. 중국인들이 약간, 그런 제 생각에는 약간 그 민족적 특성상 뭔가 이렇게 믿을만한 신빙성을 줘야 믿을 거 같은 그런 게 있는 거 같아요. 은근히. 그래서 전설이 되게 많은 거 같은 그런 느낌도 있어요.

　　그래서 송화강이 원래는 이름이 없는 그냥 강이었대요. 근데 송화강이 중국에, 그, 화가 뭐지? 호수도 아닌데. [조사자 2: 강 하(河).] 강 하. 그죠. 그죠. 강 중에서 일부 7대 강에 속해요. 중국에. [조사자 1: 선생님, 송화강이에요? 아니면 송하강이에요?] 송화. 꽃 화(花). 송은 소나무 송(松). '쏭화지양' 그래서 송화강이에요. 네.

　　선생님 계시니까 통역이 되는 거 같다. 너무 좋다. [조사자 1: (조사자 2를 보며) 지금도 강의하는 수업이 한자 교양수업이에요.] 교수님 복이 있으시네. 같이 다니시고. (웃음) [조사자 1: (농담으로) 그래서 데리고 다닙니다. 모시고 다녀요. 모시고.] 너무 훌륭하시다. 저는 척하면은 뭐라 하지, 하면은 선생님이 다 통역해주시니까. 너무 재밌다. (웃음)

　　아 근데 중국에서 7대 강의 한 가지인데 흑룡강, 그 저번에 말씀드린 흑룡강. 그 강의 제일 큰 지류예요, 송화강이. 근데 송화강이 원래는 이름이 없었는데 이제 강 안에 굉장히 많은 소나무가 있었어요. 근데 소나무가 이제 봄만 되면 하얗게 계속 분꽃을 피운 거예요. 그럼 인제 사람들이 그냥,

　　"꽃이 너무 이쁘게 폈다."

　　하고.

　　그런데 소나무는 꽃을 본 적이 없거든요. 근데 소나무가 하얀 꽃을 피우나요? 근데 소나무 꽃은 향도 있나요? [조사자 1: 약간 꽃이라기보다도 약간 하얀 색의 고게 이렇게 사이에 피긴 해요 선생님.] 몽우리 같은 거? [조사자 1: 우리가 생각하는 그런 꽃잎이 있는 그런 꽃이 아니라.]

　　근데 저는 어렸을 때, 이렇게 들었는데. 제가 어렸을 때 고향에 소나무가 있었거든요. 근데 그게 일본에서 들어온 낙엽송이라는 거

래요. 그래서 꽃도 피는 거 같지 않고. 나무가 겨울엔 다 떨어져서 소나무 잎이 없어요. 근데 한국에 와서 저는 처음으로 겨울에도 푸른 소나무를 봤거든요. 이런 소나무를 못 봤었어요. 그래서

'아, 소나무가 다 소나무가 아니구나.'

이랬는데 꽃 피는 소나무를 못 봐가지고. 어렸을 때 분명히 소나무는 하얀 꽃이 핀다 그랬는데 한국 소나무도 꽃이 피나 생각했는데 꽃이 피운 걸 본 기억이 없어요. 그래서 문득 그게 생각나가지고. 이거 찾다 생각나서. 아, 소나무는 꽃 피는 소나무 종류가 또 있나 싶어서 여쭤보는 거예요.

소나무도 되게 종류가 많더라고요. 한국에 토종 소나무, 그쵸? 뭐 개량된 소나무 이런 거. 글구 꽃향기가 그렇게 십 리에 진동한다 소나무가. 이렇게 표현이 돼서,

'아, 소나무가 상상 속의 나무였나?'

저는 중국에서 진짜 그런 소나무 못 봤거든요. 낙엽송만 봤었어요. 키 큰 소나무 있잖아요. 잎이 가을이면 싹 떨어져서 아무것도 없고. 그런 소나무. 에. 근데 소나무 잎이 뾰족뾰족한 잎이 아니에요. 뭔가 다르더라구요. [조사자 1: 아, 중국에는요?] 네. 여기 소나무만큼 삐쭉하지 않아요. 좀 달라요, 어릴 때 기억인데. 제가 중학교 뒤에 이렇게 이거 언덕에 소나무 엄청 많았거든요.

[조사자 1: 저희는 사시사철 파란 소나무라 항상 시조 같은 데 보면은, 사시사철 파란 지조.] 네. 맞아요. [조사자 1: 절개 이런 거 상징하거든요.] 그래서 한국에서 처음으로 그런 소나무 봤어요. 다 잎 떨어지는 소나무만 보다가.

근데 소나무가 이렇게 꽃이 하얗게 뭐 많이 피고 그랬는데 여기 근까 동네에도 많고. 아무래도 강가는 항상 비옥하잖아요. 그래서 되게 풍족하게 살고 있는 마을들이 많이 있었어요. 근데 어느 해에 그 검은색, 아 그 흑룡이. 근데 저번에 그거 흑룡강에는 백룡이 나쁜 용이고, 흑룡이 막 이렇게 그, 엄마가 이렇게 그 기절했다, 임신했던 용이잖아요. 근데 여기는 흑룡이 나쁜 용으로 나와요.

흑룡이 여기 이렇게 강에, 강 맞죠? 송화강. 강에 뛰어들어가지

고 막 강물을 후려 놓고 이렇게 막, 이렇게 하고 그러니까 막 나쁜 짓만 하고 돌아다니니까. 이렇게 홍수가 나고 막 물에서 장난치고 막 그러면은 막 물이 불고 홍수가 나고. 그리고 그러니까 주변에 막 사람들이 살기 힘들어지잖아요. 그러니까 이제 배가 고프면 막 주변에 있는 거 동물들 다 잡아먹고 막 사람도 잡아먹고. 근데 막 목이 마르면은 물이 마시면은 옆에 있는 작은 뭐 시냇물 한 줄기는 후루룩하고 한 번에 다 마시는 거예요. 그니까 여기가 다 그냥 가물어서 땅이 쩍쩍쩍쩍 갈라지니까 이제 정말 사람이 살기 힘든. 막 죽을 사람 죽고, 그래도 살아야겠으면 이사가고 이런. 그런 상황이었는데.

그래서 어, 그 백룡이 이제 그 옥황상제가, 늘 등장하는 옥황상제가 있어요. 이제 백룡을 한 마리 보냈어요. 근데 백룡이 와가지구 흑룡하고 싸웠는데 이제 약간 흑룡강이랑 비슷해요. 이것두. 흑룡하고 싸우고 보니까 계속 이제 저기, 그게 결판이 나지를 않는 거예요. 그래서 막 사십구 일 동안 계속 계속 싸웠는데, 응. 물이 막 강물이 시커멓게 되구 막, 그렇게 됐는데.

그, 흑룡은 그 검은 물 안에서 자기가 아무리 움직여도 눈에 띄지를 않잖아요. 그럼 백룡이 봤을 때 물인지, 얘가 이게 내 적인지 구분이 안 되는 거예요. 근데 백룡은 하야니까 이렇게 하면은 그 물속에서 보이니까 흑룡이 되게 유리한 상황이 된 거예요. 딱 하다 보면, 보이면 보이니까.

그래서 정말 처음에는 막상막했는데 이제 백룡이 점점점 지쳐서 이제 위기에 놓이게 된 거예요. 그래서 이제 여기 살고 있던 주민이 보니까 그런 상황인 거예요. 막 백룡을 응원하다가, 보니까 이런 상황이라 이제 그중에서 주민 한 명이 꾀를 내가지고,

"아, 이 강이 하얗게 되면 백룡이 눈에 안 띄니까 흑룡을 이길 수 있지 않겠냐."

그래서 생각난 게 마침 봄이어서. 소나무에 꽃이 가득 핀 거예요. 그래서 그 마을 사람들 불러가지고 정말 남아있는 얼마 없는 사람들 불러서

"우리 저 백룡을 도와야 우리 마을을 되찾을 수 있지 않겠냐."

해서 정말 나무를 막 흔들고 뭐, 사람들이 그냥 기진맥진하며 나뭇잎을 다 따가지고 이제 강 위에 뿌렸는데 그렇게 막 며칠을 뿌리니까 그냥 강 위가, 시커멓던 강이 하얗게, 그 소나무 꽃으로 다 뒤덮인 거예요.

그니까 이제 둘이 막 뒤죽박죽하니까 어? 백룡이 올라오면은 이제 안 보이고. 흑룡이 이제 올라올⋯ 얘도 다시금 물 위에서 애들이 막 싸우다가 다시 들어가고 이러잖아요? 근데 흑룡이 올라올 때 보니까 백룡이 공격하는 거예요. 그래서 걔가 지고 백룡이 이겼어요. 그래서 이제 흑룡을 물리쳐서, 이렇게 물리쳤고. 이제 백룡은 자기 갈 데로 가고. 이제 이거 이 용을 물리치러 왔기 때문에 다 각자 이렇게 갔는데.

그러고 나서 이제 사람들이 이, 그, 뭐지? 송화강이라고 이름을, 강 이름을. 소나무 꽃이 살린 강이다, 그래서 송화강이라 이름을 지었고. 그런데도 신기하게도 그다음 해부터 이 소나무가 한 번도 꽃을 피운 적이 없대요. 지금도 그래서 꽃을 안 피운다는 전설이 있습니다. 근데 송화강 가에 소나무 있는지 몰라요. (웃음) 꽃이 피는지도 모르고. 네.

[조사자 1: 어, 재밌다. 선생님.] 그죠? 그러게요. 제가 설화 강의하러 다녀야 되지 않겠어요? (웃음) [조사자 1: 어 진짜로 선생님. 중국의 설화 전문가 같애요. 선생님. 너무 훌륭해요.] 아니에요. [조사자 1: 진짜로 진짜로.]

흑룡강 유래

● 구연정보

조사일시 : 2017. 11. 12(일) 오후

조사장소 : 충청북도 청주시 가경동

제 보 자 : 이화(이윤정) [중국(한국계), 여, 1974년생, 결혼이주 19년차]

조 사 자 : 오정미, 한상효, 엄희수

● 구연상황

제보자가 〈울음으로 만리장성을 무너뜨린 맹강녀〉를 마친 뒤 이제 중국의 보
편적인 이야기를 다 했고 이제부터 자기 고향 지역인 흑룡강의 이야기를 하
겠다면서 구연을 시작했다.

● 줄거리

아주 옛날에는 흑룡강에 이름이 없었다. 그 강에는 난폭한 백룡이 강에 살게
되면서, 백룡 때문에 사람들이 더 이상 살 수가 없었다. 그때 이씨 성을 가진
남매가 있었는데, 어느 날 오빠가 먼 길을 떠나고 여동생만 남아 있다가 바닷
가에서 잠든 사이에 임신을 하게 되었다. 여동생은 흑룡을 낳았고, 돌아온 오
빠는 요물이라며 도끼로 용을 내리쳤다. 흑룡은 꼬리만 남긴 채 사라졌다. 그
후 한참이 지난 후 어느 뱃사공에게 손님이 찾아와 밥을 달라고 했는데 밥 아
홉 그릇을 먹고도 배가 안 찬다고 했다. 뱃사공이 이유를 묻자, 손님은 자신의
정체가 흑룡인데 백룡과 싸우느라 배가 고프다고 알려주었다. 그러면서 자신
이 백룡하고 싸울 때 도와달라고 했다. 사람들은 흑룡을 도와서 백룡을 쫓아
냈다. 그 후 흑룡은 뱃사공에게 본래의 모습을 들켰는데, 모습이 드러난 이상
함께 할 수 없다며 떠나갔다. 이 이후 그 강의 이름이 흑룡강이 되었다.

이번에 이제 이거 지금 제가 대개 말씀드린 거는 중국인들이라
면 대체적으로 알 수 있는 거 제가 아는 내용을 말씀드렸고, [조사자

1: 이 이야기는 선생님만 아는 이야기? 지금 하실 거.] 아이, 저만 아니고 그러니까 저희 지역 설화. [조사자 2: 흑룡강이라고.] [조사자 1: 어 흑룡강. 선생님 좋아요. 저는 이런 이야기가 더 궁금해요.]

그래서 제가 교수님, 고민을 많이 했어요. 어떻게 하면 교수님한테 도움이 돼 드려야 되는데. 너무 중국에, 대체, 중국적이고 다른 데 가서 충분히 다 이런 거는 할 수 있는 부분, 겹치는 부분이. [조사자 1: 그런 것도 의미가 있고.] 그래서 [조사자 1: 너무 좋은데 이렇게 지역적으로.] 그래서 제가 그 생각 문득 떠올라서, 에 엄마한테도 물어보고 저희 이모한테도 여쭤보고, 에 [조사자 1: 진짜요. 너무 감명 깊어요.]

그래서 저는 사실, 요즘 젊은 저도 젊은 세대 왔기 때문에 약간 신, 설화 이런 데에는 사실 알고 있는 기본적인 내용이 많잖아요. 그냥 간단하게만 그러니까 기억을 못해요. 들어도 줄거리만 알지. 이게 자세한 내용 스토리가 어떻게 전개되는지 모르고. 사실 큰 틀만 알면 딱히 의미가 없어요. 이게. 그리고 내용은 너무너무 [조사자 1: 너무 취지를 제대로 알고 계신대요.] 네. 그래서 막 그, 그때 엄마 이거 얘기했던 게 뭐였지, 막 이러면서 물어도 보고, 기억도 되살리고 좀 재미있긴 했어요. 좀 찾으면서.

그래서 이번에는 그 흑룡강이, 그 흑룡강 성인데요. 그 강이 강은 강이에요. 그러면 그 흑룡강이란 강이 실제로 존재하는 강을 성 이름으로 딴 거예요. 에 그렇게 흑룡강 성. 이렇게 그 흑룡강이 되게 그쪽에서는 큰 강이라는 얘기예요. 에에. 근데 흑룡강의 이름의 유래에 대한 거. 이거에 대한 전설이에요. 에 이거두, 아 아까도 말씀드렸지만. 이게 또 다른 전설이랑 똑 중복되게 뭔가 개연성이 있어요. 근데 그거는 정말 안 좋아해서, 관심이 없는 거라서, 나중에 기회가 되면 다른 곳에서.

대우(大禹)라는, 대우라는 그 대우가 중국 옛날에 성왕인데, [조사자 2: 네.] 좀 알고 계신가 보다. [조사자 1: (조사자 2를 가리키며) 역사를 많이 알아요.] 아 어떻게. [조사자 1: 아니, 괜찮아요. 재밌어요.] 아니 근데, 신기했어요. 어떻게 다 아시나. 그게 우왕이라는 왕이 있었는데 그 왕을 그 왕을, 이렇게 대우라고 하면 대(大)가 [조사자 1: 큰 대.]

큰 대면 되게, 어떻게 보면 그냥 단순히 그냥 큰 뜻이 아니에요. 그게 굉장히 그 사람을 존중하고 경청해요. 그래서 중국에서 우리 그 그냥 할 때, '형, 형' 이러잖아요. 그럼 형보다 더 존칭이 뭐예요? '형님' [조사자 2: 따거.] 그렇죠. 중국에서 'gē' 하지만, dàgē 앞에 dà 를 붙이면 에 굉장히 친근하고 이 사람 내가 [조사자 1: 네, dà가 대(大) 자예요?] 네, 그 대자예요. dàgē 이렇게 얘기해요. 그러면 굉장히 그 사람을 내가 존경하면서 그래서 겸손하게 그 사람을 존칭하는 의미 가 되는 거예요. 그래서 대우하면은 네. 그냥 그런. 우왕을 정말 이렇 게 친근하게 그 사람을 존칭으로 부르는 표현이고.

이제 흑룡강이 그 강 이름이. 흑룡강이 흑룡강이 아니었어요. 이 제 강은 이름이 없었고. 그냥 그런 강이 하나 있었는데 그게 왜 흑룡 강이 됐냐면. 이제 강에 에 그 강에 이제 백룡이 살고 있었대. 백룡. 근데 백룡이 한 마리 살고 있었는데 이 백룡이 되게 성정이 포악하 고 뭔가 심통이 많고, 그래 가지고 평소에는 그럭저럭 괜찮은데 심 술부리기 시작하면 막 수해 입고 막 난리나는 거예요.

그래서 이제 그 변덕에 이제 어떻게 맞출 수가 없고. 그래서 그 주변 사람들 굉장히 피해를 많이 봐서, 그 강 양 안에는 원래는 비옥 한, 원래 강 옆에는 항상 비옥하잖아요. 그쵸? 그래서 배산임수 이런 얘기도 있고. 이 비옥한 땅이 해서 백룡 때문에 사람들이 살 수가 없 어서 정말 다 이주해 가서 결국은 그 배 강이 있으니까 건너야 되잖 아. 그러니까 뱃사공이 남았을 테고. 그쵸?

근데 거기 뱃사공이 남고, 그다음에 그 벌목공들. 그 나무 있으 니까 나무를 짤르는 사람들 벌목공들이 남고 이제 모든 사람들이 거 기 안 사는 거예요. 너무, 거기 피, 피폐해지니까.

근데 이제 이게 아까 대우라는 얘기가 왜 나왔냐면, 이 대우가 치수. 대우치수(大禹治水)라는 또 저기 신환가 설화, 설화가 하나 있 어요. 이 사람이 강을 다스리는 그 무슨, 그 아버지, 조상부터 강을 다스리는 그 후손인데 그쵸? 엄청 많은 그 중국의 지역을 나눠요. 무 슨 지역, 무슨 지역 다 지역이 있는데 근데 이 사람이 관할해서 모든 강을 다스려서, 수해도 안 나게 한다. 그런 사람인데 이 사람이 [조사자 1: 대우치수예요?] 대우인데 이 사람이 물을 다스리는 신선 같은 거예요. 그래서 치수. 이렇게 물을 다스린다. [조사자 1: 아 다스릴 치.]

근데 이 대우가 물을 다스릴 때, 이제 용들을, 항상 중국에서는 이렇게 강이나 이 강에 용이 산다고 믿었어요. 용궁이면 강 속에 살아요. 그 중국은 내륙이 많고 바다가 적잖아요. 저는 그렇게 생각해요. 근데 이건 제 생각이에요. 대륙이 크다 보니까 뭐, 바다보다는 강 호수가 더 많은 거예요. 비율로 따지면. 인접한. 그래서 그 강 안에, 한국에는,

'바다에 용이 산다.'

그러잖아요. 그런데 중국에서는,

'강이나 호수에 용이 산다.'

이렇게 생각해요.

그래서 그 많은 강을, 강을 치수할 때, 요 한 마리 백룡이 뺀질거리는 백룡 한 마리 놓친 거야. 아 이 놈을 길들여야 되는데 (웃음) 그러면 어떻게 해서 거기 도망가서 지금 난리를 피우고 있는 거예요. 그래서 그 도망가 가지고 네 도망갔다 표현을 네, 그렇게 했, 했었어요. 예. 그래서 강물이 범람을 하고 막 하고 그래서 막 집도 다 무너지고, 난리 나고 사람도 안 살고 그래서 이제 그 뱃사공이랑 벌목공들이랑 좀 남아서 거기 지키고 있다 이렇게 내었는, 임시로 살고 있다. 이렇게 나, 이렇게 되는데.

이 또 다시 이 다른 얘기로 넘어가서 산동에 교주만*이라는 곳이 있어요. 교주. 교주가 산동 어디 쪽일 거예요. 산동성. 그쪽. 네. 교주만. 산동 그쪽 같아요. 왜냐하면 그 쩌우, 달 월자에 만날 교해서 교주라고 에, 그렇게 교주만이라는 곳, 그 일대가 그러니까 만이니까 거기도 강이겠죠. 그죠? 물이 흐르는 곳이겠죠. 에 거기에서 그 일대에서… 그 요거는 교수님 일단 접어두고. 요건 또 다른 얘기가 해서

---

* 중국 산동 반도 남쪽 연안에서 황해로 이어진 만이다. 1898년 독일과 청나라 사이에 체결된 조약에 따라 독일에 99년 동안의 조차권이 부여되었다. 1914년 제1차 세계대전 중에는 일본군에게 점령되었으나 1922년 중국에 반환되었다.

또 나중에 첨가가 될 거예요. (일동 웃음) 저 혼자서 뭐 하는 거죠? [조사자 1: 너무 좋아요. 너무 좋아요.] 근데 이 씨의 성을 가진 남매가 살았어요. 이 씨 성을 가진 남매가 살았는데 부모님은, 조실부모하고 이제 남매가 살았는데 오빠랑 여동생이 살았는데 근데 어느 해 여름 에 오빠가 먼 길 떠나게 됐어요.

그래서,

"내가 몇 달은 있어야 겠다. 그런데 집에서 안전하게 집에 있어 라."고.

"멀리 가지 말고."

오빠가 그렇게 얘기하고 갔는데 근데 여동생이, 이게 그, 강가에 가서 근데 제가 강가인지 바닷간지 모르겠어요. 교주만, 만은 강이랑 바다 만나는 곳이죠? 근데 제 기억에는 바닷가라고 기억하거든요. 그러면 만은 저는 만은 강에 가깝다고 생각하는데 또 빨래하러 바닷 가에 갔다 그러면, 만은 강하고 바다가 만나는 곳인가요? 만이 무슨 표현이죠? [조사자 2: 만? 만나는 곳?]● 에, 그죠? 그럼 바다일 수도 있 고, 강일 수도 있는 거죠. 그래 저는 만을 강이라고 생각했는데, 바다 라는 게 [조사자 1: 강일 수도 있는 거죠.] 기억이 나서 아,

'이게 뭔지.'

기억이 또 잘못 됐나 생각하다 보니까 만이라서 만나는 것 같아 요. 혼자 쓸데없는 생각 다 하고, 그 바닷가에 가서, 빨래하러 갔는데 날씨가 너무 더워가지고 빨래를 하다가 약간 어지럼증이 와서, 이게 잠들 듯이 쓰러졌어요.

근데 이제 해가 뉘엿뉘엿 지고 이제 깨어나 보니까, 이제 자기가 거기 쓰러져 있었으니까 빨래 주섬주섬 챙겨 집에 왔는데 이제 그날 부터 좀 몸이 이상하더니, 자꾸 배가 부르는 거예요. 그냥 바닷가에 서 잠만 잤는데 그 배가 불러 가지고 혼자서 동네에도 못 나가고 그 죠? 그 집구석에만 계속 방콕하고 오빠 올 때까지 집에만 있은 거예

● 바다가 육지 쪽으로 들어와 있는 형태이다. 여기서는 구연자와 조사자가 착각을 일으 킨 듯하다.

요. 챙피해서 나가지도 못하니까.

그래서, 봄날, 봄날, 다음에 봄 돼서 이렇게 애기를 낳았는데 이제 낳고 보니까 사람이 아닌 거예요. 까만 용인 거예요. 까만 용하면 한 마리 낳았어요. 어, 그래서 이 오빠가 이제 근데 여기서 용이 이제 태어났잖아요. 용이, 그래도 어떻게 처음에는 놀랐지만 그래도 내가 낳은 건데 그게 뭐든 상관없이 모성애가 발동해서 그래서 젖을 맥여서 살려야 겠다 싶어서 젖을 먹일라고 했는데 그러더니 용이 얼마나 빠는 힘이 좋은지 엄마가 기절했어. 젖 먹다가 젖 멕이다가. (웃음)

그래서 기절해서 깨어보니까 얘는 젖 먹고 또 도망갔어. 어디 갔는지 없어. 근데 또 이제 또 다음날 되면, 또 배고파서 온단 말이에요. 그래서 또 젖 멕이면 엄마 또 기절해 있고. 얘는 또 그새 어디 가 있고. 그래서 그렇게 하다가 오빠가 돌아왔어요. 근데 오빠가 돌아와서, 보니까 인제 얘기 안할 수가 없잖아요. 그래서 얘기해서.

"오빠 사실은 나 그냥 바닷가에 누워서, 잠만 잔 거밖에 없는데 어떻게 내가 글쎄 용을, 용 새끼를 낳았다고 어떻게 하면 좋냐."고.

막 그랬더니. 그러니까 피붙이니까 얘기하는데 오빠는 그 소리 듣고,

"왠 요물이냐?"고.

그러면서 막 도끼를 들고 그래서 용이 엄마 젖 먹으러 왔는데 어 그냥 도끼 들고 방에 가서 용, 그냥 있는 힘껏 내리친 거예요. 어 젖 먹고 있는데 이제 동생 쓰러졌어.

기절해 있고, 인제 그랬는데 그 용을 내리치는 순간 막 천둥 번개가 치고 막 먹구름이 몰려오더니, 갑자기 깜깜해진 거예요. 그래가지고 조금 있다가 인제 좀 밝아져서 보니까 용은 온데간데없고, 꼬리 한, 요만한 꼬리 하나가 남았어요. 용의 꼬리를 남기고 용은 가버렸는데. 동생이 인제 기절했다 깨나 보니까 오빠가 막 도끼 휘두른 사실을 알고 그렇게 슬프게 울었어요. 인제 죽었다고. 그리고 나선 이 용은 다시는 집에 나타나지 않았어요. 인제 여기서 얘기가 요 얘기는 종료가 됐어요. 끝났어요.

그래서 이 그 에, 아까 그 어부들, 아 그러니까 어부 아니고 뱃사

공도 좀 남았다고 얘기 했잖아요. 근데 이 뱃, 한 뱃사공이 거기 있었
는데 그 사람은 인제 그 어느 날 집에서 그냥 있는데 어떤 사람이 맞
은편에서 막 걸어오고 있는데 키는 뭐, 막 그 장수같이 덩치도 좋은
사람인데 얼굴은 그냥 거무튀튀하고 막 이런 사람이 오고 있는 청년
이 오고 있는 거예요. 그러니까 오고 있어가지고 뭐, 이 동네 뭐 하러
사람이 오나 싶어서,

"뭐하러 왔냐?"

물어보니까

"자기는 지나가던 사람인데 배가 고프니까 밥 좀 주면 안 되겠
냐?"고.

어 그래서

"괜찮다."고.

혼자 외로워하던 차에 그럼 잘 됐다고 둘이 그 저녁에 얘기하는
데 되게 얘기가 잘 통한 거예요. 그러니까 그 혼자 외로웠겠죠. 사람도
없고 뭐 말하는, 말하는 사람도 없고. 둘이 막 얘기하다가 막 즐겁게
대화하다가 이제 밥을 차렸는데 세상에 밥 한 그릇을 먹자, 아홉 그
릇을 먹었는데도 배가 안 찬다고 그러는 거예요. [조사자 1: 손님이.]

"어, 오늘은 더 밥이 없는데 내가 그럼 더 구해다 밥을 지어주마."

이렇게 얘기했어요. 그래서 삼일, 밥 먹고는 또 가, 또 어디 가요.
가, 가지고 낮에는 없다가 저녁이 되면 또 와요. 그러면 또,

"배고프다."

그래 밥을 줬는데 삼일을 그렇게 밥 주고 나니까 그다음에 되게
이상하잖아요. 그죠? 그래서 이 좀 물어봤어요. 근데 뭐 어떡해. 되
게 건장한 건 알겠는데,

"어떻게 뭐 어디 갔다 오냐? 아직도 배고프냐"고.

"진짜 배고프냐?"

막 이러면서, 이 사람이,

"자기가 배고, 배고픈데 너무 민폐가 된 거 같다. 이제 저한테 신
경 안 쓰셔도 된다."고.

그랬더니 이 사람이,

"그런 게 어딨냐."고.

"다 이렇게 인연돼서 만났는데 뭐 같이 먹다가, 없으면 같이 굶는 거죠."

이러니까, 이제 마음을 열었어요. 이 사람 믿어도 되겠다 싶은. 사실 그렇잖아요. 진심을 같이 되면 상처가 많아요. 어디 다 가족한테 버림받았는데 누구를 믿겠어요. 그런데 의지할 사람 생기니까 자기 그 출신의 비밀에 대해 얘기했는데,

"자기는 사실은 검은 용이 흑룡이다. 나는"

[조사자 1: 그 손님이?] 네.

"나 흑룡인데 사람 모양을 하고 다닌다."

이렇게 얘기를 했어요. 근데 여기 이 강에 자기가 그 (노트를 보며) 이건 안 적었네. 네, 자기가 그 저기 살고 있다가 그쪽에 아까 그 어디에요. 산, 산동, 산동에 에, 교주만에 그쪽인데, 지금 여기는 지금 흑룡강이니까 완전히 다른 곳이잖아요. 그 산동성, 흑룡강성인데 근데 거기 자기가 있다가 그 피난을 가서 동해, 그 꼬리 짤리고 나서, 동해 쪽에 피난을 가서 살았대요.

그래서 동해 쪽에 피난 가 있다 보니까 바다니까 이렇게 보면은 산동은, 이렇게 동해 쪽에 이렇게 있어. 흑룡강은 이렇게 좀 더 내려와서 좀 이렇게 안쪽에 이렇게 있잖아요. 그러니까 이쯤에 어디 있다가 얘가 이제 거기 동해 쪽에 들으니까 으에 이쪽에서 어디 뭐, 강이 있는데 이 안쪽 지방에서 자꾸만 이렇게 곡소리가 들리고 사람들이 우는 소리가 들리고 뭔가 그런 느낌이 안 좋은 게 있더라. 그래 무슨 일이냐 자기가 와 봤더니 강에 백룡이 살고 있더라. 그래서 자기가 그 백룡을 처단할려고, 계속 싸우는데 낮에는 이렇게 교전을 해요.

근데 교전하는데. 자기는 백룡은 자기는 거기에서 터 잡고 살고 있으니까 먹을 게 많잖아. 그러니까 자기는 계속 먹고 기력 보충하는데 얘는 먹을 게 없어요. 그러면은 지치면 다시 나오는 거야. 나와서 그 아저씨 집에가 밥을 먹고, 또, 또 다음날에 또 원기 회복돼서 또 가서 싸우고 그러다가 자기는 그래, 그렇게 얘기해요.

"나는 도저히 이래서 애를 못 이기겠다."

그러는데,

"몸에 그 힘이 넘치는데 내가 무슨 힘으로 애를 이기겠냐."고.

"난 먹을 것만 있어도 계를 쫓아낼 수 있는데 어떡하면 좋냐"고.

"막 안타깝다."

이렇게 얘기해요. 그래서 이 사람이 그다음에 애를 믿고 그만큼 저런 신뢰가 쌓이니까 그다음에 거기 주변에 정말 남아 있는 사람들 다 모아가지고 얘기했어요.

"우리 동네 옛 모습을 찾고 우리가 다시 행복하게 살 길은 이거밖에 없다. 그래 당신들도 발 벗고 도와줘야 되지 않겠냐?"고.

그래서 흑룡이 얘기해, 일러 주기로는, 아 이케 자기가 낮에 백룡이랑 싸울 거래요. 그러면 안에서 싸우면은 막 둘이 뒤엉켜 싸우면은 막 물이 엉키겠죠. 그러면 검은 물기둥, 물, 물이 위쪽으로 번질 때에는 자기가 올라온 거니까 또 나와요. 진빵하고 만두, 던져 달라고 그리고 흰 물보라 그, 그 흰 물이 막 올라올 때는 거기다 돌 던지라고 막 이렇게 얘기를 해줘요.

그래서 이 사람이 에휴

"알았다."고.

그래요.

그래서 다, 다음날이 되는데 진짜 든든하게 먹고 배불리 먹고 이제 강으로 갔어요. 이제 강물으로 가서 이 사람도 다 준비하고, 잡일 정말 사람, 그 근처에 있는 돌이라는 돌은 큰 돌 다 지게를 지어다가 밤새 그렇게 해서, 다 지켜보고 있었어요. 그래서 막, 막 이렇게 진짜 들어가서 막 싸우는데 갑자기 막 흰 물기둥이랑 검은 물기둥이 쫙 하늘까지 솟구치더니 그 안에서 뒤엉키는데 어느 순간 보니까 진짜 검은, 막 물, 검은 물이 위쪽에서 막 들끓다가 또 허연 물이 들끓다가 막 이러는 거예요.

그래서 이, 그 사람들이 이 검은 물이 막 들끓을 땐 막 빵이랑 막 집어던져 주고, 흰 물이 들끓을 땐 근데 처음에는 딱 막 했는데 물기둥이 솟구치고 하니까 막 진동이 와가지고 거기 있는 돌들이 막 주

서놓은 돌들이 다 이렇게 강물에 빨려가서버서,

'어떡하지. 저거 백룡 잡을 돌이 다 들어가면 안 되는데.'

막 제가 막 그랬거든요. 옛날에 그 생각이 그죠? 그죠? 그돌 다 없어지면,

'아 이게 뭐지. 그럼 이게 비극적으로 가는 건가.'

막 했는데 그건 아니었나 봐요.

그래서 백룡이 올라왔을 때는 돌을 막 던져 가지고 그랬는데 계속 그렇게 계속 하다 보니까 정말, 정말 기적같이 잠잠해지더니 갑자기 하얀 그 뭐지, 연기같이 막 이렇게 물기둥이 올라가더니 흩어져서 없어졌다 표현이 돼요. 그 백룡이 사라진 거죠. 그 흑룡이 이겨서 남고 이제 이 뭐지 평원을 되찾았어요.

그래 가지고 인제 이제 다시 집에 이제 돌아왔는데 인제 이 사람이 인제 그냥 결론이 어떻게 되냐면, 그냥 그렇게 도와주고 갔다 이러면 되는데 이 흑룡이 그 용인 모습을 봤어요. 어디서 몰래 보러 가고 있는 걸 이 사람이 봤고, 걸어오고 있는 건 사람 눈에 안 띌 때는 자기 편하게 용의 모습으로 있다가 사람 보이면 이렇게 변, 변신을 하는 거예요. 그래서 옛날에 중국에 그 드라마 같은 데 보면 있잖아, 그 뱀이 용이 될라면 뭐 팔천 년인가를 수련을, 수행을 해야 된대요. 그래서 옛날에 그 백, 〈백사전〉 뭐 〈청사전〉, 이것도 그런 게 있잖아요.

그러면 이 사람도 수련 엄청 해야 되는데 자기 모습 보여주면 안 되는데, 금기. 이게, 이게 저기 금기인데 이 사람도 이게 금기였던 거 같애요. 이제 자기 모습을 제가,

'금기인 것 같다.'

이런 생각이 들었거든요.

근데 모습을 이 사람이 딱 보고서 보니까 정말로 꼬리가 없는 흑룡이 오는 거예요. 그래서 이 사람은 꼬리가 없는 건 사실 모르잖아요. 그죠? 그때 와가지고,

"아 당신이 진짜 어, 흑룡이었군요. 꼬리가 없는 모습을."

그러니까 이제 자기가 들킨 걸 안 게야, 안 거예요. 그래서

"내 모습을 당신한테 들킨 이상 나는 더이상 당신이랑 이곳에서

있을 수가 없어요.”

이러고서 홀연히 떠나가 버렸어요. 이렇게 공, 굉장히 비옥한 땅을 되찾고 그래서 에, 이게 다 평화를 되찾았는데 그래서 흑룡강이라고 이렇게 이름이.

근데 저는 보통 보면은 황하하면 물이 누러니까 황하라고 하는데 흑룡강 사람들이 물이 검으냐고 물어봐요. 검은 물이냐고 흑룡강. 뭐 이러고 흑만 생각하는 거라,

‘아, 아닌데 흑, 그 뭐지,’

막 이러고, 에 그 사람들이 뭐지, 막 이러고 그럼 또 이거 또 설명해 줄 수도 없고,

“그냥 지명이에요.”

(웃음) 그러고.

[조사자 1: 궁금한 게 흰색과 검은색 있으면 인제 흰색이 좀 선한 거 같고 검은색이 약간 악한 거 같은데 어떻게 여기는 백룡이 악한 존재고 흑룡이 좋은 존잴까? 선한 존잴까?] 그쵸? 색깔에 대한 구체적인 흑백에 대한 그 선언은 딱히 없어요. 네 황금색 좋아하고 붉은색 좋아하고 이건 에 그냥 그런 거고 그 외에 흑과 백에 대한 건 많이 없는데.

근데 그 제 생각에는 그 뱀은 흑뱀이 있나요? 검은 뱀이 있나요? [조사자 1: 있어요. 본 거 같아요.] 그러면 흰 뱀도 있죠? [조사자 1: 그러죠.] 근데 흑사전은 없지만 백사전은 있잖아요. [조사자 1: 그쵸. 중국에.] 네 그러니까 그렇게 생각하면은 또 약간, 그럴 수도 있겠다. 그쵸? 교수님 말씀대로. 근데 그거는 상관이 없는 것 같아요. 결론적으로. 그쵸. [조사자 1: 어찌됐건 흑룡강의 유래담이니까.] 강 지명, 흑룡강의 강의 지명, 유래가 그렇게 돼서.

은혜 갚은 여우(狐仙)

● **구연정보**

조사일시 : 2017. 12. 10(일) 오후

조사장소 : 충청북도 청주시 가경동

제 보 자 : 이화(이윤정) [중국(한국계), 여, 1974년생, 결혼이주 19년차]

조 사 자 : 오정미, 한상효

● **구연상황**

제보자가 중국 동북3성에서 신선과 같은 존재로 여기는 동물들에 대한 설명
을 마친 후, 그중 첫 번째로 언급했던 여우에 대한 이야기를 이어 나갔다.

● **줄거리**

옛날에 착하고 재산이 많은 남자가 있었다. 한 여자와 결혼하여 아들을 낳았
지만, 아내가 죽었다. 그래서 새 아내를 맞아들였는데 그 여자는 다섯 명의 자
식이 있었다. 그 집에서 살면서 계속 여자 쪽의 친척들이 하나 둘 와서 살게
되면서 종들도 집을 나가고 남자와 아들이 설 자리가 없어졌다. 결국 그들은
집에서 쫓겨나 절에서 살게 되었다. 하루는 자신의 처지를 비관한 남자가 자
살을 하려고 했는데 백발노인의 모습을 한 여우가 나타나, 자기는 조상 때부
터 남자의 집 근처에 살면서 은혜를 많이 입었다며 이제는 자기가 남자를 도
와주겠다고 했다. 그래서 남자의 집에 가서 새 아내와 식구들 몸에 달라붙어
미친 사람으로 만들었다. 결국 새 아내의 식구들은 제 발로 집을 나가고 다시
남자와 아들이 그 집에서 잘 살게 되었다.

그래서 이번에 그, 여기 중에서 다섯 가지 신선. 신선이란 표현
좀 그렇다. 그냥 선이라고 얘기 할게요. '여우가 은혜를 갚았다' 이런
거가 있는데. 이건 진짜로 은혜를 갚은 얘기예요.

저번에 족제비 그거는 제가 은혜를 갚았다고 들었는데 뒤에는

기억이 안 나는 건지, 아니면 거기까지가 기억이 안 난 건지 모르겠
는데 저는 확실히 거기까지 생각했는데 나중에 보니까 은혜 갚은 게
안 나왔더라구요? 근데 이번은 은혜 갚은 게 맞아요. 네.

옛날에 그 어떤 성씨를 가진 집이 있었는데 굉장히 돈이 많고 잘
살았어요. 그, 시종들도 많이 거느리고 굉장히 잘 살았는데. 공부도
잘 해서 그 집에 아들이 어렸을 때 뭐 여기 한국으로 말하면 과거시
험을 보러가서 장원급제 해가지고 집안이 가문이 굉장히 번창한 가
문이었는데. 근데 그러다 보니까 결혼해서 아들을 낳았는데 이제 애
기 낳고 와이프가 병으로 죽은 거예요. 그니까 이제 집안에 안주인
이 없잖아요. 그래서 새로 예, 여자를 맞아들였는데 되게 예쁜 여자
를 다른 동네에서 맞아들였는데, 이 여자가 이제 그 재혼이다 보니
까 자기 딸들을 데리고 시집을 왔어요. 근데 시집을 왔는데 아, 한 일
이 년 있다 보니까 또 살다 보니까 또 집에 두고 온 친척들한테 맡겨
놓은 아들 셋이 있었나 봐요. 그 딸 둘에 위에 오빠 둘 하고 남동생
인 거예요. 그래서 자기 자식만 다섯이잖아요?

살다가, [조사자: 그 여자가?] 음. 여자가. 그래서 이집에는 그 돌
아간 와이프가 낳은 아들 하나밖에 없었고. 그래서 그냥 살다 또 몇
년 되니까 그 집 친척들도 한 명씩, 한 명씩 가까운 친척들이 이 집
에 와서, 집이 워낙에 잘 살고 많으니까 한 명씩 오다 보니까 이 집
머슴들도, 그렇잖아요. 자기들 사람들 갖다가 좀 도와서 같이 살면은
할 게 없어지니까 머슴들도 한 명 두 명 떠나가고. 그래서 결론은 그
여자네 집 사람들로 이 집안이 다 채워진 거예요.

근까 결론은 이 사람들이 주인인데 이제 부모님 다 돌아가시고
나니까. 이 둘이, 아들하고 아버지가 이방인 취급을 받는 거예요. 그
집 사람들만 득실득실하니까. 그래서 근데 살다가 너무 이렇게 불합
리하게 이 사람들이 너무 그런 거 같다. 그래서 아버지가 선비라서
되게 점잖은 사람인데 하루는 막 따졌어요.

"이거 우리 집인데, 내가 집주인인데 당신들 너무 하지 않느냐.
나한테 예의 같은 거 지켜 달라."

응, 이렇게 얘기했는데 그 사람들한테 막 뭇매를 맞아가지고 눈

탱이 붓고 막. 막 여기가 막, 이빨이 부러지고 이렇게 된 거예요. 그
래서 너무너무 원통해서 정말 자기가 이런 대접을 받고 살 사람이
아닌데. 막 후회해도 소용없잖아요. 그래서 아들을 데리고 이제 그
집에서 막 두들겨 맞고 쫓겨났잖아요.

　갈 데가 없으니까 근처에 있는 절에 갔어요. 절에 가서 고민을
하다가,

　"아, 내가 이렇게 살아서 뭐하냐."

　해가지고 이제 여기다가 그 절에 대들보에 목맬라고 딱 올라갔
는데 문밖에서 무슨 소리가 나는, 인적소리가 나는 거예요. 딱 문 열
고 보니까 어떤 수염이 백발 수염인 할아버지가 와가지고,

　"당신 여기서 뭐하냐."

　고 그랬어요. 자기 사정을 얘기했어요.

　"이렇게, 이렇게 원통한데 도저히 내가 이렇게 살아서 뭐하냐.
조상 볼 낯도 없다. 나 같은 놈은 죽어야 된다."

　이렇게 얘기했더니 그 사람이 얘기하기를,

　"나는 본디 당신네 집에 담장 거기에서 이제 살던 여우인데. 당
신 우리 조상들부터 당신들 조상들한테 은혜를 많이 입었다."

　이렇게 얘기하는 거예요.

　"은혜를 많이 입어서 내가 은혜를 갚으려고 왔으니까 응, 걱정하
지 말고 집으로 돌아가라."

　이렇게 얘기했어요.

　그래서 이 사람이 반신반의하면서 아들 데리고 집에 갔어요. 근
데 집에 갔더니 뭐 딱 대문 열고 들어갔더니 막, 그날 저녁, 그날부
터, 몰래 방에 들어갔는데 그날 저녁부터 뭐 밖에서 우당탕탕 통탕
소리가 나는 거예요. 그래서 문을 빼꼼히 열고 보니까 막 기왓장이
날라다니고 막 그냥 바람이 불고.

　근데 그게 생각났어요. 교수님이 그때 뭐, 그 뭐지? 며느리가 방
귀 낀 거 그게 생각나가지고. (웃음) 막 이렇게 날라가고 그런 거예
요. 이렇게 보니까 자기들끼리 막, 막 때리고 막 이 사람들 그냥 날라
가는 거예요. 넘어져서 부딪히고.

그리고 이제 낮 되니까 그, 후처가 음 막 이렇게 여우, 여우가 아까 여우가 사람으로 막, 사람한테 막 붙어서 화신도 되고 그런다 했잖아요? 근데 여우가 애가 씌워가지고 막 홀랑 벗고 막 동네방네 다 돌아다니고 이러는 거예요. 여자가. 그니까 미친 여자 취급받고 이러니까.

근데 며칠 그러다 보니까 이 사람들이 도저히 배길 수가 없는 거예요. 그래서 하나 둘 이렇게 떠나갔어요. 이 집에서. 근데 갔다가, 나가보니까 또 먹고살기 막막하니까 다시 오고 싶어서 들어올라고 하면 또 그런, 또 상황이 생기니까. 이제 발 못 붙이고 가고.

그래서 여자도 이제 정신 나가서 이 집에서 나가고. 그리고 이 집에 살던, 원래 살던 그 시종들이 하나 둘 소문을 듣고 이제 다. 워낙에 점잖은 집안이니까 잘 해줬나 봐요. 다시 와가지고 이제 그 여우가 은혜를 갚아서 다시 집안에 아들이랑 같이 행복하게 살았다, 뭐 이런 얘기가 있어요. 그래서 여우가 은혜 갚은 이야기.

[조사자: 음. 그럼 그 아까, 그 후처한테 호선이 붙은 거예요?] 예, 그쵸 그쵸. 그쵸. 예. 아, 호선은, 호선이라는 거는 이게 좋은 의미예요. 이게 붙어서 누구한테 나쁜 저기를 한다는 게 아니라, 근데 여기 붙는 거는 어떻게 보면은 이 사람이 붙었다기보다 혼내주려고. 예, 뭔가 마법을 부린 그런 느낌이에요. 그런 느낌.

아이의 대부가 된 족제비

● **구연정보**

조사일시 : 2017. 11. 12(일) 오후

조사장소 : 충청북도 청주시 가경동

제 보 자 : 이화(이윤정) [중국(한국계), 여, 1974년생, 결혼이주 19년차]

조 사 자 : 오정미, 한상효, 엄희수

● **구연상황**

제보자는 〈황금신발 한 짝을 잃어버린 예센〉에 이어 자신의 고향에서 전승되는 이야기라며 다른 이야기를 꺼냈다. 노트에 정리한 내용을 보면서 이야기를 시작했다.

● **줄거리**

장 씨 부부가 닭을 키워 매일 달걀을 얻는데, 하루는 달걀이 없었다. 쥐가 훔쳐가는 줄 알고 쥐덫을 놓았는데 쥐덫에 족제비가 걸렸다. 부부는 족제비가 불쌍하여 치료해 주고 밥도 주었다. 어느 날 부부가 아이를 낳고 보니, 머리 뒤에 족제비 털이 있었다. 도인이 말하길, 족제비를 아이의 대부로 삼으라고 했고 그래서 족제비를 대부로 삼았다.

에 두 개, 제가 준비한 건 두 개가 되는데 이거는, 이거도 장르를, 아 이거도 민담인 거 같기도 한데, 그냥 이케 농촌에서 전해져 내려오는 그런 얘기예요. 뭐 약간 전국적으로 이렇게 알려진 그런 게 아니고. 네. 그 족제비가 은혜를 갚다, 이런 건데.

근데 중국에도 까치가 은혜 갚은 거 있어요. 머리 박고 죽은 거. 에 있어요. 거의 비슷해요. [조사자 2: 종소리.] 네. 종소리. 네 그거도 되고 놀랐고. 근데 마지막에 들려드릴 얘기가 지금 한국 거랑 너무 똑같은 게 있거든요. 네 요거는 아니고.

네. 그래서. 그 족제비가 은혜를 갚았다는 건데. 그 족제비란 존재가 그 중국에선 약간 영험적인 그 이렇게 족제비 가죽이 황금색으로 그렇대요. 황금색으로 이렇게. 제가 족제비 검색해봤더니 정말로 이렇게. 금색으로, 이 족제비 털이 그래요. [조사자 1: 그래서 족제비가 영험한 동물로.] 에 그래서 중국인들이 원래 금색을 좋아해서 그런 거 같아요. 제 생각에는 그 황금색이 있는 거는 약간 호랑이도 그런 느낌이지 않아, 약간 노란색. 그래서 좋아하는 거 같기도 하고. 색깔이랑도 관련되어 있어 보여요.

이 그 어떤 마을에 보통 보면은 옛날에는 강, 강촌 동쪽 마을, 뭐 강 저쪽 마을 그러잖아요. 그래서 그거처럼 강서촌에, 강의 서쪽에 있는 마을에 장 씨라는 사람이 살았는데 이 사람이 스무 살이 넘어서야 색시를 얻었어요. 뭐 지금은 스무 살이 넘어서 색시를 얻으면,

"어머 아무것도 안하고 벌써 결혼하냐? 서른 넘어 가야 기본적인 건데."

옛날에는 스무, 열여섯, 열여덟 이럴 때 결혼하니까 스무살 넘으면 되게 늦게 장가간 거래요. [조사자 1: 그쵸 그쵸.] 네.

그래서 결혼을 했는데 이제 그 늦게 결혼했으니까 얼마나 아내를 아끼고 그런 게 있겠어요. 그죠? 색시를 얻어가지고 에 그래서 이 집에 닭을 키웠는데 닭이 집에서 그 나무를 때니까 나무 더미가 항상 산 같이 쌓여져 있었는데 그 나무 더미 밑에 항상 알을 낳는 거예요. 닭이 한 마리가. 그 다른 데 장소가 많은데 하필 그 구석에 가서 요만한 틈에 가서 알을 낳고 어떤 날에 가보면 한 알 있고, 어떤 날 두 알 있고 이렇게 알이 있는데 그래서 이거 꺼내기도 불편하고, 닭도 뭐 찔려 불편할 것 같고 그래서 어느 날, 이제 얘기했더니 아내가 그런 거예요.

"그러면 애한테 두, 두무리를 하나 지어주면 어떻겠냐?"고.

"그러면 애도 편하게 낳고 당신도 편하게 주워올 수 있지 않냐?"

근데 그 마침 와이프가 임신을 했어요. 그러니까 얼마나 막 좋은 일이에요? 그죠? 집안에 막 좋은 일 있으니까 이제 옛날에는 먹을

게 얼마 없으니까 닭이나 계란이 영양 보충할 수 있는 재료였어서, 닭은 잡아먹으면 알을 못 낳으니까 계란만 열심히 갖다가 맥이고 있었는데, 이제 둥무리를 두무리를 따로 만들어 줬는데도 닭이 알을 거기다 안 낳고, 계속 거기 가서 알을 나요. 그래 좀 그런 습성 있다고 해요. 닭들이. 자기가 익숙한 데 한다고.

그래서 거기다 알을 낳았는데 한데 어느 날 보니까 어머 닭알이 없는 거예요. 그래서 어머 뛰엄뛰엄 보니까 닭알이, 며칠 돼도, 닭알, 계란이 없어요. 우선,

'뭐지, 어디 쥐가 와서 계란을 어 파먹나.'

그래서 쥐덫을 놨어요. 아저씨가 쥐덫을 놨는데, 담 나가보니까 거기 족제비 한 마리가 걸려 있는 거예요. 저 갑자기 이 황금빛 족제비 하니까 뭔가 불길한 그게 있잖아요. 집에 임신한 그런 거 있는데 중국인들이 그런 금기가 있어요.

'집안에 결혼이나 임신했을 때 뭔가 안 좋은 게, 액운이 우리 집에 들어온다.'

이런 거 있기 때문에 굉장히 조심해야 돼요. 동물도 함부로 하지 못하고 뭔가 그런 게 있어요. 뭐 지나가는 거도 함부로 때려도 안 되고 막. 남하고 시비 붙어도 안 되고. 에,

'새로운 식솔이 들어오거나 새로운 생명이 잉태할 때는 그 대대로 안 좋은 기운이 갈 수 있다.'

이런 생각해서. 그러니까 너무 막 찜찜한 거예요. 그래서,

"아 죄송하다."고.

"아 내가 일부로 그런 게 아니라 쥐 잡을라 그랬는데 덫에 갇혀서 어떡하냐."

이러면서 이케 빼줘가지고 다리가 이제 찝혔는데 집에 방에 들어가서 몰래 와이프 몰래 이제 이 천으로 싸매주고 하루 밤 싸매주고, 먹을 거도 주고 그랬는데 다음 날 되니까 족제비가 없어졌어요. 그 이제 족제비가 없어져서, 이제… 족제비가 그 신비로운 빛깔을 털을 가진 동물이다, 이렇게 애기하거든요. 그러면 뭔가 굉장히 신비롭다는 거는 영험하게 인식을 했다는 그런 거 같아요. 그죠? 그

래서 어 족제비가 이제 없어졌는데 이제 가고 나서도 그냥 찜찜하니까 이 아저씨가 자기 식구들 밥 먹을 때, 자기 밥을 덜어서 이제 그 앞에다가 계란 낳는 거기다가 갖다가 놓는 거예요. 그러면 그 계란, 계란 얘기는 없고. 이 다시는 계란 얘기는 등장 안하고 인제, 밥을, 밥이 없어졌다고 와 보면 그러니까 족제비가 먹고 간 거겠죠? 에. 먹고 가서 그러니까 아 그렇게 해가지고 좀 마음의 위안을 삼았는데.

드디어 해산날 돼서. 이 와이프가 얘기를 낳았는데 얘기가 이렇게 무럭무럭 아들을 낳았어요. 그래서 뭐 되게,

"경사 났다."

뭐 그랬는데 아들이 무럭무럭 커 가는데 머리카락이 수북이 나서 보니까 어느 날 뒤통수 보니까 이만큼 한 줌이 한 주먹이 족제비 털 같은 머리카락이 여기 있는 거예요. 어 이거도 전설 아니에요? 근데 이 아이가 안 남아 있어서 모르겠어요.

그래서 이 족제비털 같이 있으니까 얼마나 찜찜해요.

"뭔가가 안 좋은 게 남았나 봐."

아저씨가 그러는 거예요. 그면, 그래서 에 이게 아 막 너무 마음이 불안해가지고 이제 예전에 보면 약간 도인 같은 사람들, 있어요. 막 안 좋은 일 있을 때, 그죠? 무당이 있고 그런 거처럼 도인한테 가서 물어보니까 도인이 방법을 알려줬어요. 그래서,

"아 이 족제비를 아이에 대부로 삼아라."

그래서 대부로 삼았다는. 네.

그죠 근데 이게 옛날에는 그 농촌에서는 약간 문화적인 거 많이 접근을 못하고 하다 보니까 미신적인 부분에서 많이 평안을 찾는 경우가 있잖아요. 그래서,

'안 좋다.'

그러면은 어디 기댈 데 없으면 하다못해 나무를 막, 대모, 대부로 삼고도 그랬대요. 농촌에서. 그래서 보통 하물며 살아있는 영험한 동물이니까 가능하다 이거죠. 그러니까 개연성 부여하기 위해서. 에 그런 얘기를. [조사자 1: 끝?] 네. 그래서 그랬다는 얘기. 뭐 강물 대부

로 삼는 경우도 있고.

　[조사자 1: 그래서 이 아이가 커서 무슨, 굉장히] 없어요. 끝났어요. 그러니까 이게 오로지 족제비가. [조사자 1: 은혜를 갚다.] 은혜를 갚단데, 은혜를 갚았단 얘기가 뭔 얘긴지 몰라도 이 아무래도 그 나중 얘기 더 있을 거 같아요. 그쵸? 저는 요만큼 들었지만, 은혜 갚았지만. 으 끝나버렸네. [조사자 1: 아 괜찮아요.] 교수님 지금 생각해보니까 끝나버렸어. (웃음) 전 여까지 들었어요. 그랬단다. 여까지 들었어요.

만주족 기원 신화

● 구연정보
조사일시 : 2017. 12. 10(일) 오후
조사장소 : 충청북도 청주시 가경동
제 보 자 : 이화(이윤정) [중국(한국계), 여, 1974년생, 결혼이주 19년차]
조 사 자 : 오정미, 한상효

● 구연상황
제보자가 〈송화강의 흑룡과 백룡〉에 대한 구연을 마친 후, 외할머니에게 들은 이야기라며 만주족의 시조와 관련된 신화 이야기를 시작했다.

● 줄거리
청나라의 태조인 누르하치는 본래 만주족이다. 만주족의 기원은 장백산 동쪽의 부쿠리 산에서 시작된다. 옛날의 옥황상제의 딸인 세 선녀가 부쿠리 산천지에 내려와 목욕을 했는데, 막내인 부쿠룬에게 까치가 날아와 빨간 열매를 주었다. 부쿠룬이 빨간 열매를 입에 물자 열매가 배속으로 들어갔고, 아이를 잉태했다. 시간이 지나 부쿠룬이 아이를 낳았고, 부쿠룬은 아들 부쿠리용순에게 큰일을 하라며 강을 따라 다른 곳으로 가라고 했다. 부쿠리용순이 도착한 곳에서는 성씨가 다른 두 부족이 싸우고 있었다. 부쿠리용순을 신성한 존재로 여긴 마을 사람들의 요청으로, 부쿠리용순은 그들을 다스리는 군주가 되었고, 만주족의 기원이 되었다.

아까 말씀드렸는데. 저희 외할머니한테 들은 거. 그거는 이번에는 말씀해드릴 건데. 아니다 요거는 그, 이거 신화는 이제 외할머니한테 들은 거 아니고. 제가 어렸을 때. 이것도 할머니한테 들은 거 같애요. 근데 정확히 출처를 모르겠는데. [조사자 1: 괜찮아요.] 네.

근데 그 연변에 장백산이라고 하잖아요, 백두산이라고 안 하고.

근데 장백산이라는 의미가 장은 길 장(長)을 써서 장이라는 게 오래
도록, 길다는 뜻이잖아요. 백은 흰 백(白)을 써서 뭐,

'오래 지켜주고 그 흰머리가 될 때까지 오래 지켜준다.'

이런 의미가 있어서 장백산이에요.

'사랑하는 사람끼리 서로 변치 말고 오래도록 지켜주며 행복하
게 살아야 된다.'

이런 의미가 있는 그 산의 이름이라고 해요.

그래서 그 길림성에, 동북3성 중에 길림성에 그 연변이 조선족 자
치구잖아요. 그래서 거기 이제 만주 쪽에 이주해서 간 조선 사람들
이 다 거기 많이, 거의 다 초창기에 많이 갔기 때문에 중국에서도 이
제 조선족 자치구로 인정을 했는데. 거기가 교수님 그 만주에 대한
역사 아세요? 만주. 만주가, 만주 벌판은 저 할머니한테 들었어요.

만주 벌판 얘기 들었는데 그 만주를 한국 국사를 배우면서 그 만
주라는 표현이 나오는 게 되게 신기했어요. 근데 막 그 항일전쟁하
고 이러면서. 그리고 거기다 뭐 협정도 맺고 일제랑 해서 뭐. 원래는
한국에서도 뭐지? 영토를 무슨 권을 주장을 하고 이런 거 고구려 땅
이었고 굉장히 뭔가 많은 복잡한 게, 기억은 잘 안 나는 데 있드라
구? 있드라구요?

근데 그 만주가 왜 만주냐면, 만주족이 거기 있어요. 그래서 만
주족이 사는 곳이 거기를 만주라고 표현했는데. 만주족의 건국신화
예요. 근데 그 백두산 자락이 만주족의 본거지였기 때문에 에, 거기
건국신화인데요. 그 장백산 산맥이 압록강, 아까 말씀드린 송화강,
그 도문강 이 세 강의 발원지예요. 장백산맥이. [조사자 1: 장백산 산
맥이?] 네. 압록강. [조사자 1: 압록강.] 송화강. [조사자 1: 송화강.] 도문
강. [조사자 1: 도문강이요?] 도문강. 도가 그림이라는. 예. 예. 도문강
이라는.

그래서 그거 장백산 정계비인가 거기 보면은 도문강이냐, 토문
강이냐 해가지고 지금 그렇게 됐다고. 도문인가 토문인가 그죠? 그
거 때문에 그렇게 됐다고 하드라구. 그렇더라구요. [조사자 1: 이 세
강의] 발원지. 예, 발원지요. 그니까 여기서 발원해서 쭉 다 내려가서

여기 나눠지는 거예요. 그래서 여기 동북3성을 다 거치는 강이 이제 압록강, 송화강, 도문강 이렇게 이렇게 돼있는데. 이제 그 만주족의 발원, 발상지고. 그리고 그 만주족의 문화를 대표하는 성산이라고 그 민족들은 그렇게 얘기를 해요. 백두산이.

근데 저는 그 만주족, 지금은 되게 가깝잖아요, 동북3성인데. 근데 만주족에 대한 기억이 별로 없어요. 네. 워낙에 한족이 다 그렇게 되다 보니까 만주족은 저희는 드라마로 봤어요. 만주족이 뭐냐면, 지금 현대에 입고 있는 치파오(旗袍)가 만주족의 복장이었어요. 그게 지금 청나라가 마지막이었고, 청나라 황제, 푸이 황제. 청조 마지막 황제, 푸이 황제 드라마를 어릴 때부터 봐가지고 이제 그것 가지고 그 위쪽의 역사를 배웠고. 네, 어렸을 때 그 드라마를 많이 봤거든요. 그래서 그때부터 옷이 그, 중국을 대표하는 치파오가 됐고요.

근데 지금 그 한족이 많지는 않지만 한족이 중국을 대표하는 민족이고 나머지 소수민족은 오십 다섯 개인데 만주족은 거기에 포함돼 있는 거예요. 왜냐면 그 만주족이, 멸망했기 때문에. 그리고 인제 장계석이 올라왔다가, 마오쩌둥이 됐다가 하다보니까, 그 사람들의 민족이 에. 그니까 만주족에 대한 걸 다 없애버리고 그러니까 중국에서 장족 다음으로 가장 많은 인구수를 차지하는 게 만주족임에도 불구하고, 만주족이 중국 내에서는 딱히. 많이 알려져 있지도 않고 좀 그렇더라구요. 그래서 제가 그 얘기를 들으면 좀,

'아 한 민족의 역사라는 게 정말 이렇게 어느 한순간에 이렇게 몰락할 수도 있겠구나.'

그런 생각이 들고. 네. 그렇더라구요.

그래서 그, 그, 누, 아니다. [조사자 2: 누르하치.] 누르하치. 아, 진짜 한 글자만 말하면 다 아신다. 우리는 누얼하츠(努爾哈赤)Nǔěrhāchì 라고 하거든요. 누얼하츠 이렇게. 누얼하치라 하나, 뭐라 하나. 지금 누하고 있는데. (웃음) 누르하치라 해줬어요.

누르하치가 청태조잖아요. 청나라의 그 태조예요, 누르하치가. 근데 그 누르하치가 근까 만주족이 가장 그 조상이 부쿠리용손Bukūri Yongšon이라고 해요. 부쿠리용순인가 그럴 거예요 한국말로. 부쿠리용

손 이름이 이렇게 긴데, 그게 만주족의, 누르하치는 청태조고. 만주족의 조상은 부쿠리용순이니까 누르하치가 그 사람의 후손이겠죠, 그죠. 부쿠리용순이 건국한, 건국신화예요. 그래서 장백산 동쪽에 그, 부쿠리산이라는 산이 있어요. 부쿠리산. 근데 그 부쿠리 산에 천지같이 생긴, 그렇게 그 호수 같은, 그 연못 같은 게 있어요. 그게 이름이 부쿠리 천지. 부쿠리 천지. 근데 그 천지에, 그 있었는데.

그 옥황상제가 세 딸 중에, 부쿠리, 아 부쿠룬이란 딸이 있어요. 이름이 무슨 있어요. 언니는 뭐구, 부쿠 뭐구. 둘째는 부쿠 뭐구. 막내는 부쿠룬이고 이런 거. [조사자 1: 근데 이 딸 이름은?] 부쿠룬. [조사자 1: 부쿠룬.] 부쿠룬.

근데 언니랑 같이 거 산 꼭대기에 있는 천지, 못이잖아요. 근데 거기 인제 목욕하러 이제 내려 오구. 와서 놀구 막 가구 막. 선녀들은 항상 보면 이런데 와서 목욕하고 그러잖아요. 그 목욕하고 있는데 어느 날도 날씨 좋은 날에 이렇게 목욕하러 내려왔는데, 이제 막 놀고 있는데 막내 동생 부쿠룬, 그 동생 머리 위에서 까치가, 계속 깍깍거리는 까치 한 마리가 이렇게 뭔가를 이렇게 뭐, 빨간색 열매를 들고 와서 계속 머리에서 맴도는 거예요.

근데 까치가 중국에서는 되게 신성한 새예요. 길조. 까마귀가 흉조예요. 한국도 그렇죠? [조사자 2: 한국도 그래요.] 네. 그래서 어렸을 때 막 까치가 울면 엄마가,

"편지 올려나 부다."

이러시고, 까마귀 울면,

"왠지 불길해."

막 이러구 그랬거든요.

근데 한국에는 그 까치가 흔한데 중국에는 까치가 안 흔해요. 까마귀가 흔해요. 그래서 까치가 일 년에 한두 번 울까 말까 겨울에 가끔 나무에서 까치가 울면 정말 뭔가 느낌이 상스러운, 좋은 일이 생긴 것 같아. 한국에 오니까 까치가 도서에 있어서. 응.

그래서 그 까치가 한 마리 오니까,

"뭐지?"

하고 봤는데 까치가 애 머리 위에서 뱅뱅뱅 돌고. 그래서,

"어 신기하다."

해서 손을 내미니까 빨간 열매를 손에 올려준 거예요.

보니까 되게 탐스럽게 생겼어요. 그래서 아유 애가 자기도 모르게 입에다가 넣구 이제 물고 있었어요. 사탕 빨고 있듯이. 물고 있었는데 자기도 모르게 뱃속으로 쑥 들어갔어요. 삼킨 게 아닌데. 먹구서

"뭐 그런가부다."

하고 놀구.

근데 있었는데, 놀다 보면은 그 하늘에서 시간하고 땅에서 시간이 다르대요. 그래서 뭐 어떤 사람이, 그런 설화도 있어요. 어떤 사람이 하늘에 가서 하루를 놀고 왔는데 내려오니까 막 어머니도 돌아가시구, 뭐 다 없어지구. 뭐 몇, 삼십 년의 세월이 흘렀더라 뭐 이런 게 있어요. 그래서 이 사람들이 잠깐 한두 시간 저기 거기서, 한 시간이면 지상에서는 며칠이 되는 거예요. 근까 천궁에서 한 시간 자리 비워도 괜찮은데 지상은 막 며칠 막 한 달 되니까 실컷 놀고 올라가잖아요.

그래서 있었는데 어, 막 놀다 보니까 어느날 되게 몸이 무거운 거예요. 부쿠룬이 느꼈을 때. 그래서 언니한테,

"언니 나 몸이 무거워서 되게 이상한 거 같애."

그랬어요. 그래서 언니가

"어, 이상하다? 왜 그러지?"

이랬는데.

"아, 나 이 상태로 저기 천궁 올라가면 올라가면 아부지한테 엄청 혼날 거 같애요. 언니 어떡하지?"

그러니까 큰언니가,

"야, 니 몸 이상 생겨도 우리가 그래두 선녀 아니냐."

신선들은 그러잖아요. 죽지도 않는다고. 장생불로의 그런 존재기 때문에.

"뭐 죽지도 않는데 그래봐야 뭔 일 있겠냐. 너 여기서 뭐 괜찮을 때까지 기다리고 있어. 언니들이 가서 대충 둘러 때워가지고 아부지

한테 말씀드릴게. 다 괜찮아지면 니가 올라와라."

이렇게 얘기를 했어요.

그래서 얘가 여기 있고 언니들 올라갔는데 어, 좀 시간이 지나니까 배가 점점 불러오더니 이제 아이를 낳았어요. 그니까 그 빨간 열매를 먹고 아이를 낳았는데 남자애를 낳았어요. 그래서 인제 아이가되게 그, 영리했어요. 태어나자마자 말을 하는 거예요. 그래서 엄마가 이 아이 이름을 부쿠리용순이라고 지었어요. [조사자 1: 부쿠리] 부쿠리용순. 네. 부쿠리용순 이렇게 될 거 같애요, 아마도.

부쿠리용순이 인제 막 말을 하고 있는데 애가 조금 크니까 엄마가 그랬어요.

"어, 너는 아버지가 없는데 아무래도 하늘이 너를 인간 세상을 위해서 점지해 준 아이 같다. 그러니까 너 인간 세상을 위해서 뭔가 큰일을 해야 할 사람이다."

그래서 배를 하나 주면서,

"너 이 배를 타고 죽 내려가다가 응? 가다보면 닿는."

닿는 언덕이라고 하나요?

"강안에 닿으면은 거기서 니가 그, 니 세상을 만들어라."

엄마가 이렇게 얘기를 했었어요. 그리고 엄마는 이제 하늘나라로 가버렸어요. 이 아이만 남겨두고.

근데 이 사람 벌써 이제 어느 정도 청년이 됐죠. 이제 세월이 지나서. 그래서 이제 쭈욱 강 따라서 내려가다가 진짜로 어떤 그 강안이 있어서 거기에 도착했는데. 내려 보니까 뭐 나무도 푸르르고 경치도 좋고 살기 좋아 보여요. 그래서 거기다가 나뭇가지 뜯어가지고 뭐 이렇게 나뭇잎도 줍고 해서 이제 저 방석 같은 거 만들어가지고 거기 앉아가지고 이러고 여유롭게 강가도 쳐다보면서 이제 약간 도인 같은 느낌으로, 포스로 앉아있는데.

근데 이 마을에는 세 개의 성씨를 가진 부족 같은 사람들이 살았어요. 그래서 무슨 성씨인지 모르겠는데. 뭐 예를 들면, 오씨 성, 이씨 성, 한씨 성. 뭐 이렇게 세 개의 성씨를 가진 사람들이 있었는데. 근데 서로 자기가 그거 어떻게 말하면 부족 같은 느낌이니까,

"우리 성씨가 원조야. 니들이 나중에 왔지 않냐."

"아니야 우리가 먼저야."

이러면서 뭔가 자기들 거기서 우두머리 역할을 할려고, 네, 위세를 부릴려고 하는 거예요. 그래서 맨날 싸우다 보니까 싸움이 끝이 안 나는데. 좀 화해했다,

"그래 우리 이렇게 살면 안 되겠지?"

화해했다가 또 어느 날은 또 이제 싸우고 계속 이러고.

근데 계속 끊이지 않으니까 이제 사는 게 평화롭지 않으니까 행복하지 않겠죠. 그래서 그러고 있는 와중에 어떤 사람이 강가로 나왔다 보니까 저기 도인 같은 사람이 딱 있는 거예요. 이방인이. 자기네 땅에. 그니까 중국인들은 좀 약간, 그 내가 예측할 수 없는 것에 대한 뭔가 신비로움 같은 게 있어요 막연하게 항상.

"아, 저사람 어디서 왔을까? 뭐지?"

그니까 의미부여를 하는 거 있죠.

"아, 우리를 위해 보내 준 무슨 존재가 아닐까?"

이런 생각을 한 거예요. 그래서 막 달려가서 자기 그 성씨, 세 성씨 가진 사람 중에 제일 높은 사람 있을 거 아녜요. 제일 그 센 사람한테 가지고,

"우리 싸우고 있을 때가 아니야. 어떤 그, 지혜로운 사람이, 신, 신적인 존재가 온 거 같애. 우리한테 이 일을 해결해 줄 사람이 온 거 같애."

막 이런 거예요.

"하늘이 우리를 위해서 이 사람 보내준 거 같애."

그래서 딱 가보니까 진짜 너무 이렇게 생긴 것도 일반인 같지 않게 잘생기고 비범한데. 그 거구가, 되게 거구라고 표현을 하거든요? 근까 키도 뭐 삼 장이 되고, 뭐, 뭐, 뭐 팔도 얼마나 길고. 막 이런 표현이 있어요. 그렇게 얘기한 사람이 정말 거기서 편안한 얼굴로 있으니까, 진짜 도인 같은 분위기니까 뭔가 믿음이 가서 얘기를 했어요.

"우리들 맨날 싸우는데 당신이 우리들을 이끌어 가면 어떻겠냐."고.

결론은 누군가는 그 우두머리가 됐음 좋겠는데 저 사람들이 되는 거보다는 다 이 사람이 되는 게 낫다고 생각을 했나 봐요. 그래서 이 사람이 그냥 그,

"우리가 다 당신의 말을 따를 테니까, 우리 살기 좋게 이렇게 해 주세요."

이렇게 얘기했어요.

그래서 이 사람이 이, 그, 내란을 잠재우고 이렇게 나라를 세워 가지고 이제 그 이 사람이 군주가 되고, 그게 나중에 그 만주족의 그, 기원이 됐다. 만주의 기원이 됐다, 이런 얘기.

[조사자 1: 그러면 선생님, 이 이야기는 어, 장백산 이야기보다?] 그죠. 아니죠. 그니까 장백산 쪽으로 동쪽의 거기에서 흘러 내려온 게 장백산 쪽이었던 거죠. [조사자 1: 아아.]

아까 그 장백산 동쪽에 무슨 산이 푸르고, 네. 부쿠리, 부쿠리 산이 있었고. 부쿠리 천지가 있었고 거기서 엄마가 이제 배에다 태워 보냈잖아요. 근데 장백산 기슭에 도착한 거예요. 그래서 이 사람의 근거지가 됐기 때문에 장백산에. 예. 관련된 건국신화가. [조사자 1: 아, 그 도착한 곳이.] 네. [조사자 1: 장백산 그쪽이었구나.] 네. 네.

견우와 직녀 [1]

● 구연정보
조사일시 : 2016. 11. 28(월) 오후
조사장소 : 충청북도 충주시 단월동
제 보 자 : 주경옥 [중국(한국계), 여, 1973년생, 결혼이주 13년차]
조 사 자 : 오정미, 이원영

● 구연상황
제보자가 〈하늘의 구멍을 메운 여와〉 이야기를 마친 뒤 조사자가 한국의 〈선녀와 나무꾼〉 이야기에 대해서 묻자 주경옥씨가 밝게 웃으며 견우와 직녀 이야기를 구술했다.

● 줄거리
옛날에 직녀라는 서왕모의 딸이 있었다. 직녀는 천을 짜서 하늘의 석양을 빨갛게 물들였고 늘 천만 짜는 것이 심심하여 지상에 내려갔다. 그리고 지상에 내려간 직녀는 견우라는 잘생긴 목동 청년을 만나 아들과 딸을 낳고 살았다. 화가 난 서왕모가 직녀를 찾아내어 강제로 데려갔다. 직녀를 그리워한 견우가 옥황상제에게 간절히 빌어 직녀를 데리고 도망쳤지만 결국 그들을 뒤쫓던 서왕모가 비녀를 던져 은하수를 만들어 견우와 직녀의 사이를 갈라놓았다. 견우와 직녀는 은하수를 사이에 두고 헤어져 서로를 그리워했는데, 음력 7월 7일 딱 하루 만날 수 있도록 허락을 받았다. 그래서 그날은 까마귀들이 다리를 놓아 그들을 만날 수 있게 해주었다. 그 후로 7월 7일이 되면 까마귀들의 털이 빠지게 되었다.

옛날 옛적에 그 직녀라는 그 하늘에 아, 직녀라는 분이 살고 있었는데 그 직녀가 그 서왕, 왕모°라구 중국에, 서왕모라고 있잖아요. 서왕모 그 딸이었다고 그래요.

그래서 직녀라는 게 원래는 그 천을 짜는 사람이잖아요. 근데 천을 짜가지구 이렇게 해가 그 질 때면 이렇게 석양이 빨갛게 물들잖아요. 그 천을 짜가지구 이렇게 하늘을 이렇게 빨갛게 물드는 물들였다고 그렇게 얘길 해요. 근데 계속 천만 짜고 있으니까 너무 심심하잖아요. 하루는 아, 나는 좀 있잖아요. 그

"지상에 내려가서 좀 놀구 싶다."

이렇게. 근데 딱 지상에 딱 내려왔는데 어떤 그 직, 아, 견우라는 그 목, 목, 목동이에요. 그 사람은 소를 치는 그 청년인데 굉장히 잘생기고 그러니까 그 어떻게 인연이 맺어져가지구 같이 이렇게 애기 낳구 이렇게 살게 됐는데 딱 서왕모가 어 딱 보니까 이 견우라는 그 있잖아요. 자기 딸이 없어졌는지 없어지니까 이렇게 찾으러 다녔대요.

찾으러 다니다 딱 보니까 아, 지상에 어떤 청년하고 같이 살고 있었대. 벌써 아들 하나 딸 하나를 놓고 살고 있었대요. 그래서,

"너 빨리 있잖아. 돌아와라."

하니까,

"아, 나는 못 돌아가겠다."

이렇게 얘기를 했는데, 그담에 억지로 이렇게 강제적으로 이렇게 잡아온 거죠.

근데 그 잡아 이게 어떻게 보믄 제 생각엔 좀 선녀와 나무꾼 이야기하고 굉장히 비슷한 [조사자 1: 맞아요. 괜찮아요.] 예, 예. 그래서 그, 아, 견우가 계속 기다리고 있다가 안 오니까 이렇게 방도를 찾아가지구 괴 굉장히 그 옥황상제라구 있잖아. 옥황상제는 하늘에서 가

● 서왕모는 곤륜산(崑崙山) 꼭대기에 사는 신으로 모든 신선들을 지배하는 최고의 여신이다. 머리에 화려한 관을 쓴 절세 미녀의 모습으로 그려지기도 하고 표범의 꼬리와 호랑이의 이빨을 가진 기괴한 모습으로 그려지기도 한다. 먹으면 장생할 수 있는 복숭아를 가지고 있다고 전해진다.

장 높은 직위, 그 서왕모는 그 부인이잖아요. 그래서 옥황상제한테
간절히 간절히 해가지구 있잖아요.

이 견우가 있잖아요. 직녀를 만날러 가가지구 같이 데려와서 막
도망쳐 오고 있는데 막 오고 있는데 있잖아요. 그 서왕모가 딱 봐가
지구 어, 도망치는 걸 보고 비녀를 딱 뽑아가지고 확 이렇게 하늘에
있잖아요. 던졌대요. 그래가 그 은하수가 돼가지구 있잖아요. 직녀하
구 그 있잖아요. 견우가 딱 헤어졌대요. 은하수를 중간에 사이 두구
이렇게 헤어져 있었대요. 근데 너무 보고 싶어 하니까,

"아, 그러면 7월 음력 7월 7일 날 그 하루만 딱 보여주겠다."

해가지구 그 까마귀들이 이렇게 있잖아요. 다리를 놔가지구 그
날 하루 이렇게 건너가서 보는데 뭐 칠월칠석날이면 까마귀가 뭐 털
이 이렇게 다 빠진다고 그러잖아요. 근데 그 다리를 놔가지구 까마
귀가 이렇게 털이 빠지는 거구 그날 하루만 만나 볼 수 있다구 그런
전설이었구.

그래서 중국에서는 7월 7일 중국이 그 발렌타인 데이라고 하거
든요. 네. 한국엔 2월 14잖아요. 중국에 음력 7월 7일 중국의 발렌타
인 데이 그렇게 얘기하구 있어요.

견우와 직녀 [2]

● 구연정보
조사일시 : 2017. 04. 05(수) 오후
조사장소 : 충청북도 충주시 단월동
제 보 자 : 주경옥 [중국(한국계), 여, 1973년생, 결혼이주 13년차]
조 사 자 : 오정미, 한상효

● 구연상황
제보자가 〈진시황제가 여자를 믿지 못했던 이유〉 이야기를 마친 뒤 조사자가
견우 직녀에 대해 묻자 제보자가 안다면서 이야기를 시작했다. 이전에 제보
자가 구연했던 것보다 내용이 더 자세한 편이었다.

● 줄거리
옛날에 견우라는 부지런한 목동이 소를 키우며 살고 있었다. 어느 날 견우는
늙은 소의 지시에 따라 인간세계로 내려와 목욕하며 놀던 선녀의 옷 중 하나
를 훔쳤다. 그것은 직녀의 옷이었고, 두 사람은 사랑에 빠져 함께 살면서 아이
를 낳았다. 하지만 이는 하늘의 규범을 어기는 일이어서 직녀는 하늘나라로
붙잡혀 갔다. 늙은 소는 견우에게 자기가 죽고 난 후 그 가죽으로 하늘나라로
올라갈 수 있다고 알려주었고, 견우는 가죽 덕분에 하늘나라로 올라갈 수 있
게 되었다. 견우는 바로 직녀를 만나려고 했으나 서왕모가 은하수로 가는 길
을 막아버렸다. 그러나 하늘나라의 까마귀가 이들의 사랑에 감동하여 오작교
를 만들어 마침내 견우와 직녀가 다시 상봉할 수 있었다. 서왕모도 이 모습에
감동하여 매년 음력 칠월 칠일 오작교에서 두 사람의 상봉할 수 있도록 허락
했다. 이후 매년 칠석에 견우는 두 아이를 데리고 하늘나라로 올라가 직녀와
만난다고 한다.

옛날 옛적에 견우라는 굉장히 부지런한 목동이 살고 있었는데
목동이 소를 키우고 있잖아요. 그래 어느 하루는 딱 여물을 주고 있

는데 소가 얘기를 하는 거예요. 목동한테.

"목동아. 너 내일 어떤, 어떤 산 밑에 가면, 그 호수가 있는데 그 호수에서 선녀들이 내려와서 미역을 감는다."고.

"그중에 빨간색 옷을 입은, 그 있잖아요. 그 선녀의 그 있잖아요. 날, 날개옷을 감추라."고.

"그게 니 아내 될 사람이다, 부인될 사람이다."

그렇게 얘기를 하는 거예요. 그래서 딱 있잖아요. 그 목동이 그 소가 얘기해 준 대로 딱 가서 감춘 거죠. 목욕을 다 하고 딴 사람은 다 올라가고 있는데 그 빨간색 옷을 입은 그 선녀는 못 날아가서 그 목동과 그 결혼을 한 거죠. 딱 결혼하고 아이를 낳고 잘 살고 있는데, 또 소가 딱 이렇게 얘기를 한 거죠.

"아 나는 나이가 들어서 거의 죽게 됐어. 내가 죽으면 내 있잖아요. 내 가죽을 버리지 말고 잘 보관해 두라. 그러면 이후에 쓸 데가 있다."고.

그 가죽을 뭐 보관해 둬가지고 하늘을 이렇게 날 수 있다고 이렇게 얘기를 했어요. 그러면서 그 소가 죽었어요. 그다음에 또 이 있잖아요. 옥황상제 말고 옥황상제의 왕후가 딱 선녀들이 딱 내려갔는데 이 선녀만 안 돌아왔잖아요. 그 사실을 알고, 굉장히 성질이 나가지고 와서 딱 데리고 간 거죠. 이 여자를 데리고 간 거죠. 이 목동이 굉장히 슬퍼하고 있는데 그다음에 그 꿈에 소가 나타나가지고, 이렇게 얘기를 한 거죠.

"자 목동아. 내가 그때 그 가죽을 남겨 놓으라고 했는데 그 가죽을 쓰면 하늘을 날 수 있다,"고.

"그러면 니가 그걸 쓰고 날아가서 그 있잖아요. 그 선녀를 데려오면 된다."고.

그렇게 얘기를 했죠. 그래서 그 목동이 그다음에 깨어나가지고, 그 가죽을 딱 쓰고, 하늘을 날아올라 가지고 지금 딱 올라갔죠. 올라가지고 자기 부인되는 사람을 딱 만났죠.

그래가지고 같이 데리고 올라고 같이 오고 있는데 지금 그 왕후가 하늘의 왕후가 딱 발견하게 된 거죠. 둘이 같이 가면 안 된다고.

딱 둘을 있잖아요. 하늘에 딱, 빗을 쳤는데 그 중간에 은하수가 딱 생기게 된 거죠. 그래서 견우하고 직녀가 은하수를 사이에 두고 있는데 굉장히 너무 슬퍼하니까 이 왕후가,

"그러면 좋다. 일 년에 한 번씩 만나, 근데 음력 칠월, 칠일 날, 이렇게 만나게 해줄게."

그래서 그다음에 만날 때 오작교라고 하잖아요.

중국에서는 오작교 그 있잖아요. 남자 그 결혼 광고, 그 광고를 낼 때 그 오작교라고 있잖아요. 오작교남 뭐 몇 살, 어떤 대상을 찾으려고 함. 결혼, 그런 거, [조사자: 뭐 듀오 같은 거?] 네, 네, 네. 옛날에는 중국에서 옛날에는 그 잡지 같은 거 있잖아요. 옛날에 한국이 뭐 지금 말로 잡지 뭐 연변녀성, 청년생활 이런 잡지 같은 게, 제일 마지막에 보면 오작교. 하는 리스트가 있는 거. (웃음) 남 몇 살. 뭐뭐. 건강하고, 뭐 키가 얼마고, 직업이 어떻고, 그다음에 연락처. 뭐 관심 있으면 연락 주세요. 요즘에는 안 그럴 거예요. 아마 저희 어릴 적에는 맨날 그 뒤에 있었어요. 저희보고, 이 남자 괜찮고. 아니 저희 어릴 때, 어릴 때. 농담 삼아서 보면서 네, 네.

거기다 오작교라고, 오작교를 딱 만들어 줬는데 오작교가 그 까치하고 까마귀 있잖아요. 까치하고 까마귀를 만들어 줬는데 일 년에 딱 한 번 만나는데 그래서 그날 음력 칠월 칠일이면 까마귀 털이 빠진다고, 왜냐하면 오작교를 놓느라고, 너무 힘들어가지고 까마귀 털이 빠진다 그런 전설이 있고.

또 음력 칠월 칠일 날이면 슬퍼가지고 계속 비가 온다는 얘기가 있어요. 견우가 직녀하고 만나가지고 일 년에 한 번씩 만나니까 너무 슬퍼서, 눈물을 흘린다는 얘기가 있어요. 그래서 중국이 발렌타인데이는 음력 칠월 칠일이에요. 네. 뭐 이월 십사일도 중국에서도 요즘에는 많이 쇠죠. 요즘에는 왜냐하면 서양 명절이 들어와서, 그렇지만 중국이 전통적인 발렌타인데이는 네, 칠월 칠일. 네.

견우와 직녀 [3]

● **구연정보**

조사일시 : 2017. 05. 15(월) 오전

조사장소 : 경기도 수원시 팔달구 화서동

제 보 자 : 류정애 [중국(한국계), 여, 1980년생, 결혼이주 8년차]

조 사 자 : 오정미, 이원영

● **구연상황**

제보자가 한국으로 이주하게 된 사연을 들려준 뒤 본격적으로 설화 구연에 들어갔다. 설화 구연에 익숙한 모습으로, 자연스럽게 이야기를 들려주었다.

● **줄거리**

하늘에 사는 황제와 황후의 손녀인 직녀는 직물을 짜는 솜씨가 좋아 손을 거치는 모든 직물이 예쁘고 아름다웠다. 지상에는 고아인 견우가 소와 함께 살고 있었는데 어느 날 소가 호숫가에 가면 선녀들이 목욕을 하고 있을 것이니 선녀들이 벗어 놓은 옷을 한 벌 훔치라고 말해주었다. 그래서 견우는 소의 말대로 하여 옷을 훔치고 결국 그 옷의 주인인 직녀와 부부가 되어 남매를 낳은 후 잘살고 있었다. 그러나 황후가 직녀를 붙잡아가서 은하수로 두 사람을 떼어놓았다. 그 후 둘이 서로를 바라보며 계속 울자 황후가 까치들을 시켜 이들을 7일에 한번씩 만나도록 허락했으나 까치가 말을 잘못 전하는 바람에 7월 7일 하루만 만날 수 있게 되었다. 황후는 7월 7일에 까치를 시켜서 은하수에 다리를 놓게 해서 둘을 만나게 해주었다. 그날 저녁에 내리는 비는 두 사람이 흘리는 눈물이라고 한다.

중국에는, 서양에는 2월 14일 발렌타이데이 있죠? 중국의 발렌타인데이는 7월 7일이에요. 음력으로. 예. 이날이 인제 그 직녀와 그 누구죠? 그 남자. [조사자 1: 견우.] 네, 견우. 중국어로 돼 있어 가지구

번역하면서 해야 돼서. (웃음) 예. 견우 직녀네 날이라구, 예, 그렇게
해서 중국의 발렌타인데이는 음력 7월 7일이에요. 이 이야기 때문에.

그래서 옛날에는 이제 그 하늘에서 사시는 황제랑 그 황후가 있
었잖아요. 직녀가 그 황후의 손녀래요. 예예, 그래서 직녀는 왜 직녀
냐 하면 그 뭐 천을 짜는 거 잘한대요. 그 직 자가 그 짜는 뜻이잖아
요. 그래서 직녀라구 부른 거예요. 모든 그 천이나 원단이나 이 직녀
의 손을 거쳐 지나가면 아름답게 예쁘게 예쁘게 짜서 직녀라구 부르
고, 하늘에서 살기 때문에 구름도 이 직녀가 짰대요. 구름도. 예. 그
래서 왜 예쁜 구름들 모양이 다른 구름들 많잖아요? 다 직녀가 짠 거
예요.

그리고 인제 견우는 고아예요. 혼자서 인제 사람 이외에는 하늘
에서 사는 게 아니라 땅에서 사는 사람인데요. 인제 가난하게 혼자
서 이렇게 계속 살고 있었는데 직녀 아니 견우가 소 한 마리 있어요.
그래서 소하고, 소가 젤 친한 가족 된 거죠.

그래서 어느 날 소가 견우한테 말했어요. 저기 그 숲속에 호숫가
에 가면 선녀들이 와서 목욕한다구. 예, 가서 그중에 옷 한 벌만 훔쳐
오면 그 선녀가 견우랑 같이 살 수 있대요. 어, 그래서 견우가 그 호
수에 가서 직녀 옷을 하나 한 벌을 훔쳐와 가지구, 근데 그 마침 하
늘에 못 올라간 직녀두 견우를 좋아하게 돼서 둘이 같이 부부가 돼
서 살게 됐어요. 그 후는 이제 아들 한 명 딸 한 명 낳구 행복하게 생
활하구 있는데요.

어, 하지만, (전화가 와서 잠시 구연을 멈추었다가) 하지만 직녀
가 하늘에 안 올라갔으니까 하늘에 원래 직녀가 하는 일이 있었잖아
요. 구름도 짜야 되구 이렇게 되는데 그 할 사람이 없으니까 하늘이
엉망진창이겠죠. 그래서 이 황후가 너무 화가 나가지구, 그 하늘에
있는 그 병사들을 보냈어요. 가서 직녀를 잡아오라구.

그래서 보내서 이제 직녀를 잡아왔는데 이 견우하구 견우가 그
소 한 마리 있잖아요. 소가 도움 해줘서 그 소 뒤에 광주리 이렇게
두 개 가지구 딸 한 명 아들 한 명 이렇게 태우고 자긴 앞에 타서 하
늘로 쫓아올라갔어요. 예.

쫓아올라갔는데 거의 그, 애들 엄마를 잡을라구 했는데 황후가 와서 머리에 있는 그 삔, 그거 뭐라고 하죠? 길쭉한, 비녀, 비녀를 뽑 아서 가운데를 슉 이렇게 그어놨어요. 그어 놨으니까 거 그어진 그 빤 짝빤짝 하늘에서 그어진 거기 때문에 여기서는 지금 빤짝빤짝한 그 강이라구 말할 수 있는데 그 강이 뭐냐면 은하, 하가 그 물하. 예에. 그래서 은하가 된, 그게 은하래요. 그게 은하수고 이 은하수 때문에 만날 수가 없어요, 둘이 지금. 하나는 은하수 이쪽 하나는 이쪽에 있 죠, 한 명은. 그래서 이들은 서로 바라보면서 울고 계속 울고 이랬죠.

그래서 시간 좀 지나서 그 황후가 그들이 너무 슬프게 울고 하니 까 마음이 좀 약간 그렇잖아요. 여리잖아요. 그래서 어, 그 까치들 까 치들을 시켜서 그들을 어, 7일마다 원래는 일주일마다 한 번씩 만나 게, [조사자 1: 일주일에 한 번씩?] 네, 원래는 일주일마다 한 번씩 7일 이죠, 그쵸? 일주일이니까. 7일마다 한 번씩 만나게 다리를 놔줘라. 하지만 까치들이 말을 잘못 전달해서 매년 7월 7일만 만나게 된 거 예요. 원래는 이렇게 7일에 한 번, 7일에 한 번 이랬는데 7, 7, 7, 7, 7 이러다 보니까, 그래서 매년 7월 7일 딱 한 번이 됐어요. 일주일에 한 번인 날을. 일 년에 한 번씩 만나게 되었어요. 그래가지구 그 황후 가 그 까치들한테 벌줬어요.

"너네들 때문에 얘네들 못 만났다."

아, 첨엔 이렇게 했어요. 까치들이 먼저, 그 저기 뭐지? 다리를 만들어주는 게 아니라 그냥 까치들한테 말을 전해줘. 얘네들이 7일 에 한 번씩 만날 수 있게. 인제 그럴 때는 은하가 없어지든 어떻게 만나게 하겠죠. 근데 까치가 말을 잘못 전달해서 황후가 너네들을 벌주기 위해서

"너네들이 그날에 모두 모여서 다리를 만들어다오."

얘네들이 얘네 둘이 만날 수 있게. 그래서 그래서 그날에 매년 7 월 7일 저녁에는 진우와, 아, 견우와 직녀는 까치가, 까치로 만들어 진 다리 위에서 서로 만나서 네, 이렇게 보고 싶은 마음을 전하고 그 리구 그날 밤에 조용하게 있잖아요.

사람들 다 깊은 잠을 잘 때는 포도, 포도나무가 요렇게 돼 있어

요. 저 여기는 모르겠는데 저희들 어렸을 때는 넝쿨처럼 집집마다 포도나무가 있었어요. 제 기억에 한 초등학교 일학년 때만 해두 마당 있는 집에 살았는데 이렇게 보면 옆집도 그렇구 포도나무가 다 있었어요. 그래서 포도나무 밑에서 이케 들으면 그 견우와 직녀가 그 말하는 얘기를 다 들린대요. 그리구 만약에 그날 저녁에 비가 오면 둘이 만나서 슬퍼하면서 너무 보고 싶어 흘린 눈물이래요.

[조사자 1: 근데 왜 포도나무 밑에서 이렇게 있으면 그 말을 들을 수 있어요?] 어. 그거까진 제가 물어본 적은 없구요. 예, 저두 기억에 다른 나무는 아니구요. 뭐, 사과나무두 아니구 복숭아나무두 아니구 포도나문데 그때 집집마다 다 포도나무가 있어서 그 말을 했지 않았을까. 왜냐하면 사과나무로 하면 집집마다 사과 심어야 애들이 사과나무 통해서 듣게 그렇게 엄마들 이야기해주지 않았을까요. 근데 엄마들 봤을 때 흔한 게 우린 다 포도나무니까. 근데 정말 그때 제 기억에는 거의 마당 있는 집 사는 아이들은 집에 보면 다 포도나무 있었어요. 근데 이 이야기 때문에 그런 건지 아니면 원래 그 흔하게 포도가 있었는데 하다 보니까 보이는 게 포도나무니까 포도나무 밑에서 들으면 된다 이러지 않았을까요? (웃음) 개인적인 생각이구. 암튼 다 있었어요, 그때는. 다른 나무는 없었어요, 마당에, 마당이 그 넓진 않잖아요? 네.

[조사자 1: 그리구 선생님 말씀대루 이 포도나무가 약간 다리 같잖아. 이렇게 넝쿨진 게.] 예. 그렇죠. 그리구 이제 마당 많이 차지하지두 않고. 어차피 그늘두 되고 그리고 그 밑에 앉아서 저희 뭐 밤에 저녁에 밥도 먹어요. 여름에는. 그래서 장소가 좀 젤 적당하지 않았을까요?

[조사자 1: 또 하나 질문이 있는데요. 그 까치 말고 까마귀는 없어요?] 까마귀 얘기는 없어요. 까치예요. 그래서 저희는 '취에차오'라고 해요. 그러니까 그 혹시 그 오작교 들어봤어요? [조사자들: 네, 네.] 오작교가 남자 여자 이어주는 그거잖아요. 그거도 중국어로 번역하면 그 취에차오라고 해요. 그러니까 차오는 다리 차오구요. 취에는 까치 취에예요.

[조사자 2: 그냥 까치다리네요?] 그냥 까치다리예요. 예. 그러니까

이 이야기를 전해서 그거를 우리는 취에차오라고 해요. 취에차오에서 만나다. [조사자 1: 아. 재밌다. 소름끼쳤어, 지금. 한국엔 이 똑같은 오작교가 까치하고 까마귀가 다리를 까막까치라고 할 만큼 까마귀와 까치를 이렇게 같이 연상하는데, 여기는 까치만.]

견우가 환생한 우랑과 직녀

● **구연정보**

조사일시 : 2017. 01. 19(목) 오후

조사장소 : 서울특별시 광진구 화양동

제 보 자 : 김설화 [중국(한국계), 여, 1983년생, 유학 9년차]

조 사 자 : 박현숙, 김현희

● **구연상황**

제보자가 〈양산백과 축영대〉 이야기 구연을 마친 뒤 라디오 방송으로 들었던 이야기 중에 또 기억나는 게 있느냐고 묻자 제보자가 곧바로 구연을 시작했다. 제보자는 이 이야기를 뮤지컬과 유사한 공연에서 보았다고 설명했다.

● **줄거리**

서왕모의 손녀인 직녀가 견우와 사랑에 빠졌다. 사랑이 빠지면 안 되는 신선이 사랑에 빠진 벌로 서왕모는 견우를 지상으로 내려 보내고 직녀에게는 매일 비단을 짜게 했다. 그러던 중 칠선녀는 서왕모에게 허락을 받고 지상 연못으로 내려가 놀 수 있게 됐다. 한편, 지상으로 내려간 견우는 우랑으로 환생하여 금우성이 환생한 소와 함께 살고 있었다. 어느 날 소가 우랑에게 선녀들이 연못에 놀러오면 빨간 옷을 숨기라고 했다. 우랑이 옷을 숨기고 직녀에게 청혼하자 직녀가 우랑을 알아보고 결혼하여 두 아이를 낳고 행복하게 살았다. 서왕모가 직녀가 돌아오지 않은 것을 알고 하늘 병사에게 직녀를 잡아오게 했다. 선녀를 빼앗긴 우랑은 소가 죽으면서 남겨둔 가죽을 쓰고 날아서 하늘로 올라갔다. 그러자 서왕모가 금비녀를 뽑아 던져서 우랑과 직녀 사이에 은하수가 생겼다. 뒤에 서왕모는 측은지심이 생겨서 둘이 일주일에 한 번씩 만나는 것을 허락하기로 했는데 까치가 실수로 칠월칠석에만 만나야 한다고 잘못 전했다. 우랑과 직녀는 일 년에 한 번 칠월칠석에만 만나게 되었고, 까치는 벌로 칠월칠석날 다리 역할을 하게 되었다.

그 하늘에 서왕모의 손녀가 직녀성이었고. 그리고 직녀성이 어,
사랑했던 신이 견우성이었대요. 어, 근데 이케 두 사람이 사랑하는
걸 알고 나서 신선은 애정에 빠지면 안 되기 때문에 그게 금, 금지된
사항이었기 때문에 서왕모가 알고 나서 견우는 인간으로 지상에 내
려 보내고 직녀는 자기 손녀딸이기 때문에 인간으로는 못 만들고 벌
을 준 거죠. 천벌을 준 거죠.

그래서 매일매일 이, 그, 비단을 짜게끔 만드는 거래요. 그래서
이 비단이 어디에 쓰느냐 하면은 구름으로 되고, 채색구름으로 되기
도 하고, 그리고 천상에 신선들이 입는 옷, 옷감으로 사용하는 천의,
천의라고 하죠? 이 천의로 사용되는 이 옷감들을 직녀가 계속 짜고
있는데요. 근데 이 직녀가 너무나 계속 매일매일 견우 생각만하고
계속 우울하게만 있었대요.

그래 하루는, 몇 년이 지나고 나서, 그 누구지? 아, 칠선녀들이
서왕모한테 청을 드리러 갔는데, 아, 어느 날에 굉장히 좋은 날이 있
었는데 인간 하계에 그, 연못이 하나가 있대요.

"거기 한 번 내려가서 놀게 해 달라, 잠깐."

어, 그래서 서왕모가 그날 또 그날따라 기분이 좋아서,

"그래 허락하마."

했죠.

근데 이 칠 선녀들이 직녀가 매일매일 우울하게 생활하는 걸 보고,

"우리가 칠 선녀(직녀)도 데리고 가면 안 되겠느냐? 너무 우울해
한다."

그랬더니 서왕모가 이제 벌도 좀 몇 년 동안 내렸겠다 싶어서,

"그래 잠깐 갔다 와야 된다. 무조건 와야 돼. 너무 오래 있으면
안 돼."

이랬단 말이죠? 그래서 허락을 받고 그날 내려가게 된 거죠.

근데 인간으로 만들어진, 환생된 견우가 우랑이 된 거예요. 소
우(牛) 자에 남자 낭(郞) 자. 인간의 이름으로 우랑이 된 거죠? 그 형
과 형수가 어, 부모가 돌아가고 나서 얘를 집에서 쫓아낸 거예요. 근
데 그냥 쫓으면은 안 되니까 늙은 황소 한 마리랑, 다 이렇게 고장

난 우차 하나만 주고 집에서 쫓아낸 거예요. 그래서 우랑이 이 늙은 소 한 마리랑 우차를 갖고 아주 산골에 들어가서 혼자서 굉장히, 이런 아주 안 좋은 땅을 이렇게 개척하면서 혼자서 살다가 계속 우울하게 혼자서 외롭게 살았죠?

근데 어느 날엔가 이 소가 갑자기 말을 하는 거예요. 근데 알고 봤더니 이 황소는 금우성, 그 하늘의 별 중에 하나였는데 이 금우성이었는데 이 금우성이 그 견우성을 인간으로 만들어버린 서왕모한테 가서 견우를 위해서 말을 한 마디 했더니 서왕모가 화가 나갖고 이 금우성을, 금우성도 같이 인간 세상으로 내 보낸 거예요. 그래서 얘가 황소가 된 거죠. 그래서 이 황소가 갑자기 말을 했는데,

"어느 날엔가 그 연못가에 가면은 어, 선녀들이 내려올 것이야. 근데 그중에서 선녀들 옷 중에서 빨간 옷을 한 벌을 선녀 옷 한 벌을 니가 챙겨라. 그러면 그 선녀가 너의 아내로 될 거야."

어, 그래서 우랑이 너무 놀라면서도 소가, 늙은 소 말을 하고 이랬더니. 또 아내까지 맞게 된다고 하니까 반신반의하면서도 너무 기쁘고, 친구가 생기다 보니. 그래서 갔죠. 연못에 갔는데 정말 빨간 옷이 보이는 거죠. 그래서 빨간 옷만, 이렇게 훔쳤는데 인간의 기척이 보이고 하니까 선녀들이 너무 놀라갖고 도망간 거예요.

근데 그 직녀의 빨간 옷은 우랑이 훔쳤고, 그래서 직녀만 못가고 이렇게 주춤거리고 있는데 우랑이 직녀의 앞에 가까이 간 거죠. 그러면서

"나의 아내가 되어 주세요 그러면 옷을 드리겠습니다."

그랬죠, 그런데 가까이에 보니까 직녀가 발견한 것이 이게 견우의 환생인 거예요. 얼굴을 보니까. 너무 기쁜 나머지 허락을 한 거예요. 처음에는 너무 수줍고 부끄럽고 했는데 견우의 환생인 걸 알고 나서 동의를 했죠.

"알겠다."고.

"아내가 되겠다."고.

그래서 두 사람이 어, 늙은 소랑 그리고 직녀는 계속 신선이었기 때문에 이 늙은 소가 금우성인 것도 알게 되었고. 그래서 세 사람, 두

사람이랑 늙은 소랑 함께 살다가 아이 둘을 낳고, 재밌게 산 거예요.

근데 한, 천상계의 서왕모가 자기 손녀딸이 돌아오지 않은 걸 발견하게 된 거예요. 그래서 화가 나서 천명, 하늘의 병사들을 보내서 얘를 잡아오게 하는 거죠. 근데 병사들이 내려오기 전에 갑자기 이 우랑이 막 울면서 집에 돌아와요. 그러면서 직녀한테 하는 말이 소가 죽었다구. 늙은 소가 죽었는데 이상하게 죽기 전에 나한테 하는 말이,

"내가 죽거든 나의 가죽을 발라서, 잘, 저장해 둬라 .어느 날엔가 이게 필요할 때면 이 가죽을 쓰고 날 수 있을 거야."

그 말을 남기고 죽었다는 거예요. 그래서 직녀가,

'굉장히 이상하다.'

생각했는데. 왜냐면 얘는 신선의 환생이기 때문에 쉽게 죽을 수가 없는데 갑자기 죽었다는 건 불길한 징조인거죠. 근데 말을 따른 거죠. 그 소가죽을 벗겨서 잘 보존을 했다가 어, 몸은 몸뚱아리는 잘 묻었고.

그러다가 정말 어느 날엔가 하늘의 장군들이 내려와서 직녀를 잡아가는 거예요. 하늘나라로 이렇게. 날아가는 거죠. 그래서 너무 급한 나머지, 견우, 아니 우랑이죠? 우랑이 아이들을 광주리에 매고 그 소가죽을 뒤집어쓰고 하니까 정말 하늘로 날아 올라가는 거죠. 같이 직녀를 부르면서 같이 올라갔어요. 천상계에 올라간 거예요.

근데 막 이렇게 올라가다가 서왕모가 발견을 한 거예요. 우랑이, 인간의 몸으로 이 소가죽을 쓰고 하늘나라로 들어오는 것을 본 거죠. 그래서 더 화가 나갖고 자기의 금비녀가 있었는데 그 금비녀를 이렇게, 너무 잘 따라오니까 금비녀를 그 사이에 던져버린 거예요. 그래서 금비녀가 은하수가 되어서 둘을 가까이 못 만나게끔 이렇게 만든 거죠.

어, 대신 이미 하늘나라로 올라온 견우기 때문, 우랑이라서 어, 어떻게 인간으로 다시 내보낼 수는 없고. 또 두 사람의 그 절절한 그 직녀를 따라서 하늘까지 올라온 이 마음에 측은지심을 갖게 되어갖고, 손녀 딸이니까. 또 아이들까지 있는 걸 보고, 인간으로 다시 지상

계로 내보내지는 않고 그냥 천상에서 살게 한 거죠. 천상에서 살게 했는데 문제는, 아 애네도 자꾸 이 주변에 있는 신선들도,

"애네들이 애정이 참 감동적이다. 너무 야박하게 굴지 말아라."

자꾸 이렇게, 이렇게 청을 하니까 또 거기에 좀 마음이 약해진 서왕모가,

"알았어. 그러면 칠일에 한 번씩 만나게 해줄게."

그러면서 까치한테 그 말을 전하게 했는데 이 까치가 말을 잘못 전한 거예요. 어,

"일 년에 칠월 칠일 때만 만날 수 있게 했다."

이렇게 말을 잘못 전한 거예요. 그래서 서왕모가 이 말을 잘못 전한 까치한테 벌을 내린 것이 그럼 말은 이미 그렇게 전했으니까 바꿀 수는 없으니까,

"그날이 되면은 까치다리가 되어서 애네 둘이 만나게끔 니가 다리를 만들어 줘야 된다."

이게 까치한테 내린 벌이고.

그래서 매년 칠월 칠일이면은 만날 수 있게 되었지만, 그 만나자 얼마 안 되면 바로 헤어져야 하기 때문에, 그, 슬픈 사랑. 그리고 그래서 그, 견우와 직녀의 그 별 사이에 또 작은 별이 두 개가 있는데 그 것이 그 아이 둘의 별이다. 그래서 네 사람이 만나는 거고. 그런 거 같애요.

그래서 중국인들이 칠석 날 되면은 발렌타인, 그 외국의 발렌타인이나 화이트데이 대신에 어, 칠월칠석을 이렇게 애인을 만나는 날로 정해서 지금 많이 보내고는 있어요, 칠석 때.

[조사자 1: 그럼 이것두 그 방송에서 들었어요?] 아뇨. 방송에서 들은 게 아니구 거기에서 봤어요. [조사자 1: 어디?] 극으로 본 거예요, 드라마. [조사자 1: 아, 아까 그 경극으루?] 네. 경극은 아니구요. 어, 중국의 또 다른 극의 형태인 거 같은데. 뮤지컬같이 만들어서. 노래를 막 하면서.

[조사자 1: 한국의 '선녀와 나무꾼'하고도 섞여있어요, 이게.] 네, 옷을 이렇게 하는 거는 선녀와, '선녀와 나무꾼'의 느낌이고. 근데 거기서

그렇게 하드라구요. [조사자 1: 중국에서 선녀와 나무꾼 유형의 이야기가
전해지기도 하나요? 조선족한테 말고?] 잘 모르겠어요, 그거는.

칠월칠석 유래

● **구연정보**

조사일시 : 2018. 02. 06(화) 오후

조사장소 : 경상남도 진주시 상대동 진주YWCA 다문화작은도서관

제 보 자 : 임향금 [중국(한국계), 여, 1978년생, 결혼이주 10년차]

조 사 자 : 김정은, 황승업, 강새미

● **구연상황**

썸마카라 제보자의 〈잃어버린 도끼와 깨진 도자기〉 이야기가 끝난 후, 제보
자가 한 가지 기억나는 이야기가 있다며 구연을 시작했다. 썸마카라 제보자
가 이야기를 경청했다.

● **줄거리**

옛날에 선녀들이 땅에 있는 온천에 내려와 목욕을 했다. 선녀들이 목욕하기
위해 옷을 벗어두었는데, 한 목동 소년이 옷 하나를 훔쳤다. 해가 져서 선녀
들이 다시 하늘로 올라가려는데 옷을 잃어버린 선녀는 하늘로 올라가지 못했
다. 그러다가 목동과 마음이 맞아 함께 살았다. 선녀는 생계를 유지하기 위해
베를 짰다. 그런데 용왕이 자신의 딸을 땅의 서민에게 시집보낼 수가 없다는
생각에 화가 나서 딸을 빼앗아갔다. 목동과 선녀는 계속 서로를 보고 싶어 했
고, 애틋한 마음을 가진 둘을 위해 매년 7월 7일이 되면 까마귀가 다리를 놓
아주었다. 이 이야기가 전해지는 중국에서는 7월 7일에 인연을 맺으면 오래
산다고 믿는다.

이거는 7월 7일. 7월 7일에, 7월 7일마다 이제 '뉴오랑 쯔뉘'라
고. '뉴오랑'은 나무, 이제 소를 키우는 그 소 키우는 뭐라 그럴까요.
[조사자 2: 목동?] 목동. 그 남자아기 보고. 아무튼, '쯔뉘'는 이제 그
있잖아요. 옛날에는 천을 짰잖아요. [조사자 1: 네. 베 짜는 거.]

네. 근데 이 소를 기르는 이, 이제 청년이 이제 하늘에서 7선녀
있잖아요. 중국에는 선녀들 그 이야기를 많이 하거든요. 7선녀들이
이제 내려와 가지고, 이제 온천처럼 되어있는데 딱 내려가지고 같이
목욕을 해요. 근데 이제 날아다니려면 옛날 옷이 있잖아요. 그래서
거기 놔뒀는데, 이제 소년이 보게 된 거예요. 그냥 위쪽으로 가다가
이제 보니까 너무 마음에 들어가지고, 이제 옷을 있잖아요, 하나 훔
쳤어요. 그냥 자기가 훔쳐왔어요.

그니까 이제 일곱 명인데 이제 해가 지게 됐어요. 그러면 하늘로
날아가야 되는데, 여섯 명은 날아가고 한 명은 이제 남게 됐어요. 자
기 옷이 없어지니까. 그래서 이제 옷을 찾으러 다니는데, 이 나무꾼
하고, 아니 이거. [조사자 3: 소.] 소, 소 기르는 청년하고 이제 마음이
맞아가지고 이제 하늘에 있잖아요, 안 가게 됐어요.

근데 무엇을 먹으려면 그거를 생계를 유지해야 되니까. 이제 여
자가, 자기가 하늘에서 이거, [조사자 1: 베를 짰으니까.] 네. 베를 짜가
지고 이제 유지를 했는데.

용왕님이, 하늘에 용왕님이 노한 거예요. 자기 딸이 하늘에 선녀
인데, 평범한 서민한테 갈 수가 없잖아요. 그래가지고 노해가지고 이
선녀를 데리러, 뺏어간 거예요. 그냥 하늘에 이제 뺏어갔어요.

뺏어가 가지고 이제 서로 애틋한 마음을 계속 보고 싶어가지고,
그런 마음에 7월 7일 될 때마다 까마귀가 있잖아요. 이거 다리를 놓
아주는 거예요. 까마귀 엄청 많아요. 까마귀가 다리를 놓아주어가지
고, 그날에는 그냥 허락한 거예요, 용왕이 이제.

[조사자 1: 둘이 만나라.] 둘이 만나는 그런 시간을 갖게 돼가지고,
중국에서는 '뉴오랑 쯔뉘'라고. 7월 7일 되면 연인들이 만나는 그거
를 만들게, 날이라고. 그래서 서로 애틋한 마음에 7월 7일에 인연을
맺으면 오래 산다는 그런, 그런 이야기가 있어요.

아리랑 유래

● 구연정보

조사일시 : 2017. 01. 11(수) 오후

조사장소 : 서울특별시 광진구 화양동

제 보 자 : 김설화 [중국(한국계), 여, 1983년생, 유학 9년차]

조 사 자 : 박현숙, 김현희

● 구연상황

조사자는 2차 조사를 위해 제보자를 한 달여 만에 다시 만났다. 제보자는 구연한 이야기 목록을 따로 준비해 왔는데 어떤 이야기를 들려줄 것인지 묻자 아리와 아랑이라고 운을 뗀 뒤 구연을 시작했다. 따로 자료를 보지 않고 기억나는 대로 구연을 해나갔다. 제보자는 이 이야기를 연변의 동네 도서관에 비치된 전설집에서 읽었다고 했다.

● 줄거리

한 마을에 남녀 아이 아리와 아랑이 살았는데, 마을에 악귀가 나타나서 마을 사람들을 괴롭혔다. 아리와 아랑도 악귀에게 가족을 잃었다. 아리와 아랑은 악귀가 사는 곳에 가서 한 명은 악귀를 유인해서 목을 치고, 한 명은 악귀의 머리가 다시 붙으려 할 때 재를 뿌려 퇴치했다. 아리와 아랑은 이렇게 악귀를 퇴치했지만 두 아이 역시 죽고 말았다. 아리와 아랑을 부르는 소리가 메아리로 합쳐져 아리랑이 되었다. 아리와 아랑 두 아이가 서로를 부른 소리라는 설도 있고, 마을 사람들이 아리와 아랑을 찾느라 부르는 소리라는 설도 있다.

아리하고 아랑은 제가 생각나는 부분이 얘네가 마을에서 사는 남자와 여자였는데 이 마을에 악귀가 나타난 거예요. 그래서 이 마을 사람들을 자꾸 해치구 죽이구 이래서 개네 둘이 가족, 가족들도 이렇게 죽은 거예요, 악귀 때문에. 그리고 아, 공물로 바치는 경우도 있고.

그래서 두 사람이 이 악귀를 죽일려고 갔는데 이 악귀가 문제는 그냥 잘라서 죽이면 안 죽고 머리를 자르고, 거기에 재를 뿌려서. 이러면 죽는 거다. 이런 식으로 해갖고.

[조사자: 그러면 이 괴물이, 악귀가 아리를 데려가거나 그래서 아라, 아라가 남자죠?] 모르겠어요. [조사자: 어쨌거나 구하러 가는 얘기는 아니고 둘이 같이 그걸 물리치러 가는 거예요?] 네. 죽이러 간 거예요. 그래서 어, 한 사람이 미끼로 들어가서 이, 괴물을 유인하고 그리고 싸웠는데, 싸워서 겨우 악귀의 목을 잘라내고 거기에 악귀가 다시 살아날려고 하는 순간에 누군가가 이, 두 사람 중에 한 사람인데 누군지는 생각이 안 나요. 그래서 재를 이렇게 뿌려버려갖고 악귀가 죽어버렸다.

에, 그렇게 되었는데 문제는 얘네들이 죽이고 같이 죽었어요. 얘네 둘도 죽더라고요? 그래서 이게 지금 암튼 아리와 아랑을 부르는 메아리 소리가 이렇게 합쳐서 아리랑이 되었다, 결과는 이런 건데 이게 두 사람이 서로를 불렀던 메아리였던지, 아니면 마을 사람들이 얘네들을 찾을려고 불렀던 메아리였던지는 기억이 안 나요, 지금.

암튼 이렇게 누가 이렇게 암튼,

"아리야, 아랑아."

라고 불렀는데 그 메아리가 하나로 되어서 메아리가 되었다.

그거는 그렇게 기억이 나거든요.

단오의 유래 [1]

● 구연정보
조사일시 : 2017. 01. 11(수) 오후
조사장소 : 서울특별시 광진구 화양동
제 보 자 : 김설화 [중국(한국계), 여, 1983년생, 유학 9년차]
조 사 자 : 박현숙, 김현희

● 구연상황
제보자가 〈용을 퇴치한 불의 신 나타〉 구연을 마친 뒤 준비해온 목록을 잠깐
살펴보고서 단오 풍습과 관련된 굴원 이야기 구연을 시작했다. 이야기 구연
을 마친 뒤에 단오와 관련된 한족과 조선족의 풍습을 이어서 설명했다.

● 줄거리
나라가 어지러운 시절에 굴원이 귀양살이에 있다가 망국의 소식을 들었다.
굴원은 옷소매에 돌을 넣고 강물에 뛰어들어 스스로 목숨을 끊었다. 마을 사
람들이 굴원에게 애도와 존경을 표현하기 위하여 단옷날 댓잎에 밥을 싸서
강물에 던졌다. 이때부터 중국 한족 사람들은 단오에는 댓잎에 밥을 싼 쫑쯔
를 먹는 풍습이 생겼다. 단오에는 쑥을 말려서 걸어두거나 아이가 잠들었을
때 손목에 오색실을 채웠다가 첫 비가 내리면 풀어서 빗물에 던지는 액막이
풍습도 생겼다. 한족은 매월 음력 십오일이면 사거리에서 종이돈을 태우는
풍습도 있는데 한식에는 꼭 조상의 묘에 찾아가서 제를 올리고 종이돈을 태
운다. 한편, 조선족은 단오에 병충해를 막고 건강을 기원하는 의미에서 쑥떡
을 먹는다.

굴원이 어느 나라 사람이었죠? 굴원이 진짜? 아무튼 무신, 문신
이었어요, 굴원이. 근데 왕에게 늘 간청을 올렸는데 이 굴원의 이러
한 포부가 이루어질 수 없는 시대였던 거 같아요. 그래서 귀양살이

를 하게 되었고. 귀양살이 하다가 나라가 망했다. 아니면 맞어. 왜, 왜, 왜의 침입을 받아서 망하게 되었다는 소식을 전해들은 거예요.

그래서,

"님이 죽었으니, 나의 군(君)이 죽었으니 내가 이 염치로 어떻게 살아남을 수 있겠냐?"

싫어서 그, 옛날 사람들 복장이 (왼팔을 들어올리며) 이렇게 소매가 길대요. 예, 좀 등급이 있는 이런 사람들이기 때문에. 그래서 그 소매에 돌을 채워서 이렇게 왜냐면 시체는 물에 들어 갔다하면 이렇게 떠오르기 때문에 떠오르지 말라구 일부러 나의 부끄러운 모습이라고 해서 돌을 넣고, 양 소매에 돌을 넣고 그냥 물에 들어가서 죽었대요.

근데 그 고을에서는 이 사람이 굉장히 청렴하게 살았기 때문에 사람들은 굉장히 이 사람을 이렇게 존망하고, 이 사람의 덕망을 배우고자 했던 사람들이 꽤 많았었대요. 죽었다는 소식을 접하고 나서 그 마을 사람들이 그 뭐지? 대나무 잎에, 죽었으니까 시체는 못 건지고, 대나무 잎에 찹쌀을 이렇게 넣어서 쪄버린, 찐 거예요, 그것을. 왜냐면 물에 던져야 되하는데 그냥 밥을 던지면 고기떼들이 먹으니까 고기들이 먹지 말라고 대나무 이파리에 쌌대요.

그래서 그것을 이렇게 강을 던지면서 어, 굴원에게 제사를 지내는, 형식이었고, 그날이 단오가 된 거라고.

[조사자 1: 그럼 단오 때 항상 그렇게 해서 먹어요? 음식을?] 예. [조사자 1: 사람들이?] 한족들은 먹어요. 특히 남쪽에 있는 사람들은 늘 먹어요. 지금은 평일에도 먹어요. [조사자 1: 그거 이름을 뭐라고 불러요?] 쫑쯔(粽子)zòngzi●. [조사자 1: 쫑쯔?] 에, 쫑쯔. [조사자 2: 한자로 한 번만 써주세요.] 나무 목(木) 자에, 종친 종(宗) 자. [조사자 2: 한 글자예요?] (棕 자를 적은 종이를 보여주며) 이거.

[조사자 2: 그렇구나. 정말 우리나라 단오랑은 다르네요.] 에. [조사자 2: 아예 다른?] 제사를 지내는 건 맞아요. 에. 근데 그게 한 사람 때문에

● 쟈오수(角黍), 통쫑(筒粽)이라고도 부르는 중국 단오절의 전통음식이다.

제사를 하는 거죠. 기리는 거죠. [조사자 2: 청포물에 머리 감는 거는. 근까 다르다고는 들었는데 저는 어떻게 다른지는 몰랐거든요. 근까.]

그래서 단오는 어, 일단은 먹는 것은 굴원 때문에 그런 거고. 한식의 의미에서는. [조사자 1: 근데 그거, 단오 때 이거 쭌쯔?] 쫑쯔. [조사자 1: 쫑쯔. 어 쫑쯔 이거 먹는 거 말고 또 먹는 음식이 있어요?] 한족들이요? [조사자 1: 응.] 아니요. 조선족들은 쑥떡을 먹어요. [조사자 1: 아, 조선족들은 쑥떡을 먹는 이유가 있어요? 그거는 관련된 얘기가 없나?] 쑥떡은, 그, 단오 날에 이, 그게 생긴대요. 단오가 시작이 되는 해 그때부터 그 모든, 그, 그게 뭐지? 벌레들이 깨어나는 시기라서. 그 한 해, 그 깨어날 때 그 쑥으로 이렇게 뭔가 먹으면 쑥에 관련된 걸 먹으면은 한 해 동안 이 병충해를 안 입는다고 해서. 쑥떡을 먹었던 거 같아요.

그리고 한족들은 그날 단오 날 아침에 해 뜨기 전에 그 쑥을 이렇게, 쑥이 그때 되면 꽤 오래 크게 자라더라구요. 단오 전에? 그 쑥들을 이렇게 뜯어서, 뜯는 게 아니고 뿌리까지 다 뽑아서 에, 문에 이렇게 걸어요. [조사자 1: 거는 이유가 뭐 악귀를 물리치는?] 네, 그쵸. 한 해 동안 안 좋은 것들이 오지 말라구. 들어오지 말라구.

[조사자 1: 그러면 그 단오 날 먹는 음식이랑 또 이렇게 쑥을 먹는 거랑 또 어떤 거를 해요?] 팔목에, 한족들. 조선족들은 그냥 쑥떡만 먹는데. 한족들은 오색실로 팔에 걸어요. 근데 그게 깨어있을 때 걸어주면 안 되고 잘 때, 조용하게 아무도 모르게 그 사람한테 걸어줘야 돼요. 그리고 걸려져 있는 그 오색실을 떼면 안 되고 그 뒤로 첫 비가 올 때 그 빗물에 던져야 된대요. 그래야 이 한 해가 무탈하게 지내갈, 지나갈 수 있다? 뭐 이렇게 하드라구요.

[조사자 1: 오색실은 어떤 의미를 가지고 있어요? 한족들한테는?] 근까 뭔가 이렇게 좋은, 복을 주는 거? 그리고 액막이 하듯이 이런 거로? 그때만 써요. 다를 때는 오색실 이런 거 안쓰든데. 그날에만 애들이 오색실인데. 뭐 오색실이라고 해봤자 한국의 이렇게 좋은 오색실이 아니고 그 뭐죠? 바느질 할 때 실들 있잖아요, 무명실. 약한 거. 그거를 이렇게 다섯줄을 이렇게 돌려서 에, 이렇게 걸어주드라구요.

[조사자 1: 그러니까 조선족은 쑥떡만 먹는데, (응) 요, 한족은 쫑쯔를 먹고 그 담에 쑥을 걸고. 팔목에 아이들 오색실을 해주고.] 네네. [조사자 1: 그런 거구나.]

암튼 이날 되면은 아래 남쪽 지역에서는 단오절이면은 늘 봄비가 내린다구. 그래서 성묘하러 갈 때, 이 한족들은 그게 있거든요. 그 종이돈을 태워야 되는 풍습이 있어요. [조사자 1: 음.] 돈을 태워요. 음, 그, 요 단오 때.

그리고 추석 때 암튼 십오일이 되는, 음력 십오일이 되는 만월 이럴 때가 되면은 그 십자거리에서 이렇게 종이를 태우는 풍습이 있거든요. 성묘를 안 가고. 이 앞 쪽에서. 그런 게 있는데 이날에는 묘에 가서 이렇게 종이를 태우기 때문에 음, 그리운 사람에 대한. 뭐 이게 있고.

그리고 이날이 되면은 일단은 조상들에게는 제사를 올리고. 그리고 젊은 남녀가 만나는. (웃음) 그런 날이었던 거 같애요.

단오의 유래 [2]

● **구연정보**
조사일시 : 2017. 04. 05(수) 오후
조사장소 : 충청북도 충주시 단월동
제 보 자 : 주경옥 [중국(조선족), 여, 1973년생, 결혼이주 13년차]
조 사 자 : 오정미, 한상효

● **구연상황**
제보자가 〈사마광과 물항아리〉 구연을 마친 뒤 조사팀에게 중국의 쫑쯔에 대
해 아느냐고 물었다. 조사자가 모른다고 하자 쫑쯔는 중국에서 단오 때 먹는
음식으로 굴원과 관련이 있다고 하면서 이야기를 시작했다.

● **줄거리**
초나라때 시인 굴원(屈原)이 애국자임에도 불구하고 시기하는 무리의 참소를
받아 멱라수에 몸을 던졌다. 그날이 중국의 단옷날이다. 이후에 사람들은 물
고기들이 굴원의 시신은 건드리지 말라는 의미로 쫑쯔를 물속에 던졌다. 단
오절마다 굴원을 기리기 위함이었다.

단오절 그건 들어보셨어요? 단오절. 쫑쯔(粽子)*. [조사자: 단오?]
단오. 단오절 그거는 실은 단오절은 중국에선 쫑쯔라고. 이렇게 음
식이 있는데 어떻게 하는가 하면 갈대나무 잎이나 대나무 잎에 찹쌀
을 넣고, 그 찹쌀에 찹쌀 소는 요즘에는 고기랑 넣는데 옛날에는 고
기를 안 넣고 대추나 그 팥 있잖아요. 팥을 넣고 이렇게 만들어가지

● 粽子(zong4 zi 쭝즈)는 角黍(jue2 shu3 쥬에슈)라고도 하는데, 찹쌀을 갈잎 등에 싸
서 찐 것이다.

고 이렇게 실에 실을 매가지고 이렇게 찌는 음식이거든요. 그 쫑쯔를 왜 지금 먹는지 그런 이야기예요.

옛날에 그 굴원의 이야기예요. 옛날에 초나라 그 굴원, 거의 전국시대 때죠. 춘추전국시대 굴원이 초나라에 굉장히 유명한 재상이었는데 그 굉장히 현명하고 뭐 정치도 잘 하고 했는데 그 아들 때에 와가지고 그 왕이 좀 정치를 잘못하는 좀 부도덕한 왕이었어요. 그 간신들의 말을 들으면서 굴원을 있잖아요. 유배를 보낸 거예요. [조사자: 굴원? 굴원인 거예요?] 굴원, 굴원이라는 사람을 유배를, 유배를 딱 보냈어요. 그때 진나라, 진나라 굉장히 강했잖아요. 그래가지고 진나라가 거의 쳐 가지고 초나라를 거의 먹게 됐어요. 그래서 이 왕이 지금 막 당황해 가지고 음. 지금 막 간신들하고 얘기를 했지만 지금 답이 안 오는 거죠.

그래서 굴원이 유배지에서 이렇게 나라의 운명을 우리 초나라는 망했다. 진나라에 먹힐 수밖에 없네. 이걸 딱 깨닫고 그다음에 그 멱라강이라고 있어요. 그쪽에선 굉장히 유명한 강이거든요. 그 멱라강에 이렇게 몸을 던졌거든요. 자살을 한 거죠. [조사자: 누가? 굴원이.] 네.

그래서 굴원이 그래서 청렴한 사람이라는 걸. 백성들이 다 알거든요. 그래서 그 백성들이

'아, 멱라강에 몸을 던졌으면 물고기들이 아마 밥이 됐을 거야, 물고기들이 굴원을 먹을 거야.'

그렇게 생각하고,

'이 굴원의 시체를 먹으면 안 되겠다.'고.

생각해가지고 이렇게 찹쌀밥을 던졌대요. 멱라강에 거기다가. 그래서,

'이 밥을 먹고, 이 밥을 먹고 굴원의 시체를 먹지 말라.'

그래서 쫑쯔라는 게 그렇게 찹쌀로 만든 그거래요.

그리고 그때 굴원을 기념하기 위해서 중국에서는 단오절이 되면, 롱저우(龍船)라고 있잖아요. 경기선, 그 한국에선, 조정 그런 거를 하게 되거든요. 조정인데 전통적으로 앞에 용머리 막 달려 있고. 그걸 굴원이 호수에서 자살했잖아요. 죽었잖아요. 그래서 그 용, 용

주 경기, 배 경기 있잖아요. 그 경기를 하거든요. [조사자: 아, 용주!]
네. 롱저우라고, 있잖아요. 롱이라는 건 그 용(龍)이라는 말이고, 그
하늘 날아다니는 중국의, 네 쩌우라는 건 배라는, 배 주[舟]예요. 그
러니까 롱저우잔, 이렇게 얘기를 하거든요. 용주 경기를.

　　그래서 단오절에는 보통 중국 사람들이 그 쫑쯔를 먹고 쫑쯔라
는 건 아까 그 찹쌀밥이고, 그다음에 단오, 그 배 경기 용주 경기를
한다, 그런 유래가 있어요. [조사자: 굴원을 기리기 위해서.]

　　그래서 지난번에 중국에서 강릉이 강릉단오제를 유네스코에 등
록했다니까 중국에서 막 승질나고.

　　"이게 우리 명절인데 당신네들이 도둑질해 갔다."고.

　　그래서. 네 완전히 다른 내용이 다르다고. 그래서 중국이 거기서
자극을 받아가지고, 옛날에는 중국에서 단오에도 안 놀고, 청명에도
안 놀았고, 추석에도 안 놀았어요. 추석에도 안 놀았어요. 추석은 명
절도 아니었어요. 그냥 그 설만 명절이었는데 요즘 보니까 다 놀더
라고요.

니엔 괴물과 설날 풍속 유래 [1]

● **구연정보**

조사일시 : 2017. 05. 15(월) 오전

조사장소 : 경기도 수원시 팔달구 화서동

제 보 자 : 류정애 [중국(한국계), 여, 1980년생, 결혼이주 8년차]

조 사 자 : 오정미, 이원영

● **구연상황**

제보자가 〈열두 띠 동물과 천적〉 이야기를 마친 뒤 잠시 생각에 잠겼다가 조사자가 설날에 대해 묻자 이야기를 시작했다.

● **줄거리**

마을로 내려와 사람을 잡아먹고 또 돌아가서 365일 동안 잠을 자기를 되풀이하는 니엔이라는 괴물이 있었다. 니엔이 마을로 내려오는 날이 가까워오면 마을 사람들과 이바오는 모두 니엔을 피해 도망을 갔다. 그때 흰 수염이 땅까지 오는 노인이 나타나 이바오에게 잠을 재워 달라고 말했다. 아무도 노인에게 신경을 쓰지 않았지만 이바오는 노인이 불쌍하다는 생각이 들어 자신의 음식을 나눠주고는 피난을 가야 한다고 말해주었다. 그러자 노인은 자기랑 집에 있으면 무서워할 필요가 없다고 말했다. 노인은 보따리에서 길쭉하고 빨간 종이 두 장을 꺼내 이바오에게 대문에 붙이게 했고 날이 어두워지자 빨간색 초 두 개를 켜게 했다. 그리고 날이 추우니 대나무로 불을 피우라고 했다. 그러자 겁에 질린 니엔이 도망가버렸다. 그 후부터 사람들은 365일마다 새날이 시작되는 것으로 생각하게 되어 새해가 생겨나게 됐고 서로 그날을 축하하며 안부를 묻게 됐다. 그리고 그때부터 문 앞에 빨간색 글을 써서 붙이고 빨간 초롱불도 켜두는 풍습이 생겨났다.

　그리고 제가 또 찾은 거는 이제 그 '니엔(年)' 있잖아요. 니엔. [조사자 1: 니엔?] 설날, 설날에 대한 이야기예요.

옛날에는 깊은 숲속에 아주 옛날 깊은 숲속에 한 맹수가 살고 있었어요. 그런데 이 맹수가 호랑이도 아니고 사자도 아니고 이 맹수 이름이 니엔이라고 불러요. 그러니까 니엔이 뭐냐면 그 년 있잖아요, 연. 2000년, 년! [조사자 2: 해 년 할 때 그?] 네, 해 년 할 때 그 년. 여기는 아 여기도 년이라고 부르죠? [조사자 1: 네, 맞아요.] 여기는 어떤 글자는 자꾸 년 있는 거를 연 이렇게 불러가지고 저도 가끔씩 아주 헷갈려요.

[조사자 2: 2017년 이렇게?] 예, 맞아요. 왜냐면 한국 저도 제가 한국어 배운 게 아니고 한족 학교 다녔기 때문에 나중에 회사 다니면서 스스로 터득한 거예요. 그러다 보니까 이렇게 받침이랑 이런 거 잘 몰라요. 그래서 년, 이 맹수 이름이 년이라고 해요, 니엔.

니엔은 되게 게을러요. 그리고 잠이 많아요. 잠 한 번 자면 365일을 자요. 게으르고 특징이 잠을 많이 자요. 그리고 365일을 자요. 그리구 애는 엄청 커요. 엄청 크고 그리고 뭐랄까요? 입만 벌리면 사람을 잡아먹어요. 그런 큰 맹수예요. 그리고 365일 자면 자고 일어나면 어떻겠어요? 엄청 배가 고프겠죠. 그래서 산에서 자고 일어나는 그날은 마을에 오면 보는 거마다 다 잡아먹어요. 심지어 노인과 아이들도. 다 잡아먹어요. 그리고 배가 부른 후 다시 자기 집에 산에 올라가서 또 자요. 그러면 또 365일 자고 일어나서 또 마을에 내려와서 잡아먹고. 요런 맹수예요. 그래서 사람들은 이 니엔만 생각하면 막 너무 무서운 거예요. 왜냐하면 긍까 365일마다 내려와서 사람을 잡아먹고 그래서.

그래서 이 아바오라는 아이가 있어요. 이름을 아바오라고 불러요. 아바오가 사는 마을에 매 년마다 니엔의 공격을 받아요. 해마다 이 맹수의 공격을 받아요. 그리고 엄마, 아빠, 여동생도 니엔이 한 번 내려와가지구 다 잡아먹어서 너무너무 이 맹수가 싫은 거예요. 복수하고도 싶고. 그리고 이제 그 마을 사람들도 365일 때 되면 도망가잖아요. 피해서 니엔이 또 잡아먹으니까 피해서 도망가죠. 그날도 다들 도망가려고 짐 싸고 있었어요. 그 전날 그러니까 설날 전날 주씨라고 불러요. [조사자 1,2: 주씨?] 예, 그믐이라고 해야 되나요, 주씨가? 그날 전날 지금 막 짐 싸고 있었어요. 피할려구.

근데 짐 싸고 있었는데 타향에서 나그네라고 하는 사람 있잖아요, 지나가는? 그 구걸하는 노인이 지나가면서 지팡이를 이렇게 짚고 이 어깨에는 자그만한 보따리 있잖아요, 보자기 쓰고. 어 보따리, 보따리. 작은 짐 이런 거 메고, 예. 그리구 수염은 하얀색, 하얀색 수염. 거의 바닥까지 내려왔어요. 그 수염이, 땅까지. 그때 지나가고 있었어요.

그런데 이때 사람들이 이분한테 음식을 내줄 이게 아니잖아요. 지금 짐 싸고 도망가야 되는데, 도피해야 되는데. 다들 막 문 잠그고 문에 막 천 대구 못 들어오게. 그리고 사람들이나 말이나 지금 끌구 지금 도피할려고 지금 가고 있어요. 딱 보면 이제 피난 가는 그런 장면인데 누가 이 노인 신경 써주는 사람 한 명도 없죠. 그러고 다들 그냥 딱 보고 빨리 막 지나갔잖아요.

근데 이 노인이 이 아바오집에 집까지 다가왔을 때 아바오가 집에서 이렇게 나왔어요. 갈려고 이제 나왔는데 이 노인을 마주친 거예요. 그래서 이 노인한테 불쌍해 보여서 집에 있는 그 음식을 자기가 이제 들고 나가야 되잖아요, 도피할 때. 그걸 좀 나누어줬어요. 그리고 나누어주고 그분한테 말했어요.

"우리 지금 모두 맹수 니엔이 오니까 다들 피하려고 다들 가고 있다. 너도 얼른 피해. 너두 여기 머물지 말라."

고 그랬더니 이 노인이 말했어요. 웃으면서 수염을 이렇게 쓰다듬으면서,

"나 갈 데도 없어. 그리고 나 혼자야. 나 너네 집에서 좀 하룻밤 자면 안 되겠니?"

그랬더니 아바오가 깜빡 놀라면서 이 노인을 봤어요.

"아니, 노인님. 내일 저녁이면 니엔이 이 마을로 내려와서 사람을 잡아먹는데 안 무서우세요? 지금 모두들 다들 짐 가지고 가족 모두 깊은 숲속에 니엔이 못 찾아오는 데 숨으려 하는데 어, 당신도 우리 따라 같이 도망가야 된다. 여기 머물면 안 돼요."

이랬죠. 그런데 이 노인이 웃으며 아무 말도 안 했어요. 그래서

계속 이렇게 표정을 머물고 있었던 거죠.

"그러면 정 가기 싫으면 들어오세요, 우리 집에. 들어오세요."

그랬더니 아바오가 그랬어요. 어, 들어오라 했죠. 어, 그래서 이 노인이 그랬어요.

"고마워, 마음이 착한 젊은이. 내가 있으면 오늘 저녁에는 무서워할 필요가 없어. 니엔을 무서워할 필요가 없어."

그리고 이 노인이 집안에 들어와서 아까 그 보따리 있잖아요? 보따리에서 길쭉한 빨간 종이를 두 장 꺼냈어요. 그리고 애한테 말했어요.

"니가 이 빨간 종이 두 장을 집 대문 있잖아요."

옛날에 중국은 대문 두 개짜리잖아요. 나무 작대기 이렇게 있고.

"그 위에다가 한 장씩 붙여라."

아바오는 그 종이 두 장을 무슨 용도로 쓰는지는 몰라요. 하지만

"그 종이 빨간 종이 두 장 붙여서 뭐하나요?"

이랬더니 그 노인은 웃으면서 말했어요.

"너보고 붙여라면 그냥 붙여. 내말대로 시키는 대로 하면 돼."

이랬어요.

그래서 아바오는 그 두 장 빨간 종이 두 장을 가지고 양쪽에 문 하나씩 붙였어요. 그리고 이 노인이랑 같이 방으로 들어가서 문을 닫았어요. 그 노인이 말했어요.

"나 여기 초, 촛불 있잖아요. 초, 두 두 개 있어. 있다가 날이 어두워지면 요것도 불 좀 켜줘."

그랬더니 노인이 아바오한테 준 그 초도 빨간색이에요. 두 개 다 빨간색 초예요. 그리고 아바오가 그랬어요.

"우리 집도 초 있어. 하지만 빨간색은 아니야. 왜 너는 초 이거를 켜달라고 하는 거니?"

그랬더니 노인이 웃으면서 또 아무 말도 안 했어요. 그리구 노인이 아바오한테 그랬어요.

"나 지금 좀 추우니까 대나무로 좀 따뜻하게 불 좀 피워줘."

대나무로 피워 달라 했어요. [조사자 1: 대나무로?] 네, 그것도 대

나무로. 팬더가 먹는, 있잖아요.

그랬더니 아바오가 아무 생각 안 하고 그냥 불을 피워줬어요. 대나무로. 그날 밤 새해 저녁 무렵이죠. 니엔이 또 잠에서 깨서 산에서 내려왔어요. [조사자 1: 아이구야!] 그리고 이 마을에 들어와서 한 집 한 집씩 또 찾아보죠. 문이 다 잠겨 있잖아요? 열 수가 없구 열어도 안에 아무거도 없어요. 사람도 없고 음식도 없고, 그냥 뭐 이런 나뭇가지 이런 거밖에 없었어요. 한 사람도 없어요.

니엔이가 갑자기,

"아니 올해는 왜 한 명도 없어, 배고픈데?"

그러면서 입을 크게 벌리고 다니면서 여기저기 이렇게 다니면서 그래두 어느 집에 옥수수나무라두 그거라두 막 뜯어먹고 배고프니까. 근데 갑자기 사람 냄새를 맡았어요. 바람이 슈욱 불더니,

"어! 고소한 냄새네, 사람 냄새네? 아니, 사람 있구나. 난 요 사람을 찾아서 잡아먹어야겠구나."

그리고 침 흘리면서 이 사람을 찾으러 다녀요. 사람 냄새 맡으면서. 그러면서 흠흠 이렇게 맡으면서 아바오 집 앞에까지 온 거예요. 그런데 아바오 집에 와서 아바오 집에 문을 열고 들어가려고 하는 찰나에 갑자기 문에서 서 있었어요. 왜냐하면 문 앞에 아까 빨간 종이 두 장 붙였잖아요.

"아니 이 집은 정말 이상해. 왜 문 앞에다가 빨간 종이를 붙였지? 저 붙인 빨간 종이는 뭐야?"

아, 얘가 보더니 빨간 종이를 보더니

"아, 어지러."

이러더니 잠깐 뒤로 한 발짝 물러났어요. 그리구 이케 옛날 집 담벼락은 나무로 한 거라서 보이잖아요, 구멍으로. 그쵸. 봤더니 빨간색 촛불, 불 있잖아요. 불 피웠으니까 두 개가 반짝반짝하잖아요?

"아니 저 빨간빛은 또 뭐니? 무슨 괴물 눈 같애."

그리고 니엔이 갑자기 한 번 떨었어요, 몸이. 이렇게 무서워서 살짝. 그러면서

"아니 저것은 무슨 괴물이지? 눈이 반짝반짝하고 덩치가 나보다

더 커.”

애가 어떻게 봤냐 하면 그 집을 동물로 보고 창문으로 보이는 불을 눈이라고 봤어요. 전체 집이 자기보다 크잖아요. 지금 밤이잖아요. 밤인데다가 밤에는 빨간색이 잘 보이죠. 다른 색보다. 그리구 튀잖아요. 아니 저 빨간 눈도 피 눈처럼 보이고 무섭고. 밤에 보니까 집 모양도 커 보이고 하니까. 촛불을 켜진 집을 자기보다 더 큰 괴물로 봤어요.

그러고 이때 갑자기 피피파파파 하는 소리가 나요. 그게 무슨 소리냐 하면 대나무 잎을 불에다 피우면 애가 터지는 소리가 나요. 그냥 나무는 소리가 잘 안 나요. 대나무 잎은 나중에 혹시 모르겠지만 그 불 피우면 폭죽 터지는 소리처럼 피피파파 소리가 나요.

어, 갑자기 뭐 터지는 소리도 나. 그랬더니 연이 더 무서워하는 거예요.

‘쟤가 나 잡아먹으려고 나올 준비하고 있나, 지금?’

그래서 막 무서워가지구,

“엄마야!”

하고 도망간 거예요.

“너무 무서워. 괴물이야, 괴물이야.”

하고 도망가서 니엔이 갑자기 사라졌어요.

그래서 집안에 있는 노인하구 구걸하는 노인하구 아바오가 집안에서 다 살펴봤잖아요. 니엔이 막 하는 모습을. 그다음에 도망가는 모습까지. 그랬더니 너무 웃겨가지고 웃은 거예요. 그래서 아바오가 말했어요.

“이 사람을 먹는 이 맹수가 어떻게 빨간색하구 나무 터지는 소리를 무서워하나요?”

그랬더니

“노인님은 어떻게 이 애 약한 점을, 약점을 알고 있어요?”

물어봤더니,

“젊은이야, 내가 하늘에 사는 신이야. 이번에는 너네 인간 세계에 와가지구 너희를 도와서 니엔이란 맹수를 잡으려고 온 거야. 지금 이 니엔이 이미 도망갔잖아. 앞으로 매년마다 니엔이 내려올 무렵 이 방법으로 애를 쫓으면 돼. 그리고 즐거운 그믐날이랑 설날을 보내면 돼."

그리고 이 노인이 이 말하고 연기로 사라졌어요. 그담에 그다음 날 아침이 설날이잖아요? 그 피난 갔다 오신 사람들은 보니까 마을이 아무 해친 이거도 없고 아바오도 집에서 나오는 걸 보니까 살아 있네요.

그래서 아바오가 사람들에게 이 노인이 마지막 가시기 전에 하신 말을 알려줬어요. 전하고. 그 모두들 아바오집에 정말 들어가 보니 이집 문 앞에 빨간 종이 붙여 있고, 마당에는 아직 타고 있는 대나무소리가 파파파 나고, 집안에는 빨간 초가 불빛이 아직은 켜져 있고.

아, 그래서 사람들은 모두 이 새로운 어 길조라고 생각해요. 좋은 징조라고. 그리구 모두들 새 옷을 입고 설 인사도 하고 이날이 새로운 날이잖아요, 이 사람들한테? 옛날엔 새해라는 그런 날이 없었고 그냥 다 날이죠. 그리고 365일마다 그 뭐지? 니엔만 오는 거예요. 그다음 날은 그냥 평범한 날인데 니엔을 쫓고 나니까 사람들이 너무너무 기뻐서 축하하잖아요. 그래서 이날로 새로운 날이라구 생각하고 그리구 또 모든 사람들이 이제 니엔을 쫓으는 방법을 알았어요.

그래서 그 후부터 365일마다 이 사람들은 문 앞에다가 중국 사람들은 빨간색 그 글을 써서 붙이고 그다음에 폭죽을 터뜨려요. 소리가 나잖아요. 그담에 설날에 밤에 보시면 빨간 초롱에 불을 켜놔요. 제가 어렸을 때만 해두. 근데 이게 모든 이런 것이 아파트 이사 가면서 사라졌어요.

그러니까 전에 저도 말씀드린, 아까 마당집에 살 때는 포도나무두 있었구, 그리구 니엔 설날 때 그믐날부터 빨간색 초롱 큰 거 있어요. 거기에 불 켜서 마당에 걸어놔요. 그러니까 저는 옛날에만 해도 이 이야기 듣고 걸어 놓는 줄 알고, 당연히 보면 누구나 다 걸어놔요, 이거는. 전체. 그러니까 여기 부처님 오신 날 다 걸어놓듯이 거기도 누가 걸으라는 말없이 자연적으로 알아서 걸어요. 그래서 나쁜 것이 오지 말고 도망가고 새로운 것이 들어오라. 이런 거거든요.

그래서 여기도 마찬가지로 집집마다 빨간색 초롱불을 밤새 켜놔야 돼요. 밤새 켜놓고. 그리고 아침 일찍 일어나면 이웃 간에 다니면서 설 인사도 하고. 아, 그거는 일종에 안부죠. 왜냐하면 옛날엔 니엔에 의해서 다 죽었잖아요? 그런데 이번에는 다 살아남아 있는지 확인도 하고.

"잘 지냈어요?"

이러면서,

"니엔이 안 왔죠?"

이러면서.

[조사자 1: 유독 새해 그다음 날에는 더 아침마다 일어나서.] 찾아서 인사하고, 예. 니엔에 의해서 사람들이 약간 그른 거 있었잖아요, 무서운 거? 그다음 날 일어나면 사라지고 막 이랬는데 이제 요거 하고부터는 사람들이 다 이제 축하할려구, 잘 살아있냐고 이러면서. 그런 의미로 그렇게 유래가 됐다네요. [조사자 2: 중국 설날의 유래네요?] 그렇죠, 니엔에 대한 설날.

[조사자 1: 옛날에는 아마도 폭죽이 없었을 때는 그땐 대나무로 폭죽을 태웠고 지금 현대에 와서는 현대식으로 폭죽? 그래서 그렇게 왜 이렇게 중국은 새해에 폭죽을 많이 터뜨릴까?] 악을 쫓을려구요. 악귀 쫓고 이런 거예요. [조사자 1: 저는 그게 그냥 멋져 보일려고 그냥, 페스티발처럼. 근데 그게 아니구나?] 예. 그래서 설날은 그게 없으면 설날에 완성이 안 돼요.

[조사자 2: 아직도 빨간 초롱은 잘 안 달아요?] 달 수가 없죠. 왜냐면 아파트 살면 달 데가 없고 베란다 쪽에 달거나 뭐 이젠 안 보이니까. 근데 옛날에는 저희 마당 있을 때는 바깥에 달아요. 마당에. [조사자 2: 두 개 달아요?] 하나만! 집집마다 하나만 달아요. 대신 큰 초롱. 안에 불 켜지면 왜냐면 빨간색이기 때문에. [조사자 1: 집안이 아니라 집밖에?] 집안이 아니고 마당에, 마당에 다 걸어놔요.

지금은 모르겠는데 옛날에는 제가 어렸을 때는 사진이 없었어

요. 사진이 있었으면 그거 찍어놓으면 아주 좋은 그건데 눈으로만
봤죠. 기억에 초등학교 때도 보면 밤에 이렇게 나오면 그때는 정말
신호등도, 신호등도 아니고 가로등이 없었어요. 밤에는 까맣잖아요.
집집마다 불밖에 안 보여요. 근데 그날 유독 그 설날 전에 보면 다들
마당에 빨간색 초롱불 켜 놓잖아요. 너무너무 예뻤어요. 왜냐하면 다
단독주택이기 때문에 나와서 보면 보이거든요. 조금 높은 데 서서
보면. 쭉 다 보여요. 그땐 아파트 없었잖아요. 그럴 때 보면 너무너무
예뻤어요. 그리구 오래 가는 집은 정월 15일 날까지 켜놔요. 그거는
낮엔 안 키고 밤에만 켜요. 정월15일 날까지 키구 정월 15일 날 끝
나면 그때 접어서 다시 그 보관해요. 그다음 날 해에 또 다시 키구.

　　[조사자 1: 지금은 이제 초롱불 안 키지만 대문에 그 빨간색 종이는?]
그건 아직은 붙여요. [조사자 2: 그거랑 폭죽두 하구?] 폭죽도 요즘은
도시 안에는 못하게 해요. 환경 때문에. [조사자 1: 화재 나구.] 시골에
는 여전히 해요.

니엔 괴물과 설날 풍속 유래 [2]

● **구연정보**

조사일시 : 2018. 07. 09(월) 오전

조사장소 : 경기도 오산시 은계동

제 보 자 : 리하이리엔(이해연) [중국(한국계), 여, 1982년생, 결혼이주 10년차]

조 사 자 : 김정은, 황승업, 강새미

● **구연상황**

중국의 천슈안 제보자가 〈귀 막고서 방울 훔치는 도둑〉을 구연한 뒤 라하이리엔 제보자가 중국 설 풍속 유래에 대해 학교에서 들은 이야기라면서 구연을 시작했다. 중국에서 설날을 '연(니엔)'이라고 불러서 괴물을 '연'이라고 부른다는 설명을 덧붙였다. 몽골의 온다르마 제보자와 러시아의 김알라 제보자, 중국의 천슈얀 제보자가 함께 이야기를 들었다.

● **줄거리**

중국에 사자처럼 생기고 뿔과 날카로운 이빨을 가진 괴물이 살았는데 이름은 연(니엔)이었다. 연은 1년 내내 바다에 살다가 12월 마지막 날이 되면 육지로 와서 사람들을 해치고 가축을 잡아먹었다. 섣달그믐마다 사람들은 연이 나타날까 봐 산속으로 도망가려고 짐을 쌌다. 그때 낡은 배낭을 멘 노인이 나타나 마을에 하루 머물게 해준다면 연을 쫓아내겠다고 했다. 연이 나타나자 노인은 한 집에 빨간 종이를 붙였는데, 노인이 웃자 연이 무서워서 도망갔다. 이후에 12월 마지막 날에는 폭죽을 터뜨리고 빨간 종이를 붙이는 풍습이 생기게 되었다.

옛날 중국에 괴물 연, 연(年; 니엔)이라는 괴물이 있었어요. 괴물 연은 사자처럼 생겼는데 머리 위에 외뿔이 달려있고, 날카로운 이빨과 흉측한 눈을 가지고 있었어요. 괴물 연은 1년 내내 바다 속에 살

다가 12월 마지막 날이 되면 육지로 올라와서 가축들을 잡아먹고 사람들도 해쳤대요.

그래서 인제 어느 해 섣달 그믐날에 마을 사람들은 연이 나타날까 봐 산속으로 도망가려고 짐을 싸고 있었대요. 근데 그때 마을 입구에서 어떤 노인 나타났대요. 그 노인은 낡은 배낭을 메고 있었고 그리고 은빛의 수염을 가지고 있고 반짝반짝 빛이 났대요. 근데 사람들은 이제 어린이하고 어르신들을 모시고 짐 싸고 하느라고 누구도 그 노인한테 관심을 두지 않았는데, 마침 그때 한 할머니가 다가오셔서 가지고 노인한테 얘기를 했대요.

"어르신, 괴물 연이, 오늘 저녁이 되면 괴물 연이 나타날 거예요. 그래서 얼른 도망가셔."

말씀해주셨는데 그 노인 할아버지가 웃으면서 말씀해주셨대요.

"제가 오늘 여기서 밤 하루, 여기서 하루 머물러도 될까요? 만약에 괜찮다고 하면 제가 반드시 연을 쫓아드리겠습니다."

그래서 할머니가,

"이 집 사람이 아니라 뭐가 모르시는 거야. 정장 몇 십 명 못 당하는 연한테 이 늙은이가 어떻게 연을 물리치려고요."

노인이 그냥 웃기만 할 뿐 다시 물었어요.

"진짜 제가 여기서 하룻밤만 머물러도 될까요?"

그랬는데 할머니가,

"하룻밤 머물러도 괜찮아요. 하지만 연이 나타나면 너무 위험하니까 부디 몸을 조심하셔."

하고 가족들이랑 같이 산속으로 도망갔어요.

그날 저녁이 되자 연이라는 괴물이 진짜 나타났어요. 연이,

"으르렁!"

무서운 소리를 내면서 마을에 쳐들어 왔어요.

"흐어! 흐어! 다들 도망갔군요. 어? 이게 뭐지?"

그때 보니까 할머니 집에 빨간 종이를 대문 옆에다 붙여 있었고, 그리고 방 안에 촛불이 환하게 켜져 있었대요. 그래서 연 괴물이 온몸이 너무 두려움에 떨며 다가가지를 못했어요. 그때 갑자기 할머니

댁에 대문을 갑자기 열리더니 어떤 도포를 입은 할아버지가 나타나
셔가지고 호탕하게 웃었대요.

"허허허허허허!"

그래서 그 연은 그 장면을 보고 도망을 갔대요.

다음날 아침에 마을사람들은 돌아왔어요. 사람들은,

"어? 연이 나타났는 흔적이 없잖아. 어제 무슨 일이 있었지?"

그러다가 할머니가,

"그 노인이 드디어 괴물을 물리쳤군요."

말씀해주셨어요.

그래서 그때부터 중국에서 설날, 12월 마지막 그믐날이 되면 집
집마다 붉은 종이도 붙이고, 폭죽도 터뜨리고. 그리고 인제 방 안에
촛불도 환하게 켜져 있었어요. 그 풍습을 널리널리 퍼지면서 오늘이
중국의 성대한 춘절이 되었어요.

[조사자: 근데 이 연이라는, 연이에요 연?] 연(年). [조사자: 이 괴물은
어디서 나타나요? 어디 있다 나타나는 거예요?] 바다 속에 있다가. [조사
자: 근데 생긴 거는 사자예요? 뿔도 있고? 얼굴은?] 사자처럼 생겼는데
비슷해요. 근데 이제 뿔이 있고, 머리 위에 뿔이 있고. 약간 지금 한
국에서 도깨비처럼 약간 그렇게 생겼어요. [조사자: 모양은 용 같고 그
런 건 아니죠?] 그렇진 않아요. 그냥 사자랑 굉장히 비슷하고, 근데 얼
굴은 좀 무섭게 생겼고.

마두금 악기 유래

● 구연정보
조사일시 : 2017. 01. 11(수) 오후
조사장소 : 서울특별시 광진구 화양동
제 보 자 : 김설화 [중국(한국계), 여, 1983년생, 유학 9년차]
조 사 자 : 박현숙, 김현희

● 구연상황
제보자가 〈박혁거세와 알영의 탄생〉 구연을 마친 뒤 조사자와 중국신화에 등
장하는 인물들에 대한 이야기를 나누었다. 조사자가 제보자에게 어린 시절에
들은 이야기 기억나는 것을 들려 달라고 하자 몽골 마두금이라는 악기가 만
들어진 이야기라면서 구연을 시작했다. 이 이야기는 초등학교 교과서에 실렸
었다고 설명했다.

● 줄거리
몽골 초원에 한 소년이 어려서부터 말을 벗 삼아 함께 자랐다. 소년이 목동이
되어 양과 말을 방목하러 떠났다. 목동이 혹한을 만나 집에 돌아오지 못하고
동물들과 밖에서 잠을 청하는데 늑대 떼가 나타났다. 말이 목동을 지키기 위
해 늑대와 싸우다가 목숨을 잃었다. 목동이 슬픔에 잠겨 있다가 말의 가죽을
벗겨 가죽으로 말 머리 모양의 악기를 만들고 마두금*이라고 불렀다.

몽골에 그 마야금이라구. 그, 응, 만들어진 이야기? [조사자: 그 마
야금이 뭔데요?] (해금을 연주하는 시늉을 하며) 해금같이 생긴. [조사
자: 아, 악기?] 악기였는데.

● 제보자가 몽골의 전통악기 '마두금'을 '마야금'로 표현했으나 제목과 줄거리는 일반적
으로 알려진 '마두금'으로 표기했다.

어떤 남자아이가, 이렇게 몽고 초원에서 가족들과 살았는데 어렸을 때 만났던 말이 있었어요. 어린 말이 있었어요. 그래서 이 친구 삼아 이 말하고 굉장히 오랫동안 살게 되었고 정말 가족 같은 관계였죠. 이 말도 이 남자애를 많이 따르고. 그래서 두 사람 다 이렇게 성장을 했는, 사람이 아니고. 말하고 같이 자랐는데. 어, 이제는 이 남자 아이가 이 말을 타고 이렇게 방목을 할 수 있는 나이가 되었죠. 목동인 거죠. 그래서 어, 이 말도 늘 가까이에 하고, 자나 깨나 같이 함께하는. 이런 거였는데.

어느 날 이렇게 방목을 나갔다가 어, 방목을 나갔다가 그 혹한을 만난 거예요. 그래서 집에 돌아오지 못해서 그, 밖에서 말이랑 같이 양이랑 같이 자게 되었는데 문제는 그 와중에 승냥이 떼들이 침입을 한 거죠. 얘네를 먹을라고 했는데. 결과적으로, 어, 이렇게 싸우다가, 이 늑대들을 물리치다가 이 말이 주인을 보호하기 위해서 본인이 막아 나선 거죠. 주인이 죽으면 안 되니까. 그래서 결과적으로 말이 죽었어요. 에, 말이 죽고. 그리고 너무 저항을 거세게 하니까 말은 죽고 늑대는 또 이렇게 몇 마리를 죽이고 하니까 늑대들도 이제는 물러간 거죠.

그래서 그 말이 죽고 나서 이 아이가 너무나도 상심을 하고 하는데. 그냥 내버려두기에는 그렇고 해서 이 말의 가죽을 벗겨서, 벗겨서 집에 갖고 간 거예요. 그리고 이 말의 가죽으로 그 뭐지? 응, 악기를 만들었고 그리고 악기 맨 위쪽에 말 대가리를 이렇게 나무로 조각을 해서 이렇게 놓은 거예요. 그래서 자기의, 이 말 친구가 생각날 때마다 이 그 악기를 연주했는데 그래서 이 슬픈 마음을 달래는, 예. 그래서 이 악기의 음이 굉장히 슬프대요. 이게 전통악기라면서요.

[조사자: 마야금이라고 해요?] 예, 마야금이라고 했었어요. [조사자: 이것도 그 테이프에서 들었어요?] 아니요, 교재. 교과서. 초등학교 교과서에서 나왔던 이야기예요.

변신 호랑이를 물리친 자매

● **구연정보**

조사일시 : 2017. 11. 12(일) 오후

조사장소 : 충청북도 청주시 가경동

제 보 자 : 이화(이윤정) [중국(한국계), 여, 1974년생, 결혼이주 19년차]

조 사 자 : 오정미, 한상효, 엄희수

● **구연상황**

제보자가 〈아이의 대부가 된 족제비〉를 들려준 뒤 준비해온 마지막 이야기라고 하면서 구연을 시작했다.

● **줄거리**

중국말로 라오는 호랑이, 마즈는 엄마 혹은 애미로 번역한다. 옛날에 어머니 혼자서 아이 셋을 키웠다. 어머니가 친정집에 다녀오는데 호랑이가 어머니로 변신하여 집으로 왔다. 호랑이가 어머니인 척하면서 문을 열어달라고 했는데 첫째 딸과 둘째 딸 모두 문을 열어주지 않았다. 호랑이가 온갖 핑계를 대며 막내딸에게 문을 열어달라고 하자 막내딸이 문을 열어주었다. 호랑이가 딸들을 잡아먹으려고 누가 엄마랑 잘 거냐고 하니까 막내딸만 어머니랑 잔다고 했다. 호랑이를 수상하게 여긴 첫째 딸과 둘째 딸은 막내딸 대신 피 묻은 무를 호랑이 곁에 두었다. 호랑이는 잠결에 무를 막내딸인 줄 알고 맛있게 먹었다. 이것을 보고 호랑이임을 확인한 딸들은 호랑이를 우물로 유인하여 얼굴을 닦아주는 척하며 비누질을 해 앞을 못 보게 했다. 결국 딸들은 호랑이를 우물 속으로 밀어 죽였다.

마지막 거는 그 이게 '라오마즈'라고 하는데. [조사자 1: 뭐요?] 라오마즈. '라오' 호랑이예요. '마즈'. 라오마즈 그러면 라오는 호랑인데, 마즈, 마는 엄마란 뜻이거든요.

그 마즈란 표현이 어떻게 표현되는가. 호랑이 어미 이런 비슷한 호랑이 엄마라. 아니아니 호랑이, 그러니까 호랑이, 엄마로 분장한 거예요. 근데 그걸 표현할래다 보니까 이렇게 표현한 거 같아요.

그러니까. [조사자 1: 호랑이 엄마] 엄마, 라고 표현 하기는 그렇고 호랑이 어미라고 해야 하나. 그쵸? 이거 사실 인물이 아니잖아요. 그러니까 마마라고 표현 안하고 동물적인 표현 살짝 곁들여 그냥 동물적인 표현 살짝 곁들여, 호랑이 이러지 않았을까? 예 '호랑이 애미' 이러지 않았을까? 근데 요거를, 이 단어는 번역이 안 돼 있어요. 한국어로 번역이 없어요. 제가 해보니까 저희는 무슨 뜻인지 아는지 번역이 안 돼 있더라고요. 그래서 한국어 뜻은 제 생각에 애미란 뜻 같애요. [조사자 2: 사람한테는 안 쓰고.] 약간 불편한 표현으로. 엄마는 엄만데 불편한 표현으로 사람한테는 이렇게 표현 안하는데, [조사자 1: 그냥 사람한테는 애기라고 하는데 짐승한테 새끼라고 하든 약간, 그런 개념인거죠.] 살짝, 살짝.

근데 요거도 제가 궁금해 찾아 봤거든요. 이본이 막 있어요. 그게 호기심 때문에 내가 근데 이게 제가 얘기할 거는 딸이 셋인데 이본에는 아들만 셋인 이본이 있어요. 근데. [조사자 1: 선생님은 어느 쪽으로 마음이 더 가세요.] 저는 딸 셋이. 왜냐하면 이게 〈해와 달〉이야기랑 비슷한 거거든요. 근데 나중에 끝은 그렇게 안 돼요. 그 앞 전 개가 중간까지 〈해와 달〉이에요. 그렇게 따질 때는 호랑이가 막 무서운 호랑이 왔을 때, 좀 아들이면 뭐 대처할 수 있는데 딸은 여자는 연약하잖아요. 대처 못하니까 더 뭔가 연민을 자극할 수 있는 그런 느낌이 있어서. [조사자 1: 그래서 딸?] 네. 그런 느낌이 있어요.

딸이 셋이 있었는데, 이제 엄마가 그게 일찍 남편을 여의고 되게 어린 딸을 셋을 키우고 있는데 이제 친정 엄마는 다른 동네에 살고 계신데 또 효녀, 효녀예요. 그래서 엄마도 소홀히 하지 않으면서 이렇게 억척스럽게 되게 착하게 이렇게 살아가는 엄만데, 음 어느 날 이제 엄마가 그 친정엄마가 생신이었어요. 그래서 인제 생신에 자기가 먹을 거 막 해가지고 친정엄마 생신한다고 갔는데. 거기 갔다올려면 삼 일이 걸린, 여정이에요. 갔다가 왔다가 하면 삼 일이 걸려요.

근데 이거 호랑이가 변신할 수 있는, 호랑이 어미. 이게 뭐냐면 중국에 있는, 이케 동북지방에는 이케 그렇게 약간 겁주는 것처럼,

"이 산에 호랑이가 엄마로 변신한다."

막 이런 거 있잖아. 겁주는 거.

"너 엄마 말 안 들으면 호랑이이 엄마처럼 변신한다, 변신한다. 너 혼내준다."

막 이런 거 있잖아요. 근데 얼마나 무섭겠어요. 그쵸? 어쩜 결국 엄만지 알고 막, 막 했는데 호랑이가.

[조사자 1: 어렸을 때 이런 얘기 많이 들어보셨어요?] 그래서 인제 그 거거든요. 그 얘기하지만 엄마로 변신하는 호랑이, 엄마랑 똑같이 변신하는 호랑이, 그 호랑이가 밖에서 들었어. 변신할 수 있는 호랑이가. [조사자 1: 어 진짜?] 음, 호랑이가 이거 훔쳐서 듣고, 이제 엄마가 이제 가기를 기다렸다가 이제 엄마 모양으로 변신한 거예요. 엄마 얼굴로 변신한 거예요.

변신을 해가지고 딱 집에 와가지고 이제 엄마가 저 한참 간 거 같으니까 문 똑똑 두드리며,

"애들아 엄마 왔다."

그러니까 애들이 가만히 있으니까, 이제

"큰딸 엄마가 왔다."

이래요. 딸 하나씩 다 불러요.

"큰딸 엄마가 왔다. 문 열어줘. 그러니까 우리 엄마 삼 일 있다 돌아온다 했는데."

'아, 참 삼 일이라고 했지.'

호랑이가,

'아, 아 안 되겠다.'

"우리 엄마가 벌써 올 리 없어요. 우리 엄마 아니에요."

그러니까 그냥 아니

"둘째 불러봐."

그랬어요.

"둘째 딸, 엄마가 왔어."

막 이렇게 얘기를 해요. 그래서 인제 둘째 딸이 보니까 응. 얼굴이 시커면 거예요. 그래가지고 엄마 얼굴인데 그면 시커면 거. 그러니까. 변신을 해도 중국에서는 변신하면 사람들 똑같이 변신 안 하고 그 습성은 있는데 얼굴만 변신해. 털도 있고. 다 있어요. 근데 얼굴만 엄마 얼굴. 그래서 완벽한 변신이 아닌 거. 에.

그래서 막 시커면 거면 털도 있고, 밤이니까 그래서 아니야 내가 이렇게 막 밖에 나가서 먼지를 많이 먹고 와서 그래서 이렇게 먼지가 묻어서 그랬어. 그러니까 밀가루 막 이렇게 해서 진짜 비슷하죠? 그죠? 해와 달 비슷해요. 그래. 막 밀가루 채워놓고,

"봐, 엄마 얼굴이 하얘지지 않니?"

막 이랬어요? 근데 둘째 딸도 한껏 미심쩍으니까 문 안 열어줬어요.

"아유 안 되겠다 막내 불러봐야지."

똑똑하니까,

"막내딸 엄마가 왔다, 엄마가 제일 사랑하는 우리 막내딸 엄마가 왔다."

막 이러고 그래 왔어요. 근데 막내딸이 이렇게 문틈으로 보니까 어머 꼬리가 보이는 거야. 근데 꼬리를 못 숨겼어요. 그래서,

"우리 엄마 아니에요. 우리 엄만 꼬리가 없는데 왜 꼬리가 있어요."

막 이러니까,

"어 아니야. 할머니, 이건 할머니가 선물로 준 저기란다."

그러니까 이게 뭐냐고 이렇게 아 중간에 좀 빼먹었는데 이렇게 할머니 집에 갔다 왔다고 얘기를 했어요.

"우리 엄마 삼일 있다 온다고 그랬는데."

그러니까,

"어휴 난 할머니 집 간데 길을 수리해서 엄청 빨리 갔다 왔다. 험한 길이 다 수리가 됐더라. 그래서 엄청 빨리 갔다 왔다."

이랬대요. 그다음에 길을 수리하고 있느라고 먼지가 많아서 내가 얼굴이 시커매졌다. 이게 다 개연성이 있어요. 밀가루를 하고 그

랬다가.

"어 할머니가 엄마 고생했다고 이렇게 허리띠, 허리띠 선물을 준 거, 엄마가 미처 이거를 간수 못해서 떨어졌네."

해가지고 꼬리를 또 넣고 그러니까. 이제 막내딸이 이제 어 우리 엄만가 일단 셋 다 지금 보니까 엄마 같은 거예요. 하고 문 열어줬어요. 근데 문 열어줬는데. 이제 아 이렇게 막내딸이 아 그 이렇게, 이제 저녁 되니까 맛있는 거 막 해줬어요. 맛있는 거 해줄 때 속으로 이렇게 생각했죠.

'아 이것들 맛있는 거 많이 멕여 통통하게 살찌워서 내일 아침에 더 맛있게 먹어야지.'

막 이렇게 하고 멕였는데. 어 이제 두 딸, 딸 둘이 좀 뭔가 미심쩍은 거예요. 계속 큰애 둘은 그래서,

"이제 아 누가 엄마랑 잘래."

하니까. 큰딸, 작은딸은 안 잘려고 하는 그러니까,

"막내는 엄마랑 잘래."

하니까,

"네 엄마랑 잘 거."

그래서 방으로 갔어요. 그런데 〈해와 달〉 거기는 손가락 막 우둑우둑해서 막 던져준 것도 있고. 그런 거 있잖아요. 근데 이거 되게 재밌는 게 완전 다른 내용인데 근데 애기 데리고 갔어요. 그러니까 겨우 아장아장 말하는 애기. 아주 갓난 애기는 아닌데. 그래 애기도 방에 가 갔는데.

이렇게 그런데 애기가 엄마 막 이렇게 만지니까 털이 있는 거야. 몸에.

"엄마 몸에 왜 털이 있어?"

막 이러니까,

"응, 할머니가 엄마 추울까 봐 털옷을 짜준 거란다."

막 이러고. 그래서 어 그래서 잤어요. 그랬더니 잤는데 어, 아무리 봐도 너무 이상한 거예요. 막 털옷 이야기까지 나오니까 그래서,

'아 안 되겠다.'

큰 딸하고 작은 딸이 위험하다고 판단해서인데 호랑이 엄마가 잠든 틈에, 막내를 몰래 빼나와 가지고.

있잖아요. 그다음 어떻게 했을까요? [조사자 3: 도망가나?] 아니요. 도망 안 갔어요. 이제 커다란 무 하나를 갖다가 방에다 갖다 놓고 거기다가 오리 피를 묻혀서. 오리 피. 오리 피를 묻혔다고 나와요. 그래서 오리 피로 이렇게 발라가지고 이렇게 이불 속에 넣어 놨어요. [조사자 1: 꽥꽥하는 오리.] 예, 예 오리. 동물 오리. 오리 피를 발라서 인제 동생 애기 사이즈만한 무를 큰 무를 얻어다가 그렇게 이불 속에 넣어놨어요.

근데 어, 이제 아침에 어슴푸레 뜰 때, 아침이 돼가지고 거의 새벽녘에 인제 하니까 아, 이제 위에서 출출했겠죠. 호랑이가 잠결에,

"에이 옆에 있는 놈부터 잡아먹자."

해가지고 이제 우둑우둑 이제 피 맛, 피 냄새도 나니까 '우둑우둑' 먹, 먹고 있는데 음.

'무 맛이 나는군.'

하면서 먹는 거예요. 그래서 이 밑에, 뭐지, 아랫방에 있던 딸이,

"엄마 뭐 맛있게 혼자 드세요?"

그러니까,

"음 엄마 지금 무를 먹고 있다."

그러니까,

"저희도 좀 나눠주세요. 왜 엄마만 드세요?"

하니까 인제 뚝 잘라가지고 던져줬어요. 그러니까 아이들이 얼마나 영리해요.

'아 진짜 동생인 줄 알고 먹는 거 보니까 우리 엄마가 확실히 아니구나.'

해서 애들이 알아차린 거예요. 그래가지고 인제 어,

"엄마, 근데 막내는 어디 갔어요. 이렇게 물어봐요."

또 영리하게 큰딸이.

"우리 막내는 어디 갔어요?"

그러니까 어 갑자기 그치

'내가 잡아먹고 있는데.'

그래서,

"어 막내가 오줌이 매렵다고 밖에 나갔는데, 우물가에 **빠졌나 보**
다."

이렇게 얘기를 하는,

"우물에 빠졌나 보다."

호랑이가. 그리고 아이들이 또 뭐를 했냐면, 무를 갖다놓고 이제
그 나무 땐 재 있잖아요. 재를 갖다가 막 호랑이 얼굴에다 묻힌 거예
요. 재를 갖다가 그래서 인제 호랑이가 인제 이게 음,

"가서 우물에 빠졌나 보다."

이렇게 얘기했잖아요. 그러니까 동생 찾으러 가야 되지 않겠어
요? 그쵸 호랑이가 인제. 어 우물가에 가려고 나왔어요. 그 같이 그
러니까.

"엄마 얼굴이 너무 더러워요. 엄마 얼, 얼굴 씻겨드릴게요."

해가지고 큰 딸이 우물가에 데리고 갔어요. 그래서,

"엄마 여기 앉아 계세요. 제가 얼굴 씻겨드릴게요."

그러면서 이렇게 턱에 우물 틀 있는 거기 앉혀놓고 막 얼굴 씻기
다가, 어쩜 그 옛날에 비누가 있었을까요? 비누칠 하니까 눈이 따가
워서 눈을 못 뜨잖아요. 그래서 눈을 못 떠가지고 막 이러는 틈에 밀
어서, 우물에 넣어서 뚜껑을 덮어서 빠뜨려서 죽였다고. 그 아이 셋
이 그렇게 죽여갖고.

그걸 엄마가 그 다른 얘기는 안 나왔는데요. 엄마가 돌아와서 행
복하게 살았겠죠? 해피엔딩인데 제가 검색해 본 거에는 또 그거예요.

'떡 하나 주면 안 잡아먹지'처럼 막 산에 가고 있는데 뒤에서 뭐
약간 뭐가 사람 같기도 하고 이제 그 호랑이 어미, 그러니까 이 사람
모형을 좀 한, 모양을 한, 그런 약간 귀신 좀 비슷한 그런 존재가 따
라와서 뭐,

"**빵** 하나 달라. 만두 하나 달라."

배고프다고 뭐 여서. 뭐 무서우니까 하나씩 주다가 마지막 한 개
남았는데 어 엄마 생신 때 그래도 가요. 그래서 엄마 드릴라고 가는

건데 잔치할려고 그래서 마지막 한 개밖에 안 남았는데 산 하나만
지나면 되는데 근데 그렇게 해놓고는 줬는데,

"이제는 없다."

그러니까,

"그럼 내가 너라도 잡아먹어야겠다."

그래서 잡아먹었어요. 그렇게 끝나는 거거든요.

그 내용은 그래요. 어떻게 됐는지 모르고. 애들도 어떻게 됐는지
도 모르고. 이게 주인공이 그래요.

〈해와 달〉은 아이들이 뭐 어떻게 됐다 주인공인데 이거는 호랑
이 애미, 이게 주인공이니까 그러니까 내용이 이본이 이거 주인공으
로 해서 여러 가지 생긴 거예요. 이제 아이들이랑 엄마랑 상관이 없
으니. 그래서 〈해와 달〉은 나오지도 않는데 갑자기 다른 얘기로 끝
나버렸네. 막 이러고.

열두 띠 동물과 천적

● **구연정보**

조사일시 : 2017. 05. 15(월) 오전

조사장소 : 경기도 수원시 팔달구 화서동

제 보 자 : 류정애 [중국(한국계), 여, 1980년생, 결혼이주 8년차]

조 사 자 : 오정미, 이원영

● **구연상황**

제보자가 월병 유래에 대한 구술을 마친 뒤 잠시 차를 마시며 쉬는 시간을 갖은 후 다시 이야기를 이어나갔다. 제보자 스스로 재미난 이야기라며 열두 띠에 관한 이야기를 시작했다.

● **줄거리**

옛날에는 원래 띠가 없었다. 어느 날 옥황상제가 사람들의 띠를 만들기 위하여 동물들을 하늘나라로 불러 회의를 하였다. 가장 큰 소가 우선순위에서 1위를 하자 쥐가 자신이 더 크다고 우겼고, 옥황상제는 가장 크다는 것을 쥐에게 증명해 보이라고 했다. 인간 세상으로 간 쥐는 가장 앞서 걷던 소의 머리 위에서 다리를 쭉 뻗어서 섰고, 사람들은 쥐가 참 크다고 말했다. 그 덕에 쥐가 1등이 되고 소가 2등이 되었다. 그때 집으로 돌아온 쥐에게 고양이가 왜 자기를 깨워주지 않았냐고 물었고, 쥐는 내가 왜 시키는 대로 해야 하느냐며 화를 냈다. 고양이는 너무 화가 나 쥐를 물어버렸다. 이후 지금의 고양이와 쥐의 관계가 되었다고 한다. 그리고 닭은 용한테 뿔을 빌려줬기 때문에 뒷순서가 됐다고 생각해서 뿔을 돌려 받으려고 했지만 용이 돌려주지 않았다. 그 후로 닭은 뿔을 달라고 하늘을 향해 '꼬끼오'라고 외치게 됐다. 그때 지네가 닭에게 뿔을 빌려준 게 잘못이라고 했는데, 그 이후로 화가 난 닭이 지네를 잡아먹는다고 한다.

그리고 혹시 여기는 그 우리가 띠 얘기하잖아요. 쥐띠. 이런 이 야기도 있어요. 들어보셨어요? [조사자 1: 아니요, 해주세요.] [조사자 2: 한국은 한국대로 왜 쥐가 앞에 오게 됐냐? 이런 얘기 정도.] [조사자 1: 그것도 나라마다 조금 다른 것 같아요. 카자흐스탄에서도 해주셨는데 카자 흐스탄 어머님 얘기는 또 달라요.] 아, 그래요? [조사자 2: 동물도 다 다르 더라구요.] 그래요. 저희는 또 한국이랑 비슷할 것 같아서. 뽑긴 뽑았 는데. (웃음)

예, 음 그러니까 옛날에 옥창황제 있잖아요. 하늘에 사시는. [조 사자 1: 옥황상제.] 옥황상제, 네, 옥황상제. 위디라고 해요. 중국에서 는. 위디. [조사자들: 위디?] 네, 위디. 옛날에는 이 띠가 없었어요. 예, 근데 이 열두 이거 띠는 위디가 정하신 거예요. 그래서 위디가 사람 들을 띠를 만들기 위해서 하늘에서 회의를 하기로 했어요. 띠 선발 회의. 그래서 동물들에게 와서 회의해라는 통보를 다 했어요.

그때 이제 고양이하고 쥐는 아주 친한 친구예요. 그 둘이는 같이 살고 진짜 옛날에는 고양이하고 쥐는 서로 안 잡아요. 지금은 고양 이 쥐 잡잖아요. 옛날에는 아니에요. 둘이 친한 친구예요. 정말 친해 서 친형제처럼 잘 같이 살고 같이 이렇게 밥 먹고 같이 놀고 완전 친 한 친구예요. 그래서 인제 통보가 왔잖아요. 고양이하고 쥐한테도 왔 어요. 그들 둘 다 너무 기뻐했어요.

"야, 우리 둘은 꼭 가야 돼."

이러고 같이 참가하기로 했어요.

그런데 고양이는 약간 잠이 많아요. 그래서 그 쥐한테 얘기했어요.

"쥐야! 낼 아침에 나 꼭 깨워줘. 그래야 우리 같이 갈 수 있어. 니 알잖아? 나 아침에 잘 못 일어나는 거."

그랬더니 쥐가 그랬어요.

"걱정 마. 내가 너를 꼭 깨워줄게. 같이 가야지."

그래서 고양이가,

"고마워."

하고 잤어요.

하지만 그다음 날 아침에 쥐가 일찍 일어나서 쥐가 밥 먹고, 쥐는 일찍 일어나요. 밥 먹고 혼자 갔어요, 하늘에. 고양이는 아직 안 깼어요. 자고 있는데 쥐가 고양이를 안 불렀어요.

어 인제 그리고 용도 초청, 초대를 받았어요. 그다음에 이제 용은 생긴 거는 엄청 그 옛날 그림을 보시면 용이 생긴 모습이 있잖아요. 그 뭐지? 그 비늘, 뾰족뾰족하고 반짝반짝하게 생기고 이렇게 생겼잖아요. 그런데 용이 거울 보면서 자기 모습에 대한 딱 하나가 부족함을 느껴요. 그게 뭐냐 하면 뿔이 없어요. 용이 옛날에는. 지금 그 그림 보면 용이 뿔이 있죠. 사실 원래 용은 뿔이 없어요. 머리가 여기 보면 대머리예요. 용이. 그래서 맘에 안 들어요. 자기 머리 모습을.

'아, 나는 예쁜 뿔이 있으면 그 뿔을 달고 가면 내가 무조건 뽑히지 않을까? 그럼 더 아름답지 않을까?'

그러면서 나오면서 옆으로 살펴봤더니 닭, 닭 한 마리 나와서 걸어가고 있어요. 옛날에 닭은 뿔이 있었어요. 그래서 용이 봤더니 너무너무 맘에 드는 거예요. 그 뿔이, 닭 머리 위의 뿔이. 그래서 가서 닭한테 가서 말했어요.

"나, 나 좀 뿔 좀 빌려줘. 왜냐하면 나는 띠 선발대회에 나가야 되거든."

"아우, 미안한데 안 돼. 나도 내일 나가야 돼. 내가 쓰구 나가야 돼."

그랬어요. 그랬더니 용이 또 말했어요.

"너는 머리가 너무 작아. 그렇게 큰 뿔이 필요 없어. 그리고 너한테 어울리지도 않아. 그냥 나를 빌려줘. 나 봐봐. 머리 대머리잖아? 그 뿔 하나 있으면 얼마나 어울리고 내가 얼마나 더 필요하게 필요할 거 같잖아, 너보다."

그랬더니 돌 밑에서 발 많은 벌레 이름이 뭐였죠? [조사자 1: 지네.] 지네인가요? 네, 좀 길쭉길쭉한 거. 지네는 쪼끔 남의 일을 간섭하기를 좋아해요. 지네가 그 말을 듣고 말했어요.

"닭아, 니가 뿔을 용한테 빌려줘. 걱정마! 꼭 너에게 돌려준다고 내가 증인할게."

그랬더니 닭이 다시 거울을 보고 생각을 했어요.

'그래 뭐 나는 머리에 이 뿔 없어도 충분히 예쁘기 때문에 빌려 주지 뭐.'

하고 빌려줬어요. 그다음에 그 이제 동물들이 다 올라갔어요. 그리고 위디가 그중에서 소, 말, 양, 강아지, 돼지, 토끼, 호랑이, 용, 뱀, 원숭이, 닭, 쥐 등 열두 가지 동물을 뽑았어요. [조사자 1: 선생님, 잠깐, 그 동물 다시 한 번만!] 소, 말, 양, 개, 돼지, 토끼, 호랑이, 용, 뱀, 그 담에 원숭이, 닭, 쥐. 아 이렇게 써요.

그리구 왜 닭을 선택했는데 오리는 선택 안 하고 호랑이를 선택했는데 왜 사자를 선택 안 하는지는 위디가 자기가 맘에 드는 것만 골랐대요. 그래서 우리는 그 기준을 모른대요. 위디가 봤을 때 이 동물이 예쁘거나 자기 눈에 봤을 때 맘에 들어. 그렇게 선택했대요.

그런데 제일 중요한 거는 동물들을 선택했는데 우선순위가 중요하잖아요. 우선순위를 정해야 돼요. 그래서 처음에 위디가 이랬어요. 소가 그 당시엔 덩치가 제일 컸나 봐요.

"니가 1위 해."

그랬더니 호랑이도 찬성했어요.

"그래 소 네가 덩치 크니까 1위 해."

근데 쥐가 나타나서,

"안 돼, 안 돼. 내가 더, 내가 더 커. 난 소보다 더 커."

이랬어요. 그랬더니,

"어머머머 쥐가 제일 크다니 처음 들어보는 소리네?"

이랬어요.

"소가 크다는 소리를 들었지, 지금까지 쥐가 크다는 소리는 들어본 적이 없어."

그랬더니 위디도 혼란스럽게 느꼈잖아요.

"정말? 그럼 니가 좀 보여줘 봐."

그래서 열두 동물이 같이 인간세계로 갔어요. 위디가 갔죠. 소가 먼저 제일 앞에 걸었어요. 사람들이 보더니

"아, 이 소 정말 크다."

이렇게 얘기했는데 얘기하는 찰나에 쥐가 소머리 위에 올라간

거죠. 올라가서 다리 죽 뻗고 서 있는 거예요. 소머리 위에. 그랬더니 사람들이 쥐가 왜냐하면 다리 쭉 뻗어서 이렇게 쭉 선 거예요. 그러니까 사람들이 봤을 때 어떻겠어요. 소머리 위에. 우리 이렇게 보면 작아 보이는데 이렇게 보면 커 보이잖아요.

그래서,

"우와! 이 쥐가 정말 크다."

이런 소리를 한 거예요. 그랬더니 모든 사람들이 이같이 내려간 사람들이 들은 거예요. 일행이. 그 인간 사람들이 얘기하는 얘기를. 정말 쥐 크다는 소리 하네, 사람들이. 그래서

"그래, 그러면 소가 아니, 쥐가 니가 일등 일등 해. 1위 하고 그러면 소 니가 미안하지만 2위 해라."

아, 그래서 쥐가 1등이고 소가 2위예요.

그다음에 쥐가 집에 왔잖아요. 1위하고. 집에 왔는데 고양이가 잠에서 깨나서 일어났어요.

"왜, 니가, 우리 아직 갈 시간이 안 됐어?"

이랬더니,

"아니야. 나 갔다 왔어. 나 그리고 1위거든."

이랬죠. 그래서

"너 왜 나 안 불렀어? 같이 가자고 했잖아?"

이랬더니,

"아! 나 깜빡했어."

이랬다는 거예요. 그래서 고양이가 그때부터 너무너무 화가 나 가주고,

"어, 너, 너는 정말 내가 너 친구라고 생각했는데 니가 나 불러준다고 대답하지 않았냐? 내가 널 그렇게 믿었는데 어떻게 나를 이렇게 잠자게 놨두니? 그리고 너 혼자 가서 [조사자 1: 1등하고.] 띠 1등하고 받고. 날 안 부르고."

그래서 쥐가 화내면서 말하는데도 쥐가 이랬어요.

"아니, 내가 뭐 니 쫄병도 아니고 왜 무조건 니가 해달라고 시키는 대로 다 해야 돼?"

이러면서 오히려 더 그런 거예요. 자기가 1위 했다고. 그래서 고양이가 너무 화가 나서 쥐를 꽉 물었어요. 그때 쥐를 처음 잡아본 거예요, 고양이가. 화가 나가지구. 원래 자기 친구인데. 목을 잡아가지고 쥐가 죽었어요.

그 후부터 고양이하고 쥐는 계속 붙잡고 붙잡히는 관계로 지금까지 예, 이렇게 오고 있대요.

그리구 그 닭 있잖아요? 닭이 이제 회의 끝나고 집에 왔는데 용이 닭 앞에 줄 선 거예요. 용이 용 다음에 닭이잖아요? 닭은 훨씬 뒤에구나. [조사자 2: 훨씬 뒤에요?] 예, 훨씬 뒤에구나. 아무튼 용이 자기 훨씬 앞에 갔잖아요. 그런데 자기 생각은 그 뿔 때문인 거예요. 뿔이 자기한테 있었으면 자기가 더 앞에 위치에 갔었는데.

그래서 닭이 이제 용한테 갔죠. 용에 집에 가서

"그 뿔 나한테 돌려줘."

이랬죠.

"나 지금 기분 너무 안 좋아. 그 뿔 나한테 돌려줘."

이랬죠.

"그 뿔 너를 빌려줬더니 내가 뒤에 갔잖아?"

그랬더니 용이 말했어요.

"어머! 너는 그 뿔 더 필요하니? 사실 내가 보기엔 니가 뿔 없는 게 더 아름다워. 지금 모습이 훨씬 보기 좋아. 그리고 나한테 있어서는 이 뿔이 얼마나 필요하니?"

이렇게 얘기했어요. 그랬더니 닭이 말했어요.

"그건 아니지. 니가 얼마나 필요하던 간에 그건 내 거야. 내 물건은 돌려줘야지. 빌려간 건 돌려줘야지."

그랬더니 용이 갑자기 말을 안 하더니 그냥 닭한테 이렇게 이렇게 뭐지 한 번 예의 바르게 공손하게 인사를 한번 하고,

"미안해. 나는 지금 가서 쉬어야 돼. 이 일은 나중에 다시 얘기하자."

그러면서 집으로 들어간 거예요.

그래서 닭이 어떻게 하겠어요? 더 화가 나죠. 자기 물건 돌려줘

야 하는데. 그래서 거기서 계속 그 문 문 앞 그 용 집 앞에서,

"뿔 나한테 돌려줘, 뿔 나한테 돌려줘."

하면서 계속 소리 지르는 거예요.

그래 계속 소리 지르는데두 용이 안 나오는 거예요. 그랬더니 이 제 목도 쉬었죠. 너무 너무 소릴 질러서. 그랬더니 갑자기 그 지네인 가요? [조사자 1: 증인, 증인.] 생각났잖아요, 증인. 그래서 증인 지네 한테 갔어요. 지네한테 가서 말했어요.

"어, 너 니가 증인해 줘서 내가 뿔을 빌려줬는데 지금 뿔 나를 안 돌려줘. 어떡하지?"

그랬더니,

"니가 책임지고 해야 돼. 니가 증인이잖아."

그랬더니 지네가,

"내 생각은 용이 너한테 돌려줄 거라고 생각했어. 그래서 증인한 건데, 근데 그거 너를 안 돌려주면 나도 어쩔 수 없잖니?"

이랬어요.

"그리고 너도 알다시피 용은 물에서 살아. 내가 물속에 어떻게 들어가겠니?"

그랬더니 닭이 너무 화가 나서,

"니가 증인하고 싶다고 해가주구 내 너를 증인시켜서 너를 믿고 빌려준 건데 니가 지금 이렇게 문제 생겨서 책임 안 지면 무슨 증인 이니?"

이러면서 그랬더니, 지네도 이랬어요.

"닭아, 니가 그렇게 말하면 안 돼. 그리고 뿔 빌려준 거는 니가 원해서 빌려준 거지. 나는 그냥 너네 얘기하는 도중에 증인만 세워 주겠다 했을 뿐이야. 그리고 내가 증인하려고 할 때 용이 안 돌려줄 거라 상상도 못했어. 그럴 줄 알았으면 내가 증인 안 하지."

이렇게 말한 거예요. 그래서 닭이, 지네도 말 정말 잘하죠.

"그러면 이제 니가 말해 봐 이제 어떡하지?"

그랬더니 지네가 말했어요.

"너무 안 돌려주면 그냥 니가 그렇게 인정해. 어 니가 그냥 손해

봤다고 생각해. 그것은 내 생각은 니가 잘 생각 안 하고 빌려준 잘못
이야."

이런 거예요. 그래서 닭이 그랬어요.

"내 탓이라구?"

그랬어요. 그랬더니 지네가,

"그치, 니가 생각 쫌 더 깊이 하고 했어야지."

이런 거예요. 그래 닭이 너무 화가 나서 닭이 지네를 먹어버린
거예요. 그래서 닭이 지네를 먹어요.

그 후부터 매 년마다 닭이 마당에서 지네만 찾아서 먹고 새벽마
다 소리 지를 때는 그거는,

"나 뿔 돌려줘."

하는 소리래요.

"꼬꼬댁."

그 소리가

"내 뿔 돌려줘."

이 소리구. 그리고 마당에서 계속 땅 파잖아요? 그래서 지네만 골
라 먹는 거예요. 그거 때문에 그렇게 되어 있어요. [조사자 1: 재밌다.]

이건 쫌 간단하죠? [조사자 1: 아니 엄청 길어요.] (조사자를 향해)
그래요? 그래도 모든 동물 이야기 나오는 거 혹시 있지 않을까? 다
찾아봤는데 이게 그래도 그나마 젤 긴 거예요. 다른 동물은 왜 순서
이렇게 그런 거는 안 나와 있네요.

[조사자 1: 그거 찾아보기 전에 선생님 이야기 대충이라도 들으셨던 이
야기세요? 어떠세요?] 이거 찾아보기 전에든 제가 들은 거는 어디까
지냐 하면 그냥 고양이가 쥐 잡는 이야기, 왜 고양이가 쥐 잡는지, 왜
고양이가 따른 동물 안 잡고 쥐만 잡니? 그래서 처음에는 띠 얘기 아
니고 고양이 쥐 잡는 이야기를 들으면서,

"아 그 우리가 띠 있잖아? 띠 중에 쥐가 앞이잖아."

근데 이게 하면서 요 정도만 들어봤어요. 많이 들어봤어요. 그
이후는 저도 나중에 자료 찾아보면서 알게 됐어요. 이렇게 자세한
거는 저도 몰랐어요.

  [조사자 1: 알게 되니까 좋으시죠, 선생님도?] 네, 알게 되니까 더 궁금한 거예요. [조사자 1: 그렇죠, 그렇죠.] 그럼 왜 호랑이랑 어, 토끼랑 얘네는 또 왜 이렇게 되었을까? 그게 또 궁금한 거예요. 그래서 찾아봤거든요. 그런데 안 나오더라구요.

  그런데 제가 보기에는 다른 사람들도 또 댓글 단 거 보니까 이거 앞부분도 보니까 사람들이 많이 들어봤는데 뒷부분은 그냥 지어낸 거 아니냐, 그러더라구요. 짝 맞추려고. 그러면서 이제 더 많은 것은 이제 생각을 못해서. [조사자 1: 그래도 너무 재밌어요, 선생님.]

호랑이의 무술 배우기

● **구연정보**

조사일시 : 2018. 11. 09(금) 오전

조사장소 : 경기도 안산시 원곡동

제 보 자 : 박영숙 [중국(한국계), 여, 1976년생, 결혼이주 18년차]

조 사 자 : 김정은, 강새미

● **구연상황**

〈울음으로 만리장성을 무너뜨린 맹강녀〉 구연을 마친 뒤 이 끝나고 바로 이어서 구연했다. 중국의 인춘매와 전연 제보자가 이야기를 함께 들었다.

● **줄거리**

옛날에 호랑이는 힘이 세지 않고 할 수 있는 게 별로 없었다. 그래서 호랑이는 다른 동물들을 찾아다니며 나는 법과 수영하는 법, 나무를 타는 법을 배우려고 했다. 그럴 때마다 동물들은 호랑이에게 알려주지 않았다. 하루는 호랑이가 고양이를 만나 무술을 알려달라고 하자 고양이는 호랑이에게 무술을 알려주었다. 호랑이가 무술을 배워나가면서 점차 눈빛이 달라지자 불길함을 느낀 고양이는 호랑이에게 더 이상 가르칠 것이 없으니 떠나라고 했다. 호랑이가 갑자기 고양이를 덮치려고 하자 고양이는 재빠르게 나무 위로 올라갔다. 고양이는 호랑이가 그럴 줄 알고 나무 오르는 법은 가르쳐주지 않았다고 했다.

호랑이요, 지금은 동물의 왕이잖아요. 근데 옛날에는 아니었어요. 호랑이 덩치만 크지 할 줄 아는 거 아무것도 없었어요, 그때. 이야기니까 그렇게 들어주세요.

덩치만 크지 아무 능력도 없고 그렇게 해요. 이 호랑이도 주변 동물들 보면 이런 것도 잘하고, 저런 것도 잘하니까 부러운 거예요. 그래서,

‘나도 누구한테 어떤 거 좀 배웠으면 좋겠다.'

생각하면서 갔어요. 하늘에 날고 있는 새한테 얘기한 거예요.

"나 좀 날게 할 수 있는 방법 좀 알려주라."

했더니 그 새가,

"안 돼. 너는 이거 날개가 없잖아. 그렇게 넌 날 수가 없어."

하면서 안 알려줬어요.

"알겠어."

하고 갔어요. 또 물속에 있는 물고기나 그런 동물들 하고,

"수영을 알려주라."

"안 돼. 너는 안 되겠어."

그런 식으로 안 알려주고. 또 하나 중요한 거는 원숭이 봤어요. 원숭이가 나무 타는 거 봤어요. 그래서 원숭이한테,

"나도 나무 올라가고 싶어. 나한테 좀 알려줄 수 없어?"

했더니 원숭이가,

"너 모양 한 번 봐라. 이렇게 어떻게 올라갈 수 있겠어? 귀찮아, 귀찮아. 안 알려줘."

하면서 안 알려줬어요.

"안 되겠어."

그래서 또.

"알겠어."

하고 또 앞에 갔어요.

근데 고양이 만났어요. 고양이도 귀엽고 움직임도 빠르고 해서,

‘이 친구도 되게 괜찮다.'

하면서,

"고양아, 고양아 나 무술 배우고 싶은데 알려줄 수 있어?"

했더니 고양이가 호랑이 보고,

"그래, 알았어. 따라와."

하면서 알려줬어요.

고양이 진짜 본인이 알고 있는 거 이거저거 알려줬죠. 호랑이도 열심히 배웠어요. 열심히 배운 만큼 되게 빨리빨리 진보된 거예요. 그

래서 했더니 이제 눈빛이 달라진 거예요, 호랑이 눈빛이. 근데 고양이가 똑똑하잖아요, 눈치도 빠르고. 이제는 조금 애가 나은 거예요.

어느 날 고양이가 호랑이한테 얘기했어요.

"호랑아, 이제 내가 알고 있는 거 너한테 다 알려줬어. 너 이제 나한테 떠나도 돼."

얘기했어요. 그래서 호랑이가 그 얘기 듣고,

"그래 알겠어. 그동안 많이 고마웠어. 고양아, 너 뒤에 뭐가 있어."

얘기한 거예요. 고양이가,

"그래?"

근데 뒤에 딱 쳐다보는 순간 호랑이가 앞으로 잡으려 한 거예요.

고양이 눈치챘잖아요. 그래서 얼른 나무 위에서 올라탄 거예요. 고양이가 얼른 올라탔어요. 그래서 못 잡았어요. 고양이가 호랑이한테,

"그럴 줄 알았어. 네가 배은망덕."

그거 얘기한 거예요, 고양이가 호랑이한테. 배은망덕 완전 그거잖아요. 다 배우고 배신하고 그러잖아요.

"그럴 줄 알았어. 그래서 나는 이거 나무 올라가는 거 너한테 안 알려줬지."

얘기한 거예요.

그래서 호랑이는 밑에서 그 고양이 들어서 열 받고 올라가고 싶어도 안 된 거잖아요. [조사자: 고양이는 살았네요. 호랑이는 고양이한테 힘은 좀 있게 되고.]

이거는 우리한테 알려주는 거는 사람은 배은망덕하면 안 되겠다. 은혜 그런 거 알아야 된다. 그런 얘기예요.

세 마리의 호랑이

● 구연정보

조사일시 : 2018. 11. 09(금) 오전

조사장소 : 경기도 안산시 원곡동

제 보 자 : 박영숙 [중국(한국계), 여, 1976년생, 결혼이주 18년차]

조 사 자 : 김정은, 강새미

● 구연상황

제보자가 〈황금 깃털을 가진 거위〉 구연을 마쳤을 때 제보자와 번갈아가며 이야기를 했던 인춘매 제보자가 다음에 어떤 이야기를 할지 고민하자 박영숙 제보자가 먼저 짧은 이야기를 하겠다며 나서서 구연했다. 중국의 인춘매 제보자와 전연 제보자가 청중으로 이야기를 함께 들었다.

● 줄거리

옛날에 어느 숲속에 왕국이 있었다. 늙은 호랑이 왕은 아들 셋에게 화목하게 잘 지내라는 말을 남기고 죽었다. 첫째는 자신이 맏이이고 든든하니 왕이 되어야 한다고 하고, 둘째는 힘도 세고 지혜로우니 자신이 왕이 되어야 한다며 둘이 서로 싸웠다. 셋째는 왕이 될 생각이 없다며 다른 곳으로 떠나 조용한 숲에서 다른 동물들과 살았다. 첫째와 둘째가 계속 싸우자 나라가 약해졌고, 그 틈을 타서 다른 나라가 쳐들어왔다. 결국 첫째와 둘째는 포로가 되어 힘들게 살게 되었다. 그때 자신의 나라를 키워가고 있던 막내는 형들의 소식을 듣고 찾아가 나라를 되찾고 형들을 구해냈다.

옛날에, 옛날에 어느 숲속에 왕국 있어요. 거기서 호랑이 왕이잖아요. 그 왕이 아들 세 명 있어요. 호랑이 세 마리겠죠.

어느 날 왕은 아파서, 늙어서 죽어가요. 죽어갈 때 형제 호랑이 세 명한테,

"너네는 화목하게 잘 지내라."

이렇게 유언만 남기고 돌아가셨어요.

이 호랑이 아빠는 돌아가셨는데, 형제 세 명 남았잖아요. 첫째 호랑이가 생각한 거예요.

'나는 맏이다. 그리고 나는 든든해. 내가 왕위 이어가야 된다.'

그렇게 생각한 거예요. 그리고 둘째 호랑이는 또,

'나는 힘도 세고, 무술도 잘하고, 문무겸비. 힘과 지혜 다 갖고 있는데 내가 왕이 돼야지.'

그렇게 생각한 거예요. 세 번째 호랑이는,

'나는 형들처럼 왕 될 생각 없어. 나는 그저 착하고 똑똑하니까 행복하게 살고 싶어.'

그렇게만 생각하는 거예요.

그래서 첫째하고 둘째 호랑이 둘이는 맨날 싸워요. 본인이 왕 되고 싶어서 서로 싸우고, 셋째 호랑이는 멀리 갔어요. 딴 데 갔어요. 딴 데 가서 조용한 작은 숲 거기 안에 들어가서 다른 동물들하고 그렇게 살아요.

근데 첫째 호랑이하고 둘째 호랑이 맨날 싸우잖아요. 그러면 나라 점점 약해지잖아요. 그래서 주변에 다른 나라들 왔어요. 와서 전쟁 치러서 다른 사람 왕이 된 거예요. 이 첫째 호랑이와 둘째 호랑이는 포로로 여기 나라에서 힘들게 살고 있는 거예요.

이 셋째 호랑이는 다른 곳에 갔잖아요. 이 소식 들었어요. 셋째 호랑이는 이 소식 들었잖아요. 본인 나라는 멸망하고 다른 사람 와서 장악하고 형들 둘이는 포로로 힘들게 사는 얘기 들리고.

속상하면서도 본인 주변에 동물들 농사짓는 것도 알려주고 살수 있는 것도 알려주고 작은 나라 하나 만들었어요. 근데 이 나라 만들면서도 다른 사람한테 잘해주잖아요. 그래서 사람들 너무 잘 따라요. 자꾸자꾸 모여서 몇 년이 지나니 작은 나라가 큰 나라 된 거예요. 그래서 힘도 세졌잖아요.

"이제 됐다."

하면서 이분들 데려가서 옛날에 멸망한 그 나라 쳐들어갔어요.

이겨서 자기 형들도 구해주고 그런 이야기입니다.

큰 물고기 물리친 작은 물고기 떼

● 구연정보

조사일시 : 2017. 01. 11(수) 오후

조사장소 : 서울특별시 광진구 화양동

제 보 자 : 김설화 [중국(한국계), 여, 1983년생, 유학 9년차]

조 사 자 : 박현숙, 김현희

● 구연상황

제보자가 〈마두금 악기 유래〉 구연을 마친 뒤 다른 이야기를 청하자 제보자는 잠시 생각하더니 물고기 이야기 구연을 시작했다. 이 이야기는 초등학생 때 교과서에서 배웠다고 했다.

● 줄거리

바다에 흰색 작은 물고기들 사이에서 검은 물고기 한 마리가 태어났다. 검은 물고기는 색이 다르다는 이유로 흰 물고기들에게 따돌림을 당했다. 그런데 작은 물고기들이 사는 곳에 큰 물고기들이 쳐들어와서 작은 물고기들을 잡아먹었다. 까만 물고기가 지혜를 발휘하여 작은 물고기들이 뭉쳐서 큰 물고기를 물리치자고 제안했다. 바다에 큰 물고기가 나타나자 검은 물고기가 진두지휘하여 흰색 작은 물고기들을 모아 큰 물고기 모양을 만들고 자신은 큰 물고기의 눈 역할을 했다. 큰 물고기는 자신보다 큰 물고기가 나타난 줄 알고 겁을 먹고 도망갔다. 그 이후 검은 물고기는 작은 물고기들의 대장이 되었다.

바다에 물고기들이 살았는데. 얘네들이 엄청 작은 물고기들이래요. 그래서 얘네는 어, 작은 물고기들이니까 큰 물고기가 오면은 굉장히 많이 잡혀먹는 애들이래요.

근데 여기에 다 하얀색 물고기들이었는데, 어느 날 어떤 까만색 물고기가 태어난 거예요. 어, 그래서 얘가 어렸을 때부터 계속 왕따를 당해요. 색깔이 다르다는 이유 때문에 왕따를 계속 당하고 어, 같은 종족들한테 계속 따를 당하는데. 큰 물고기가 올 때면은 계속 도망만 쳐야 되는 이런 애들인 거죠.

근데 이러다가 나중에 내가 일정하게 성장하고 했는데, 어, 어느 날 정말 큰 물고기들이 이렇게 덮치는 거예요, 애네 무리들을. 근데 애네들은 도망가기가 너무 바쁘고, 또 근데 너무 작으니까 쉽게 잡혀먹고 하니까 이 까만 물고기가 어느 순간에 지혜가 생겨나서,

"니들이 일단은 우리 함께 뭉치자. 그래서 물고기 모양을 하나 만들어 보자. 어, 니들이 크게 하나, 우리 움직이지 말고 그냥 한데 뭉치자."

고 했어요. 그래서 도망을 가던 애들이 그,

"그게 되겠냐?"

막 싸우다가 덮치니까 어쩔 수 없이 애네들이 한 번 확 뭉쳤대요. 그리고 이 까만 물고기가 자기가 까만색이니까 눈 역할을 하듯이 눈 역할을 하듯이 거기에 이렇게 있었대요. 근데 이 큰물고기들한테 멀리 보니까 이게 작은 물고기가 큰 물고기로 변해버린 거예요. 그래서 감히 덮치지를 못했고.

그래서 까만 물고기가 이제는 리더 역할을 하면서,

"오른쪽으로 가. 왼쪽으로 가."

하면서 이렇게 같이 움직이기 시작을 했대요.

그때부터 애네가 덜 잡혀먹었다, 그래서 네, 이 까만 물고기가 이제는 리더가 됐다고. 네, 그런 이야기.

근데 그게 커서 보니까 동물 세계 보니까 작은 물고기들, 멸치 떼들 이런 애들은 그렇게 움직이더라구요. (웃음) 큰, 작은 애들이 이렇게 뭉치면서 다니는 이유 중 하나가 그거다, 라고 그러더라구요.

[조사자 1: 그럼 이것도 교과서에서?] 네, 교과서에서. [조사자 2: 제목 같은 건 혹시 기억이 안 나세요?] 기억이 안 나요, 그거는, 네. [조사자 1: 이거도 초등학교 때?] 네. 초등학교 때 제가 물고기를 굉장히 좋아했거든요. 근데 제가 보는 물고기는 그렇게 뭉치, 이렇게 뭉텅이로 다니는 애들은 한 번도 못 봤거든요. [조사자 1: 큰 물고기가 없어서 그

런가 봐요.] 그니까 얘네는 바다에서 사는 물고긴가 보드라구요. 저는 그냥 그, 째끄만 애들이. [조사자 2: 금붕어.] 네, 금붕어 같은 거.

까마귀의 지혜 [1]

● 구연정보

조사일시 : 2017. 03. 19(일) 오후

조사장소 : 부산시 진구 서면

제 보 자 : 권경숙 [중국(한국계), 여, 1981년생, 결혼이주 10년차]

조 사 자 : 조홍윤, 황승업, 김자혜

● 구연상황

조사자들은 부산 서면의 한 카페에서 가족과 함께 나온 제보자를 만났다. 제보자에게 조사의 취지를 설명한 뒤 이야기 구술을 부탁하자 제보자는 얼마 전 아이들에게 인성교육을 하며 들려준 것이라며 까마귀 이야기를 구술했다. 중국의 초등학교 과정에서 접하게 되는 이야기 중 하나라고 했다.

● 줄거리

어느 무더운 여름 목이 말랐던 까마귀는 물이 담긴 빈병을 발견했는데 병의 주둥이가 좁아 물을 마실 수 없었다. 잠시 고민을 하던 까마귀는 작은 돌멩이를 병에 넣어 물이 차오르게 만든 뒤에 물을 마셨다.

까마귀 물 먹는 이야기는요.

까마귀가 엄청 날씨, 여름에 엄청 덥거든요. 물 먹어야 되는데, 찾다가, 찾다가 빈 병을 하나 봤어요. 끝부분에 물이 있거든요. 그런데 끝부분에 물이 있는데, 그런데 이 구덩이는 엄청 작거든요. 이 작고 밑에는 이렇게 기니까, 이거를 밑에 있는 물 먹을라니까, 주둥이를 여 넣으니까 안 들어가는 거예요.

그러니까 물을 먹어야 되는데,

'어떻게 하면 물 먹을 수 있을까? 요 밑에 있는 물을. 어떤 방법

이 있을까?'

그래서 까마귀가 생각을, 머리 쓰는 거예요. 옆에 돌멩이들 많거든요. 그 돌멩이들 줏어서 넣은 거예요, 입으로. 여기다 넣다, 넣다 보니까 물이 올라온 거예요. 그래서 그거를 물 먹은, 물 먹었은 거예요.

그런 생각을 하고. 그리고 요 돌멩이 넣어서 요거를, 방법 말고, 애들한테,

"다른 방법이 없을까?"

그래서 애들 보통 생각, 많이 생각하는 게 빨대를 생각해요.

"빨대 있으면, 빨대 넣으면 이 물 먹을 수 있다."

그래 이런 생각하는 걸 하고 애들한테 교육을 하고요.

까마귀의 지혜 [2]

● **구연정보**

조사일시 : 2018. 02. 06(화) 오후

조사장소 : 경상남도 진주시 상대동 진주YWCA 다문화작은도서관

제 보 자 : 임향금 [중국(한국계), 여, 1978년생, 결혼이주 10년차]

조 사 자 : 김정은, 황승업, 강새미

● **구연상황**

캄보디아 출신 썸마카라 제보자와 함께 이야기판을 이루었다. 조사자가 임향금 제보자에게 어릴 때 들었던 옛이야기를 요청하자 잘 기억이 안 난다고 했다. 짧은 이야기도 괜찮다고 하자 인상 깊었던 이야기가 하나 있다며 구연했다.

● **줄거리**

한 까마귀가 있었는데 몹시 목이 말랐다. 물이 든 병이 있었으나 까마귀의 부리가 병 깊은 곳에 들어가지 못했다. 목이 너무 말랐던 까마귀는 어떻게 하면 물을 마실 수 있을까 고민을 하다가 자갈을 물병에 하나하나씩 넣었다. 그러자 물이 점점 올라와서 물을 시원하게 마실 수 있었다.

까마귀가 살고 있는데, 까마귀가 매우 물이 마시고 싶은데 컵이 있잖아요. 물병이 하나 있어요. 근데 까마귀 입이 그 안에 들어갈 수가 없는 거예요. 근데 그거를 꼭 마셔야 하는데, 어떻게 마실지 계속 고민하다가 너무 목마르고,

'그거는 마셔야 되겠다.'고.

생각하고, 이제 생각을 하는 거예요.

'아 그렇게 하면 되겠다.'

그니까 생각해 낸 방법이, 자갈 있잖아요. 하나, 하나 이제 모아

가지고 점점 높아지니까 물도 같이 올라와가지고 시원하게 마시는
거. 그거가 인상 깊었어요.

　　그리고 그 동화가 어쩜 보면 우리가 인생 살면서도 똑같은 그런
경험을 겪고 있다는 생각이 들더라구요. 그래서 까마귀가 물 마시는
동화가 인상 깊었어요. 그거 생각이 나네요.

쥐 사위 고르기

● 구연정보

조사일시 : 2018. 11. 09(금) 오전
조사장소 : 경기도 안산시 원곡동
제 보 자 : 인춘매 [중국(한국계), 여, 1976년생, 결혼이주 10년차]
조 사 자 : 김정은, 강새미

● 구연상황

박영숙 제보자가 〈화사첨족〉을 마친 뒤 인춘매 제보자가 어린 시절 들었던
간단한 이야기를 하겠다며 구연을 시작했다. 이야기 끝에 '고양이에게 생선
맡긴 격이다'라는 속담을 덧붙였다. 지인인 박영숙 제보자와 전연 제보자가
청중으로 이야기를 함께 들었다.

● 줄거리

어느 쥐 부부가 딸을 애지중지 키웠는데, 시집보낼 때가 되자 가장 힘이 센 자
에게 보내야겠다고 생각했다. 부부는 상의 끝에 태양이 제일 힘이 세다고 생
각해서 태양을 찾아갔다. 그런데 태양은 자기보다 먹구름이 세다고 했고, 먹
구름은 바람이 더 무섭다고 했다. 부부가 바람을 찾아가자 바람은 자기가 아
무리 세게 불어도 끄떡하지 않는 담벼락이 더 세다고 했다. 담벼락을 찾아가
니 자신의 몸에 구멍을 내는 쥐가 제일 무섭다고 했다. 쥐를 찾아갔더니, 쥐는
고양이가 무섭다고 했다. 그래서 부부는 딸을 고양이에게 시집을 보냈다. 다
음날 딸에게 찾아갔더니, 고양이가 딸을 뱃속에 보호하고 있다고 했다.

엄마 쥐와 아빠 쥐가 있는데 귀여운 딸이 있어요. 되게 소중하죠.
  이제 시집을 보내야 되는데 제일 힘 센 사람한테 시집을 보내고
싶은 거예요. 그래서 엄마아빠가 상의 끝에,
  "쥐 우리 눈에는 역시 태양이 제일 힘이 세다."

그래서 태양을 찾아갔어요.

"태양님 우리 딸 시집보내고 싶어요."

그랬더니 태양이 하는 소리가,

"내가 제일 센 게 아니다. 제일 센 거는 먹구름이 제일 세다."

그래서,

"아 그래, 그러면 우리 다시 먹구름 찾아가자."

해서 먹구름 찾아갔어요. 먹구름이 하는 소리가,

"아니다. 나는 제일 무서운 게 있다. 바람. 바람이 제일 무섭다."

그래서 바람을 찾아갔더니 바람이 하는 소리가,

"내가 제일 센 건 아니다. 내가 아무리 세게 불어도 까딱 하지 않는 담벽이 있다."

그래서 담벽을 찾아갔어요. 담벽을 찾아갔더니 담벽이 하는 소리가,

"내가 제일 센 게 아니고 더 센 게 있다. 나는 쥐가 제일 무섭다. 구멍을 내면 나는 한 순간에 무너진다."

그래서 쥐가 제일 무섭다 그래서 쥐를 찾아가서,

"역시 우리 쥐한테 시집보내면 되겠다."

했는데,

"쥐가 제일 무서운 건 뭐예요?"

"고양이."

그래서 고양이를 찾아갔어요. 고양이에게 시집을 보냈어요.

그래서 시집보내고, 첫날밤 보내고 이튿날에 엄마 쥐와 아빠 쥐가 찾아갔어요.

"딸이 잘 지내고 있나?"

그랬더니 고양이가,

"장모님 장인어른 제 뱃속에 있습니다. 제가 남이 괴롭힐까 봐 뱃속에 보호하고 있습니다."

이렇게 우스운 이야기로 그냥 끝나고 말았어요. 고양이는 원래 쥐 먹는 동물이니까.

형제와 금덩이

● **구연정보**

조사일시 : 2018. 02. 06(화) 오후

조사장소 : 경상남도 진주시 상대동 진주YWCA 다문화작은도서관

제 보 자 : 임향금 [중국(한국계), 여, 1978년생, 결혼이주 10년차]

조 사 자 : 김정은, 황승업, 강새미

● **구연상황**

캄보디아 썸마카라 제보자가 〈착하고 유능한 여자와 사치스러운 여자〉 이야
기를 마치자 제보자가 예전에 들었던 이야기가 조금씩 떠오른다며 구연을 시
작했다. 썸마카라 제보자가 청자로 함께 이야기를 들었다.

● **줄거리**

옛날에 사이좋은 형제가 있었다. 그들은 떡이나 빵도 나눠먹을 정도로 우애
가 좋았다. 어느 날 형제가 길을 가다가 동생이 반짝거리는 것을 발견했다.
뛰어가서 보니 금덩어리 두 개가 있었다. 형은 동생이 발견한 거니까 동생보
고 두 개 다 가지라고 했다. 그러자 동생은 형과 하나씩 나눠 갖자고 했다. 둘
은 결국 금덩이를 하나씩 나눠가지고 배를 타고 갔다. 그런데 갑자기 동생이
가지고 있던 금덩이를 물에 던져버렸다. 형이 왜 그러느냐고 묻자, 형이 없었
으면 자기가 두 개를 다 가질 수 있었다는 생각이 들었다며 이 금덩이 때문에
형과의 우애가 갈라지는 것을 원치 않는다고 했다. 그 말을 들은 형은 자기도
같다며 금덩이를 던져버렸다.

옛날에 사이좋은 형제가 살았어요. 근데 이제 무척 그냥 떡, 빵 하
나 있어도 갈라먹고 뭐 여러 가지 진짜 사이좋게 지내는 형제였어요.

근데 이제 길을 떠나다가, 길을 떠나는데 동생이 반짝 반짝거리
는 거를 발견했어요. 그래서 뛰어가서 보니까 금덩어리가 두 개 있

어요. 그래가지고 그거를 들고 왔어요. 들고 와가지고,

"형님. 형님 하나 가지고, 내도 하나 가지고."

그래서 형님이,

"아니다. 니가 봤으니까 니가 두 개 다 가져라."

"아니에요, 형님. 우리가 서로 하나하나씩 나눕시다."

하면서 이렇게.

"그래? 그러면 하나 나누자."

그러면서 나눴어요.

나누고 이제 배를 타게 됐어요. 배를 타게 되는데 갑자기 동생이 이 금덩어리를 물 안에 던져버렸어요. 그래 형님이,

"야, 왜 그 귀한 금덩어리를 버렸냐?"

그러니까,

"형님. 제가 갑자기 이런 생각이 들었…"

들었대요.

"만약에 형님이 없었으면 내가 금덩어리 두 개를 가질 수 있는데, 형님이 있어가지고 내가 하나밖에 가질 수가 없었다. 원래는 우리가 이런 사이가 아니었는데, 이것 때문에 갑자기 흠이 생길까 봐."

그래서 던졌대요. 그러니까 이제 형님도,

"그래 니 말이 옳다. 니 말이 옳다. 내도 그렇게 생각하니까."

형님도 있잖아요. 금덩어리를 던졌어요. 그 귀한 금덩어리를 다 던지고, 이제 서로 우애를 남긴 거예요. 그냥 선택을 한 거죠. 그래서,

"우리 사이좋게 이제는, 무엇이 있어도 그거에 눈이 번쩍 뜨면 안 된다."

그러면서 그렇게 생각한 거가,

"아, 니 말이 옳다."

그런 생각이 갑자기.

근데 사람 욕심이라는 거 있잖아요. 그거를 이기기가 정말 쉽지는 않아요. 그거는 쉽지 않아요. 그리고 금덩어리인데 사람한테는 그거가 우애가 정말, 진짜로 두툼하고 진짜 의리 있게. 좀 그런 거가 부러워요.

제비가 물어준 박씨와 형제

● 구연정보
조사일시 : 2018. 02. 06(화) 오후
조사장소 : 경상남도 진주시 상대동 진주YWCA 다문화작은도서관
제 보 자 : 임향금 [중국(한국계), 여, 1978년생, 결혼이주 10년차]
조 사 자 : 김정은, 황승업, 강새미

● 구연상황
제보자가 〈동곽 선생과 늑대〉를 구연한 뒤에 이어서 바로 이 이야기를 시작
했다. 한국에서 전해지는 것과 비슷한 이야기라고 했다. 캄보디아 출신 썸마
카라 제보자가 함께 이야기를 들었다.

● 줄거리
중국 사람들은 박을 좋아하는데, 특히 8자 모양으로 생긴 조롱박을 좋아해
그것으로 집을 꾸미기도 한다. 옛날에 한 가난한 사람이 살았는데, 어느 날 제
비가 다쳐서 떨어졌다. 그 사람이 자기의 옷을 찢어 제비를 치료해주고, 물도
먹였다. 제비가 회복을 하여 날아갔는데, 이듬해 봄철에 다시 날아와 박씨를
주었다. 남자는 박을 잘 키웠다. 박이 많이 열려 박을 탔는데, 그 안에서 금은
보화가 나왔다. 그러자 남자의 부자 형제가 이 소식을 듣고 일부러 제비 다리
를 부러뜨린 뒤 치료했다. 이듬해 제비가 박씨를 물어다주자 똑같이 심어서
키웠다. 그가 박을 타는데 이번에는 도깨비들이 나와 부자 형을 때렸다.

제비가 아파, 이거 다리가 아파가지고 이제 짜매줘가지고(묶어
줘서), 낫게 해가지고 이제 날아가는데. 봄철이 되니까 또 다시 와가
지고 씨앗을 주고. 그런 거 '흥부와 놀부' 이야기가 이제 한국에도
있잖아요. 중국도 그런 거 있더라고요, 많이 있더라고.
　[조사자: 그럼 그 부분 생각나는 걸로 얘기, 흥부하고 놀부하고 조금 다

르죠, 그런데? 거기도 박을 타요?] 네 똑같은 박이에요. 그 중국에는 박을 좋아하거든요. 박이 이제 이런 동그란 박도 있지만, 둥글, 둥글한 거. [조사자: 조롱박.] 8자처럼 생겼어요. 8자.

중국 사람들은 8 있잖아요. 발음이 '퐈'라고. '퐈'라고 해서 돈이 들어온다는 '퐈퐈'거든요. 그래서 그거를 엄청 좋아해요. 그래서 그거 8자 박도 있잖아요. 예쁘게 꾸며가지고 막 집에 걸어놓고 그러거든요. 그런 것도 좀, 그래서 거의 비슷해요. 박을 이렇게 잘라가지고 그 안에 이제.

[조사자: 처음부터 조금만 그 얘기 해주세요. 제비가 와가지고.]

제비가 이제 제비가 다쳐가지고 떨어졌어요. 그래서 아저씨가 그거를 구해가지고 집에 가서 막 이렇게, 옛날에는 옷도 별로 자기 옷도 막 제대로 못 입잖아요. 그래도 그거를 찢어가지고 자기의 소중한 옷을 좀 찢어가지고 제비한테 이렇게 해줘가지고. 먹을 것도 없지만 그냥 물이라도 먹으라고 이렇게 살려줬어요. 살려줘가지고 이거 제비가 날아가게, 회복을 하니까 날아가게 됐어요. 그래서 그냥 날아간 줄 알고 그렇게 생각을 했는데.

이제 이듬해 봄철이 오니까 제비가 날아와가지고 둥지를 튼 거예요. 둥지를 트는데, 이제 씨앗을 물려 온 거예요. 그래가지고 이 씨앗을 자기가 심어가지고, 심었는데 박들이 엄청 많이 열려가지고. 그래서,

"아 이제 잘해가지고 우리 박이나 잘해가지고 이제 장사를 해자."

그런 식으로 이제 박을 많이 했는데, 이제 박을 찾게 되, 뭐, [조사자: 박을 타요?] 네 파게 되는데, 파게 되는데 그 안에서 있잖아요. 막 목걸이나 금, 은 그런 거가 여러 가지가 막. 금덩어리 뭐 여러 가지가 나와가지고. 이제 부자가 된 거예요.

근데 이 형제가 있잖아요. 형제, 또 다른 형제가 있는데. 처음부터 좀 부자였는데, 이 얘기를 듣고 일부러 가서 제비에 다리를 부러가지고. 자기가 막 먹는 것도 막 엄청 좋은 거를 먹여주고 그래서 제비가 이제 날아갔어요. 날아갔는데 이듬해 봄에 또 날아와 가지고 이제 또 씨앗을 준 거예요. 씨앗을 주는데,

"이 씨앗을 잘해야 되겠다."

하고 물도 주고 여러 가지 막 정성스럽게 들였는데.

나중에 이제 박을 파게 되는데 도깨비들이 나와 가지고 엄청 때려가지고,

"못된 일만 한다."

하고. (웃으며) 엄청 때렸어요.

그래가지고 흥부와 놀부의 이야기가 거의 비슷한 거가 나오더라고요.

[조사자: 이거 제목 뭐예요? 제비다리 고친 이야기라고 해야 되나, 뭐라 해야 되나.] 이거 이름도 제가 잘 기억이 안 나는데. (잠시 동안 제목을 생각하다가) 잘 생각이 안 나요. 오래돼가지고.

개보다 못한 새엄마

● 구연정보
조사일시 : 2018. 11. 09(금) 오전
조사장소 : 경기도 안산시 원곡동
제 보 자 : 인춘매 [중국(한국계), 여, 1976년생, 결혼이주 10년차]
조 사 자 : 김정은, 강새미

● 구연상황
박영숙 제보자가 〈세 마리의 호랑이〉 구연을 마친 뒤 인춘매 제보자가 이야
기를 듣다가 생각났다며 바로 구연했다. 박영숙 제보자와 전연 제보자가 이
야기를 함께 들었다.

● 줄거리
옛날에 한 부부가 살았는데 부인이 애를 낳다가 죽어서 남편은 새 부인과 살
게 되었다. 새 부인은 전처의 자식에게도 잘 대해 주어 행복하게 살았다. 그러
던 어느 날 남편이 장사하기 위해 멀리 길을 떠났다. 남편은 자신이 키우는 개
에게 아이를 잘 보호해달라고 부탁했다. 남편이 몇 달이 지나고 집에 돌아왔
는데 아이가 없었다. 새 부인은 아이가 시름시름 앓다 죽었다고 했다. 남편
은 슬펐지만 그 말을 믿었다. 그런데 개가 자꾸 밖으로 오랫동안 나갔다 오고,
남편의 옷자락을 잡아당겼다. 남편이 개를 따라가니 전처의 무덤이 있는 곳
이었다. 죽은 강아지들 사이에 자신의 딸이 포동포동하게 있었다. 개가 자신
의 젖으로 계모가 버린 아이를 먹여 살리고 있었던 것이다. 진실을 알게 된 남
편은 새 부인을 내쫓고 딸과 개를 데리고 행복하게 살았다.

예전에 엄마와 아빠가 같이 살다가 엄마가 얘기 낳으면서 죽었
어요. 근데 이 애를 혼자 키우자니 너무 힘들어서 이웃에서 주변의
소개로 새엄마를 맞이했어요.

근데 새엄마를 맞이했는데 애한테 너무 잘하는 거예요, 갓난애기다 보니까. 너무 예쁘게 잘해서 아빠가 같이 행복하게 잘 살다가 이제 아버지가 장사를 하기 위해서 외지로 나가요. 외지로 나가는데 그 집에 되게 충성으로 키웠던 개도 한 마리 있어요. 그래서 개한테 부탁을 하는 거예요.

"우리 작은 주인을 잘 보호해 달라."

고 얘기만 하고,

"마누라랑 잘 맡기니까 갔다 올게."

하면서 개한테 이렇게 부탁을 해요. 말 못 알아듣긴 하지만.

그래서 가서 몇 개월 정도 거의 밖에서 장사를 하다가 집에 왔어요. 집에 왔는데 애가 없는 거예요. 그래서 엄마가 말했어요.

"애가 시름시름 앓다가 죽었다."고.

그래서 남편은 당연히 애기가 어리다 보니까

'진짜 죽었는가 보다.'

하면서 되게 속상해서 많이 울었어요. 막 통곡을 하고,

"그래도 그동안 아픈 애기 챙기면서 고생했다."고.

마누라 더 예쁘게 더 잘해줬어요.

근데 어느 순간부터 개가 가끔씩 밖으로 나가요. 밖으로 자꾸 나가서 간혹 되게 오래 있다 한 번씩 오는데. 그래서,

"어디 가냐?"고.

되게 궁금했죠. 그냥 말을 못하니까 개가. 자꾸 나와서, 나와서 어디 가나. 근데 어느 순간에서 개가 이렇게 가끔씩 옷자락을 당기는 거예요, 주인을. 그래서

'얘가 왜 이러지?'

왜냐면 되게 오래 키웠던 개니까 감정이 통하는 게 있어요. 끌고 가다보니까 무덤. 무덤 옆에 애기가 있는 거예요. 보자기에 이렇게 싸서. 애기가 되게 포동포동하게 잘 커 있는 거예요.

되게 놀라서 보니까, 원래 개도 새끼가 있거든요. 근데 새끼는 다 굶어죽고. 옆에는 강아지 시체들이 있다고는 얘기했었어요. 강아지들 시체가 있고, 애기는 포동포동하게 잘 큰 거죠. 개 젖을 애기한

테 다 먹인 거죠. 그래서 애기는 살아있고.

그래서 보니까 그 무덤은 엄마, 원래 친엄마 무덤. 새엄마가 애를 짐승들 먹으라고 무덤에 갖다 버린 거예요. 근데 그 개가 가서 꾸준히 그 애를 보호를 했던 거예요.

남자는 그거를 알고 애기를 안고 집에 왔는데 새엄마는 깜짝 놀란 거죠.

'어떻게 애가 아직도 살아있지?'

그래서 아버지가 새엄마를 내쫓고 개랑 딸이랑 평생 행복하게 살았다, 이런 얘기.

동네 할머니들 앉으면서 이런 얘기를 했을 때 제가 들었던 얘기예요.

황금신발 한 짝을 잃어버린 예센

● 구연정보
조사일시 : 2017. 11. 12(일) 오후
조사장소 : 충청북도 청주시 가경동
제 보 자 : 이화(이윤정) [중국(한국계), 여, 1974년생, 결혼이주 19년차]
조 사 자 : 오정미, 한상효, 엄희수

● 구연상황
제보자는 흑룡강 유래에 얽힌 이야기를 들려준 후, 중국에서 들었던 이야기
중에 한국의 이야기와 비슷한 것이 많아서 신기했다고 말했다. 콩쥐팥쥐나
신데렐라와 비슷한 이야기라며 예센 이야기를 구연했다.

● 줄거리
예센은 일찍 세상을 떠난 어머니와 행상으로 집을 비운 아버지 때문에 계모
의 구박을 받으며 살고 있었다. 그런 예센에게는 붉은 비늘과 금색 눈동자를
가진 물고기가 유일한 친구였다. 하지만 이 물고기를 못마땅해 하던 계모가
물고기를 잡아먹었다. 예센이 그 사실을 알고 물고기의 뼈를 가져와 슬퍼하
는데, 물고기 신령이 나타났다. 그 신령은 예센의 소원을 들어주고 아름다운
옷과 황금 신발을 주며 축제에 갈 수 있도록 도와줬다. 하지만 예센은 돌아오
는 중에 신발 한 짝을 잃어버렸다. 어느 상인이 그 신발을 발견했고, 신발은 돌
고 돌아 어느 왕국 왕의 손에 들어갔다. 예센은 신발 덕에 그 왕과 결혼했다.

제가 하나 되게 재미, 정말 뭐, 와서 한국에 와가지고 재밌었던 게,
'어머 정말 너무 똑같은 것도 있다.'
이런 거. 그런 거. [조사자: 신기하죠?] 예 너무 신기하게. 제가 이
번 학기 다문화수업 하면서 콩쥐팥쥐, 신데렐라 그리고 그, 그 뭐죠.
제가 교수님한테도 말씀드렸잖아. 그 일 학기 때 그 수업을 했다고

했죠. 그러면서 제가 논문에도 그거 할까 했는데 그게 정말 계모 등장하고 신발 등장하고 중국도 똑같은 거 있어요. 〈예센 이야기〉라고 막 황금 신발 등장해요. 그래서 저저, 왜 애들한테 그랬어요.

"황금 신발은 무거운데 신고 다닐 수 있었을까?"

그랬더니,

"아우 못 신고 다녔을 거 같애요."

"아니야. 애들아 깃털같이 가벼운 황금 신발이란다."

이러고. 표현도 그렇게 돼요. 그죠? [조사자: 선생님 정말 이야기꾼이시네요.] 깃털처럼 가벼운 황금 신발 신고. 이렇게 나와요. 진짜 설화에, [조사자: 그 얘기 해주세요. 선생님.] 아 예센 이야기요? 아 그래요.

[조사자: 이 두 친구는 못 들었었으니까 제가 사실 선생님 그 발표를 듣고 아 선생님께 꼭 청해야겠다.] 아 제가 예센 이야기 그때는 그 수업 발표할 때는 그건 얘기를 못 했죠? 그죠? [조사자: 그 얘기 해주세요.]

예센 이야기가. [조사자: 이름이? 제목이?] 예센. '예', 'ㅅ' 없고 센. 센. 이야기 그리고 섭한 이야기라고도 해요. [조사자: 맞아요.] 섭한 예센.

근데 섭한 이야기는 이 한국에 사이트에 포털에 검색하면 안 나와요. 별로 나오는 게 없어요. 뭔가 이렇게 약간 이렇게 뭐라 하지. 너무 재미가 없나. 아니면 뭔가 그렇게 그럴만한 가치가 없나 생각이 들 정도로 저는 그렇게 생각 안 했는데 오히려 다른 건 찾으면 굉장히 많이 나오잖아요. 그죠? [조사자: 반고 이야기도 많고 그죠.] 예. 한국어로 검색해도 네이버 포털에 검색해도 엄청 많은 게 나와요. 막 솟아져 나오는데 예센은 사진 몇 장 건질려고 해 봤는데 너무너무 힘들더라고요. 없어요.

그래가지고, 이건 너무 아깝다. 이거를 누군가 아 제가 정말 그럴 수준이 되고 제가 그럴 만한 에, 권한이 있다 그러면, 아 그럴 만한 역량이 있다 그러면 제가 진짜 책으로 한번 펴내고 싶어요. 한국어 동화책으로 펴내고 싶어요.

근데 너무 안타까워요. 근데 피곤하면서 수업, 아이들한테 다문화적으로도 접근하기 너무 좋더라고요. 그래서 이번에 제가 또 그때 그거 교수님이랑 얘기하면서 아이디어 얻어가지고 2학기 때 고학년들 대상으로 아예 그냥 순전히 발표하고 토론하는 양식으로만 만들기 수업 다 빼고 그렇게 했어요. 너무너무 재미있게 흥미진진하게 [조사자: 너무 좋다.] 에, 애들도 고학년이라 정말 자기 생각이 뚜렷하고 아 요즘 애들 너무 똑똑해요. 선생, 교수님. 정말 깜짝 놀랬어요.

"너희들 때문에 선생님 얻어가는 게 참 많다."

이러면서. 아이디어를. 이러고 있더라고요.

예셴은, 스토리가 되게 비슷해요. 이제 섭한이. 요거도 좀 약간 굉장히 제가 사진도 얻을려고 검색해 보니까 섭한 이야기 제가 들은 거랑 또 다른 이본들이, 그러니까 중국의 포털에 검색해보면 이본이 있어요. 근데 한국에 안 나오는데 바이두에 검색해 보면 이렇게 이본이 나와요 이렇게 이본이 나와요, 그래서. 아 내용이 좀 달라요. 이제 앞부분에 아버지 얘기도 다르고 뒷부분에 얘기도 다르고 한데 저는 제가 들은 걸로만 말씀드릴게요.

그래서 저 섭한이라는 아이가 아주 엄마가 애가 간난 얘기 때 돌아가셔서 아버지가 젖 동안(젖동냥)하면서 애를 키웠어요. 그래서 이제 예셴이가 한 어, 정말 착하고 워낙 예쁘고 뭐 신데렐라, 콩쥐팥쥐처럼 그런 존잰데 이제 새엄마가 들어왔는데 이제 아버지가 정말 오랫동안 뭐 행상을 하는지 뭐 그런 직업이라서 집에 자주 없는 멀리 자주 떠나 있는 그런 존재로 나와요. 그래서 새엄마랑 그 새엄마 딸이랑 이렇게 살게 된 상황인데.

이제 계속 애한테 누더기 옷만 입히고 또, 뭐 여전히 다른 계모형, 그래 설화처럼 그냥 구박하고 근데 약간 더 못된 새엄마 같은 느낌이 그 다른 설화에서는 힘든 일만 시키고 미워라 하지만 이건 심술까지 많은 거 같아요. 되게 심술 많은 그러니까 애가 웃는 꼴도 못보는, 그죠? 다른 덴 그런 건 안 나오겠지만 느낌이 그런 느낌이 제가 들으면서.

근데 어느 날 예셴이 그냥 집안이 혼자 다 하다가 너무너무 막산에 가서 나무도 하고 다 하는 거예요. 우리 나이에 그래 가다가 이제 그 뭐 이제, 작은 무슨 개울가에서 작은 물고기 한 마리를 봤는데 빨간, 황금빛 눈을 가진 빨간 지느러미를 가진 그런 물고기 한 마리를 봤어요. [조사자: 빨간 지느러미를 가진 황금빛 물고기?] 네. 네. 그죠. 그죠. 근데 눈알이 황금빛이라고 표현을 아 근데 요게 가물가물하네요. 어쨌든 저는 황금빛 물고기예요. 에. 물고기를 가져왔는데 자꾸 뭔가 애를 쳐다보면서 나랑 같이 놀아줘 하는 것 같은 거예요.

그래서,

"아우, 내가 얘 델고 가야겠다."

그래가지고, 뭐 지금 몰래 치맛폭에 싸가지고 집 앞에 연못이 있었어요. 연못에 이제 줬는데 근데 새엄마 눈치를 보느라고, 이제 몰래몰래 겨우 자기 밥으로 또 나오는 그 요만한 찐빵 하나가 하루 식사인 거예요. 그러면.

[조사자: 또 찐빵이야.] 어 그러니까 제가 아까 교수님. 항상 무슨 빵이 굶으면 안 되는 민족이야. 빵이 막 이렇게 있어요. 근데 중국인들이 그런 게 있어요. 정말 손님이 와도 정말 거창하게 대접하는 걸 최고로 생각해요. 뭐 현물 선물보다 식사 대접을 거창한 거. 제일 미덕으로 첫째 미덕으로 생각하는 민족이에요. 먹는 거에 그만큼.

그래서 그 빵을 이렇게 물고기 주면 물고기가 이제 애가 오면, 시간을 알고 뻐끔뻐끔 거리고 나와서 빵을 나와 받아먹어요. 이제 빵을 받아먹고 그러는데 무럭무럭 자라가지고 이제, 그때 표현이 '막 어른 팔뚝만큼 컸다.' 이렇게 기억이 나요. 근데 물고기가 커서 근데.

어느 날 인제 새엄마가 보니까 아 얘가 연못가에 뻥긋뻥긋 하매 있는 게 너무 꼴 보기 싫은 거예요. 호저 얄미워 죽겠는데. 이제 몰래 인제 연못가에 가서 예센한테 그랬어요.

"야 멀리 저기 어디 가서 나무하러 갔다 와."

이제 반나절 이상 걸리는 데 보내놓고,

"어 그래 오늘은 내가 옷이 내가 빨아줄 테니까 다른 옷이 입고 갔다 와."

하면서 이제 예센이 자기 딸이 입던 옷을 입히고 예센의 누더기 옷을 자기가 입고서 있으니까 어디 계속 있으니까 이제 그 물고기가 이제 예센이줄 알고 나와서 얼굴 내미는 거 보니까 고기, 물고기가 있는 거예요. 얼마나 약올랐겠어.

그러니까 그 계모가 어떻게 했을 거 같애요. 교수님? [조사자: 잡아먹었겠죠.] 어 그랬대. (웃음) 해서 물고기를 계모가 이제 건져가지고 잡아서 이제 쪄 먹고 이제 뼈를 인제 부엌에다가 버린 거예요. 근데 부엌에다가 버렸다는 표현이 있는데요. 제가 검색해보니까 그 옛날에 재래식 화장실이잖아요. 화장실에 버렸다고도 나와요.

그래서 저는 예센이 나중에 그 물고기 뼈를 가져오거든요. 그럼 화장실에 버린 거 가져오는 게 더 짠하지 않아요? [조사자: 짠하네요.] 여기서 버린 걸, 발견하긴 좋은데 이건 뭐, 뭐, 별거 없어 내용 자체가 별거 없는데 이렇게도 나오더라고, 이제 저는 듣기로는 그냥 뭐 부엌에 여기 어디다 버렸다 나오는데 인제 예센이가 갔다 와서, 그 보니까 밥 줄라고 보니까 밥 줄라고 보니까 물고기 안 나오는 거예요. 그래서 얘가,

"어디 갔지. 왜 안 나오지."

해가지고 이제 막 자기가 막 일할래다 보니까 물고기 가시를 발견한 거예요. 그러니 얘가 너무 슬퍼가지고 너무 슬퍼서 아우 물고기를 이렇게,

'계모가 잡아먹었구나.'

그래가지고 슬퍼가지고 그걸 자기가 갖고 있던 헌 나무 상자 있잖아요. 이 박스 같은 거기다가 고이 담아가지고 이제 방에 자기 방 한 구석에다가 놨어요. 머리맡에 놓고 울다가 잠이 들었는데 이제 꿈속에서 잠결에 어떤 수염이 긴 뭐 이렇게 할아버지, 산신령 같은 할아버지가 나와서 그러는 거예요. 예센한테.

어, 그, 아 맞다. 그리고 저기 전에 이제 새엄마가 이제 그 왕이 무슨 잔치를 연다고 그랬어요. 그래서 거기 가야 된다고. 자기 딸이랑 가야 된다고.

"넌 집안일이나 해놓고 응, 꾀 부리지 말고 있어라."

이렇게 하고 갔어요.

그런데 예센이 막 어 자기도 가고 싶은 마음도 있고, 이랬는데 어 그 못 가게 됐는데 그 와중에 생선 뼈 발견해가지고 슬퍼서 울다

가 잤는데 이렇게 산신령이 나타나더니, 어 그러는 거예요.

"어 내가 사실 물고기에, 어 저기가 그 영혼 같은 그런 존재다. 니 소원이 뭐냐?"

이렇게 물었더니,

"저는 뭐 배가 고파서 배불리 먹고 싶어요."

막 이렇게 얘기해요. 갑자기 성냥팔이 소녀 같은 그래서 또 막 맛있는 거 주고 많이 먹었어요. 근데,

"그다음 소원이 뭐냐?"고.

그러니까 저 같으면 황금 물고기 다시 살려달라고 할 텐데. 아니고.

"어 저도 거기 잔치 가고 싶어요."

이렇게 얘기했어요.

그래서 이제 산신령에게 예쁜 새 옷이랑 주고 정말 깃털같이 가벼운 황금신발을 주고, 그리고 홀연히 사라졌는데 딱 잠에서 깨보니까 아무것도 없는 깜깜한 밤에 진짜 황금신발이 있고. 있는 거예요. 그래서 옷을 입고 황금 신발을 신고 정말 가벼운 발걸음으로 이렇게 잔치 열리는 데 갔어요.

어 그래서 갔는데 이제 잔치에 가서 우리 새엄마가 막 보니까 이렇게 새엄마가 막 저기 보이잖아요. 그러니까 애도 놀래가지고 들키면 자기 엄청 혼날텐데 그래가지고 허둥지둥지둥, 그냥 오로지 잔치가 보고 싶었을 뿐인데 허둥지둥해서 집에 왔어요. 도망 왔어요.

근데 여기 신하가 보니까 무슨 황금 신발 한 짝이 거기 어디 있는 거예요. 그래서 그걸 갖다 아 이거 범상치 않은 물건이야 그냥 신발이면 버렸을 텐데 황금 신발. 왕한테 갖다 보여줬어요. 그랬더니. 보여주니까,

"아 신발의 주인은 뭔가 범상치 않음이 있음이 분명하다고 이 신발의 주인이 수소문해라."

다른 거는 콩쥐는 뒷모습을 보고 냇가에 떨어뜨린 뒷모습이라도 보고, 신데렐라는 같이 춤이라도 춰봤죠? 이거 뭐 남잔지 여잔지 당시 성별도 모르고 신발 한 짝으로 뭘 찾겠다고. 해서는. 그 도대체 너무 이거 확률이 너무 떨어져요. 그죠? 이게

그래서 오로지 신발에 대해 궁금했나 봐요. 그죠? 해서. 정말 큰 나라에서 방방곡곡에 이거 아마 시간 많이 걸렸을 거예요. 방방곡곡에 집마다 방을 내걸었어요.

"이 신발의 주인은 뭐, 어디 관아까지 와라."

막 이러면서 근데 그냥 이케 애가 나갈 저기도 아니고. 그래서 결국은 집집마다 다니면서 그랬는데 얘가 그다음에 그 신발을 이제 어딘가 애 신발인 거예요. 발에 신겨보니까 또 애 신발인 거예요. 그 남은 신발 한 짝까지 꺼내 맞춰보니까 정말 애 신발인 거.

그래서 이제 근데 이런 버전이 있고요. 또 다른 버전은 이케 신발이요, 어떤 상인이 주었대요. 어떤 행상하는 상인이 들고 이거,

"어머 이거 금이네 돈 나가네."

해가지고 이걸 팔고, 팔고, 팔고 막 옆 나라 이쪽 나라 저쪽 나라까지 갔다가 어느 나라 왕자님의 손에 갔대요. 그래서 결국은 거의 왕자가 주인을 찾아서 결혼을 했다. 이렇게도 나오거든요. 결국은 왕은 왕인데 이제 그 대상이 달라진 거. 그런 얘기도 있더라고요. [조사자: 어쨌든 왕과 결혼을 하는군요.] 예, 왕과, 신분상승 결과적으로 다 했어요. 그래서 이제 행복하게 살았다. 그런 얘기가 있어요. 예셴.

[조사자: 그럼 계모랑?] 그런 얘기 없, 그런 얘기는. [조사자: 벌주진 않아요?] 예, 그런 아, 제가 들은 건 벌 받은 게 없는데, 검색해 보니까 벌 받는 게 있는데 그게 어디 성 밖으로 쫓겨나서 뭐 거지가 됐다 뭐 이런 게 있더라고요.

[조사자: 그럼 선생님 콩쥐가 예셴인 거잖아요. 그럼 팥쥐는 이름이 없어요? 혹시?] 어. 없어요. 없어요. 네 얘만 이름이 있어요. 그 아이가 등장을 안 해요. 그냥 델고 왔다지. 어떤 그 것도 없어요.

근데 팥쥐는 뭐 엄마가 뭐 팥쥐한테 무슨 나무 호미 주고, 아니 쇠 호미 주고 콩쥐한테 나무 뭐 이런 거라도 있잖아요. 저 아무것도 없어요. 에, 등장을 안 해요. 그냥 오로지 콩쥐하고 계모 사이고. 그 너무 등장인물들 단순해요. 물고기랑 에. 그 제가 요거 딱 요거 주고 키워주고.

물고기 방생한 어부와 욕심 많은 아내 [1]

● **구연정보**

조사일시 : 2017. 01. 11(수) 오후
조사장소 : 서울특별시 광진구 화양동
제 보 자 : 김설화 [중국(한국계), 여, 1983년생, 유학 9년차]
조 사 자 : 박현숙, 김현희

● **구연상황**

제보자가 맹강녀 이야기 구연을 마친 뒤 조사자가 다른 이야기를 부탁하자
잠시 고민하다가 어부 부부에 관한 이야기를 시작했다. 이 이야기는 어릴 때
어머니가 사준 전래동화 녹음테이프에서 들었다고 했다.

● **줄거리**

옛날에 어부 노부부가 살았다. 할아버지가 매일 고기를 잡지 못해서 할머니
에게 구박을 받았다. 어느 날 할아버지가 황금빛 금붕어를 잡았는데 금붕어
가 눈물을 흘리면서 소원을 들어줄 테니 살려달라고 간청하였고, 할아버지가
금붕어를 놓아주었다. 할아버지가 다음날에도 바다에 나갔더니 금붕어가 할
아버지에게 소원을 말하라고 했다. 할아버지가 물고기를 못 잡아서 할머니에
게 구박을 받는다고 하자 금붕어가 집에 많은 물고기가 생기게 했다. 그 사실
을 알게 된 할머니는 다음날 금붕어를 만나면 돈을 요구하라고 시켰다. 금붕
어가 소원을 들어주자 할머니는 이번에는 할아버지에게 젊어지게 해달라고
요구하라고 했다. 금붕어가 할아버지에게 할머니의 소원을 전해 듣더니 작별
인사를 하고 떠났다. 할아버지가 집으로 돌아오자 그간 들어줬던 소원이 다
사라지고 예전 모습으로 되돌아갔다.

어떤 어부가 있었는데, 할머니랑 같이 사는 어부예요. 어, 나이
가 들고 또 갈수록 고기가 안 잡혔는데 어느 날엔가 삼일 동안 배타

고 혼자 나가 고기를 잡았는데 그물엔 고기가 안 잡히는 거예요. 그
래서 늘 돌아오면은 할머니의 꾸중을 들었어요. 할머니의 꾸중을 들
었는데 그래서 어, 쉬고 싶은데 쉬지도 못하고 계속 나가야만 했죠.

나갔는데, 그랬는데 어느 날인가 그물을 쳤는데 거기에 황금빛
금붕어가 잡힌 거예요. 근데 이렇게 잡아서,

'오늘은 드디어 욕을 안 먹게 되었구나. 드디어 뭔가 먹을 수가
있구나.'

이렇게 생각을 해서 기쁜 마음으로 갈려고 했는데 갑자기 금붕
어가 막 눈물을 흘리면서 말을 하드래요.

"할아버지, 할아버지. 살려만 주세요. 뭐, 저 잡아먹지 말라. 살려
만 주세요. 그러면 소원을 들어드릴게요."

그래서 애가 너무 간절하게 빌고, 할아버지가 또 이렇게 눈물을
막 흘리고 하는 걸 보니까, 마음씨가 착한 할아버지다 보니까,

"아, 그래 알았어."

하고 놔줘버린 거예요. 그리고 그날에 어, 또 할머니의 욕을 들
었죠.

그래서 다음 날에 뭐, 기대를 안 하고. 고기 잡을려고 바닷가에
그물을 놓을려고 왔는데 금붕어가 바닷가에 기다리고 있는 거예요,
할아버지를. 그래서 할아버지가 너무 놀라서,

"어, 어, 어제 봤던 걔가 아니니?"

했더니

"너무 감사합니다, 할아버지."

그러면서

"소원이 있으면 말씀하세요. 제가 소원 들어드릴게요."

그래서 어, 할아버지가,

"아, 내가 물고기 잡으러 왔는데 어, 할머니가 내가 물고기를 못
잡는다고 계속 욕을 하네."

이랬더니,

"네, 알겠습니다."

하고 애가 또 돌아가 버린 거예요.

근데 어, 집에 갔더니 집에 물고기가 굉장히 많이 도착을 한 거
예요. 그래서 할머니가 딱 보더니,

"헤, 당신 오늘 이렇게 고기를 많이 잡았냐."구.

막 칭찬을 해주는 거예요. 그래서,

"아, 그래?"

아, 그래서 이렇게 말은 못하고 금붕어가 도와줬다 말은 못하고
어, 이렇게 아주 기쁜 밤을 보냈죠. 이렇게 맛있게 먹고 할머니도 칭
찬해주고. 근데 할머니가 굉장히 궁금한 거예요.

'이 할아버지가 이상하다, 좀.'

했는데 계속 캐물었죠, 그래서. 밤, 밤 내내.

"도대체 어떻게 했느냐, 어떻게 했느냐?"

그 성화에 이기지를 못해서 할아버지가 말을 해 버린 거예요.

"내가 금붕어를 구해줬는데 애가 막 눈물 흘리면서 나보고 구해
달라고 하더라. 그 소원을 들어주겠다고 해서, 그랬는데 오늘 바닷가
에 갔더니 애가 나를 기다려서 소원을 말하라고 해서 내가 이걸 말
했는데 어, 이렇게 됐다."

했더니 할머니가 발칵 뒤집어진 거죠.

"소원을 말하라고 하면은 더 좋은 걸 말해야지. 이깟 금붕어, 이
깟 고기가 뭐냐? 내일 또 한 번 나가라."

할머니가.

"나가서, 내일은 돈을 달라고 해라. 내가 가난하니까, 어, 돈을
달라고 해라."

그랬어요. 그래서 할아버지가,

"아, 싫다."구.

"그러는 거 아니다."

그랬는데 할머니가 아침에 일어나서도 자꾸 할아버지를 내민
거죠.

"안 하면은 오늘 집에 못 들어올 줄 알아라."

어, 겁박을 주신 거예요. 그 할아버지가 약하다 보니까 나약하다
보니까,

"알았어."

하고 나갔어요.

그래서 금붕어를, 근데 금붕어도 그때 마침 기다리고 있었어요. 그래서 그랬죠.

"아, 금붕어야, 금붕어야 미안한데. 오늘은 돈을 좀 주면 안 될까? 내가 너무 가난해서 우리 마누라가 힘들다고 하네."

그래서,

"네, 알겠습니다."

하고 금붕어가 이번에는 갔어요. 그랬더니 집에 진짜 돈이 가득한 거예요. 할머니가 너무 놀라고 좋고 해서,

"여보, 여보, 내일 또 가요. 내일 가서 나를 좀 젊게 만들어달라고 해주세요. 내가 이뻐야 당신 좋지 않아요?"

뭐 이런 식으로? 그러니까 할아버지가,

"그거는 싫다. 못하겠다."

이랬더니 어, 이 할머니가 계속 한주일 내내 조르는 거예요, 할아버지한테.

"또 한 번 나가라."고.

그래서 나중에는 너무 안 나가니까 나중에는 이 할머니가 이 할아버지한테,

"그러면 니가 나가서 금붕어를 불러라. 그러면 내가 거기서 금붕어를 잡을 테니까. 우리 집에다가 놓고 얘한테 소원을 계속 이루어달라고 하자."

그런 거예요. 근데 이 할아버지가 어, 그러면 안 되는 거 같은데도,

"그럼 당신은 나오지 말고 내가 가서 잡아올게."

이랬어요. 그래서 나갔어. 나갔는데 금붕어한테 눈물을 흘리면서 할아버지가 말을 했어.

"어떡하지? 금붕어야. 우리 마누라가 너를 잡아오래. 그러면 니가 계속 소원을 들어준다고 한다네? 어떡하지?"

그랬더니 금붕어가 그날에는 어, 눈물을 흘리면서,

"할아버지, 잘 계세요."

하고 그냥 가버렸대요.

그래서 할아버지는 잡지 않고. 그리고 돌아왔는데 그 예전에 호화로웠던, 금붕어가 줬던 모든 것이 사라지고 옛날 그 모습 그대로 다시 돌아갔대요. 할머니도 그물을 짜고 계시고.

[조사자 1: 그러면 이거는 그, 그, 옛날에 애니메이션에서 본 거예요?] 아니요. 테이프에서 들은 거예요. [조사자 1: 테이프에서 들은 거예요?] 네. [조사자 2: 그 테이프 참.] 아 그거 서점에서 산 거래요. [조사자 1: 엄마가?] 네.

물고기 방생한 어부와 욕심 많은 아내 [2]

● 구연정보

조사일시 : 2017. 10. 21(토) 오후

조사장소 : 경기도 안산시 단원구 원곡동 세계문화체험관

제 보 자 : 박영숙 [중국(한국계), 여, 1976년생, 결혼이주 17년차]

조 사 자 : 김정은, 황승업

● 구연상황

우즈베키스탄 허율리아 제보자의 〈물고기 방생한 어부와 욕심 많은 아내〉 이야기를 듣고 제보자가 중국에도 비슷한 이야기가 있다며 바로 이어서 구술했다. 일본의 쿠미코와 우즈베키스탄의 허율리나가 이야기를 함께 들었다. 허율리나 제보자가 재미있어 하면서 적극 개입했다.

● 줄거리

옛날에 가난한 노부부가 살았다. 하루는 할아버지가 물고기를 잡았는데, 물고기가 자신을 놓아주면 소원을 들어주겠다고 했다. 마음씨 착한 할아버지는 소원이 없다며 물고기를 그냥 놓아주었다. 그러나 할머니가 할아버지를 시켜 물고기에게 집을 달라고 말하라고 했다. 할아버지는 물고기에게 가서 소원을 말했고, 작은 초가집이 생겼다. 점점 욕심이 커지는 할머니는 계속 더 좋은 집을 달라고 말하라고 했다. 소원이 점점 과해지자 물고기는 화를 내며 그냥 가버렸다. 할아버지가 집으로 돌아와 보니 물고기가 준 집이 다 사라지고 원래의 모습으로 변해있었다.

이거 중국 거의 비슷해. 그런데 그 할머니 요구한 거 달라. 어, 요구한 것만 다르고 앞에다 뒤에나 다 똑같애. 어, 요구한 거는 제일 처음에는 집 없잖아요, 가난하니까. 집만 생기면 좋겠어. [조사자 1: 잡은 건 물고기예요?] 네, 잡은 거는 물고기야. [청자: (웃으며) 똑같애.]

똑같애 놓으니까 잡은 건 '물고기인데.

[조사자 1: 잠깐만, 처음부터 얘기처럼 이렇게 해주세요. '옛날에.'] 앞, 앞에는 다 맞아요. 다 똑 같아요. [조사자 1: 어부예요?] 어부예요. 할 아버지 할머니.

할아버지가 착해서 그 물고기 그냥 보냈어요. 소원 하나도 안 했 어요. 나중에 할머니가 욕심 생기잖아요. 소원 빌라는데, 이 집이 가 난하니까 집 그런 거 없잖아요. 그래서,

"집 하나 생기면 좋겠다."

제일 처음에 [청자: 어, 어, 맞아요. 집만, 집만.] 그냥 집.

"그냥 집만 하나만 생기면 좋겠어."

그렇게 한 거예요, 첫 번째. 두 번째는,

"이 집 너무 작다. 더 큰 거로, 더 좋은 거 집으로."

[조사자 1: 더 큰 집.] 네, 더 좋은 거 집으로.

그리고 또 그런 거 있잖아요. 옛날에 뭐 중국 보면, 뭐 이런 거 아파트도 아니고 그 뭐지? 그거 뭐라고 해요? 아 또 또 자꾸 그. 민 속촌 가면 그런 거 보이는데. [청자: 한옥?] 한옥도 아니고 그 [조사자 2: 기와집?] 기래. 기와집도 아니고, 기와집 더 옛날 거. [조사자 1: 이 렇게 높이 올라가는 집 말씀하시나?] 아이, 그 뭐지? 이 밖에 보면 풀, 풀 초. [조사자 2: 초가집.] 아, 그 초가집, 초가집. 맞아요, 초가집 그런 거. 제일 처음에 그런 거 생기고. 나중에 뭐 좀 더 좋은 거 생기고, 뭐 그런데. 제일 뒤에 마지막 소원 기억 안 나, 조금. 조금 기억 안 나고.

아무튼 마지막에 그 소원이 너무 과한 거예요. 그래서 그 물고기 도 화나고 가버린 거야. 제일 뒤에 그 할아버지 돌아올 때는 그 할머 니 혼자서, 옛날에 있잖아요, 살던 그 모습. 그거만 보인 거야. 좋은 집도 없고, 뭐 큰 집도 없고 그렇게 된 거예요.

[조사자 1: 똑같은 이야기다, 이렇게.] 어, 그래 소원만, 소원만 조금 만 다른 거 그런 것 같아요. 어, [청자: 소원 조금 달라요.] 거기. 어, 앞 에 하고 뒤에는 다 똑같아요.

물고기 방생한 어부와 욕심 많은 아내 [3]

● 구연정보
조사일시 : 2017. 11. 08(수) 오전
조사장소 : 서울시 강북구 수유동
제 보 자 : 권화 [중국(한국계), 여, 1972년생, 결혼이주 8년차]
조 사 자 : 박현숙

● 구연상황
제보자가 〈남곽선생과 남우충수〉 구연을 마친 뒤 조사자가 초등학교에서 배운 이야기 중 기억나는 것이 더 있느냐고 묻자 제보자가 잠시 생각하더니 이 집트 이야기인 것 같다면서 욕심 많은 할머니 이야기를 구연했다. 동순옥 제보자와 뚜안쇼우죠 씨가 청자로 참여했다.

● 줄거리
옛날에 가난한 노부부가 살았다. 하루는 할아버지가 낚시를 갔다가 물고기를 잡았다. 그런데 물고기가 할아버지 소원을 들어줄 테니 살려달라고 애원했다. 할아버지가 착한 마음에 한 물고기를 놓아주었다. 할머니가 빈손으로 돌아온 할아버지를 구박하자 할아버지가 물고기의 말을 할머니에게 전했다. 할머니가 물고기에게 가서 쌀이 필요하다는 소원을 말하라고 했다. 다음날 할아버지가 물고기를 찾아가서 쌀을 요구하자 집에 쌀이 생겼다. 할머니는 그다음에는 좋은 집을 요구했고 그 소원을 물고기가 들어주었다. 할머니가 이번에는 물고기에게 집으로 와서 집안일을 하라고 했다. 물고기가 할아버지에게 그 말을 전해 듣더니 다시 바다 속으로 들어가 다시는 나오지 않았다. 할아버지가 집으로 돌아가자 모든 것이 사라지고 집이 이전 모습으로 변해있었다.

[조사자: 또 뭐 초등학교 교과서에서 실려 있던 이야기 중에 기억나는 거 있으세요?] 음, 옛날이야기요? [조사자: 네.] 옛날이야기면 아 약간

어떤, 할아버지. 이것도 아마 이집트에서 나온 이야기 아닐까요?

어떤 할아버지 할머니가 가난하게 살고 있는데 어느 날 할아버지가 바다에서 그 물고기 잡으러 갔는데 근데 어떤 물고기를 잡았어요. 그 물고기가,

"할아버지. 할아버지 제발 저, 나 좀 살려주세요. 나를 살려주면 제가 할아버지 원하는 거 제가 다 해 드릴게요."

그래서 할아버지가 너무 마음이 착해서 그냥 물고기 그냥 놓쳤어요. 그리고 집에 갔는데 할머니가 약간 좀,

"왜 바다에 갔는데 낚시하는데 물고기 한 마리도 안 잡고 왔냐?"

약간 좀 할아버지한테 많이 혼냈어요. 그래서 할아버지가 어떻게 해서,

"아 제가 물고기가 나한테 얘기해서 내가 그 물고기 구해주면 우리한테 소원 이뤄준다고 했어."

그러니까 할머니가,

"진짜? 그러면 우리가 일단 그 일단 밥 잘 먹는 쌀이 있어야지."

그래서,

"알았어."

"그러면 물고기한테 찾아가서 우리가 쌀 좀 많이 주라고 요청해요."

그래서 할아버지가,

"알았다."

그래서 바다에 다시 가서,

"물고기! 물고기!"

부르고 나서 물고기가 왔어요.

"어, 할아버지 무슨 일이에요?"

그래서,

"저희 와이프가 소원이 있어요, 하나. 제발 좀 쌀, 먹는 쌀이 우리가 항상 배가 고프니까 저희가 먹을 쌀을 좀 해주세요."

하니까,

"알았어요. 할아버지 집에 들어가세요."

그래서 들어왔는데 자기 집에 창고 쌀 되게 가득 쌓이고 있어요.
그 이제 그 배가 부르게 밥 잘 먹고 있으니까 할머니가 약간 욕심쟁
이 할머니예요. 그래서 또,

"바다에 빨리 가서 물고기한테 좀 우리가 집 좋은 집 좀 해주
라."고.

해서,

"에휴! 알았다."

해서 할아버지 다시 바다에 갔어요.

"물고기! 물고기!"

한 세 번 부르더니 물고기 다시 나타났어요.

"할아버지! 무슨 일이세요?"

할아버지가,

"어, 우리집에 할머니가 자기 지금 사는 집 너무 추워서, 너무 안
좋아서 좀 다시 새로운 집 좀 지어주면 안될까?"

그래서 물고기가,

"예, 알겠습니다. 할아버지 이제 집에 들어가세요."

그래서 들어갔어요. 들어가고 원래 풀로 만든 집이 신식 기와집.
기와로 만든 집이 이제 나타났어요. 이제 겨울에도 춥지 않고, 여름
에도 덥지 않고 이렇게 행복하게 살 수 있는데 또 어느 날 그 할머니
가 그,

"빨리 바다에 가서 그 물고기한테 얘기 해. 이제 우리가 자기 일
안하고 빨리 그 물고기 우리한테 와서 우리한테 좀 집안일을 하라."고.

"물고기 시키라."고.

그래서 할아버지가 어쩔 수 없이 바다에 갔어요. 바다에 갔는데,

"물고기! 물고기!"

하니까 또 나타났어요.

"할아버지! 무슨 일이세요?"

"하 우리 집에 할머니가 이제 자기가 우리 집에 와서 일 좀 해달
라고. 우리한테 좀 우리 집에 일이 많아서 해달라고 했는데, 이제 에
휴!"

그 물고기가,

"이제 아무것도 없어요."

해서 다시 바다에 들어갔어요.

그 할아버지가 아무리 기다려도 물고기 다시 나타나지 않았어요. 그래서 자기 집에 갔더니 그냥 원래대로 다시 돌아왔어요. [조사자: 아이고.]

그래서 사람은 너무 욕심, (웃음) 너무 욕심 많이 살면 안 돼요. 항상 감사한 마음이 있어야지요.

[조사자: 그럼 이건 교과서에 실려 있던 거예요?] 네네.

황금 깃털을 가진 거위

● 구연정보

조사일시 : 2018. 11. 09(금) 오전

조사장소 : 경기도 안산시 원곡동

제 보 자 : 박영숙 [중국(한국계), 여, 1976년생, 결혼이주 18년차]

조 사 자 : 김정은, 강새미

● 구연상황

인춘매 제보자가 〈백사전〉을 마치자 박영숙 제보자가 이 이야기를 구연했다.
인춘매 제보자와 전연 제보자가 청중으로 이야기를 함께 들었다.

● 줄거리

남편 없이 혼자 딸 셋을 키우는 부인이 있었다. 부인은 부잣집 하인으로 일하
면서 힘들게 딸들을 키웠다. 그런데 어느 날 황금 깃털을 가진 거위가 찾아와
서 자신이 딸들의 아빠라고 했다. 그러더니 자신의 깃털을 뽑아서 팔라고 했
다. 그래서 엄마와 세 딸들은 거위의 황금 깃털을 조금 뽑아서 내다 팔았고,
이제 힘든 일을 하지 않아도 살 수 있게 되었다. 몇 년 동안 그렇게 지내다가,
욕심이 난 엄마가 딸들에게 깃털을 한꺼번에 다 뽑자고 했다. 모녀는 거위의
털을 다 뽑고 가둬놓았다. 그러나 그 이후에는 더 이상 황금 깃털이 아니라 평
범한 회색 깃털이 자랐고, 엄마와 딸들은 다시 가난하게 살게 되었다.

옛날에, 옛날에 아줌마 한 명 있어요. 남편과 딸 세 명 같이 살고
있었어요. 그렇게 부자는 아니고 가난하지만 같이 잘 살았어요.

근데 남편이 돌아가셨어요. 그런데 아주머니 혼자서 딸 세 명 키
웠는데 안 돼요. 너무 힘들고. 그래서 부잣집에 들어가서 밑에서 하
인처럼 일하면서 딸 키우면서 살았어요. 너무 힘들고 겨울에도 찬물
로 빨래도 하고 너무 힘들잖아요.

그래서 어느 날 거위 한 마리 온 거예요. 그 거위 깃털 다 금 색깔, 빛이 나는 금 색깔이에요. 그래서 그 거위 말한 거예요. 거위가 딸한테,

"나는 니네 아빠야. 내 몸에 있는 깃털 뽑아서 팔아라. 그러면 돈을 벌어서 살기 좋을 거야."

한 거예요.

그래서 이 엄마하고 딸 세 명 한 사람 네 개 다섯 개, 몇 개 뽑았어요. 네 명이잖아요. 몇 개 뽑아도 한 묶음 돼요. 너무 예뻐요. 금색 깃털이잖아요. 시장에 갔더니 팔았어요, 비싼 돈으로. 이제 그런 힘 들 일 안 해도 살 수 있는 거예요.

그래서 이 금 거위는 며칠 후에 또 와요. 와서 또 뽑아요. 또 몇 개씩 뽑고 팔고 이렇게 해요. 몇 년 동안 이렇게 지내는데 어느 날 엄마가 딸한테 얘기한 거예요.

"그 있잖아."

사람도 서로 못 믿잖아요.

"짐승 말을 어떻게 믿어."

그런 식으로 얘기한 거예요, 엄마가 딸한테.

"짐승 말을 어떻게 믿어. 다음에 그 거위 오면 그 깃털 한꺼번에 다 뽑자."

또 약속대로 며칠 후에 왔어요, 그 거위가. 빛이 나는 깃털들 엄마하고 딸 다 뽑은 거예요. 여기서도 모자라서 이거 다 뽑고 가둬놓은 거예요. 가둬놓고 본인들 키우고 또 나오면 또 뽑으려고 그 생각해서 그렇게 가둬놨는데, 그리고 그거는 팔고 돈 받고 했는데.

이거 다 없어졌잖아요. 근데 다시 며칠 후에는 또 나왔어요. 근데 이제는 빛이 나는 금 색깔 아니에요. 완전 회색 그런 거예요. 그거 뽑아서 팔러 갔더니 누구도 안 사요.

그래서 나중이 이 거위도 죽고, 엄마랑 딸도 돈 다 쓰고, 또 다시 가난해버리고 그런 이야기예요. 조금 슬프지만 애들한테도 얘기하고 그래요.

귀를 막고서 방울을 훔친 사람

● 구연정보

조사일시 : 2017. 10. 21(토) 오후

조사장소 : 경기도 안산시 단원구 원곡동 세계문화체험관

제 보 자 : 박영숙 [중국(한국계), 여, 1976년생, 결혼이주 17년차]

조 사 자 : 김정은, 황승업

● 구연상황

〈사마광과 물항아리〉 구술을 마친 뒤 제보자 스스로 바로 이어서 구술했다. 교과서에서 배운 이야기라고 했다. 일본의 쿠미코와 우즈베키스탄의 허율리나 제보자가 청자로 참여해서 적극적으로 반응했다.

● 줄거리

옛날 어느 부잣집 문에 예쁘고 소리도 아름다운 방울이 달려 있었다. 한 사람이 이 방울을 가지고 싶어서 어떻게 하면 다른 사람에게 들키지 않고 자기가 가져올 수 있을지 몇 날 며칠을 궁리했다. 그는 고민 끝에 자신의 귀를 막으면 다른 사람들 몰래 가져올 수 있다고 생각했다. 그래서 그는 귀를 막고 방울을 가져오려고 했고, 다른 사람들이 모두 방울 소리를 듣고 나왔다. 결국 방울을 훔치려는 사람은 모두에게 들키고 말았다.

이것은 어떤, 어떤 분이요, 어떤 사람인데. 그 부잣집에 보면, 지나가면, 옛날에 부잣집에도 그 집 화려하게 잘하고. 이 집에는 또 유별하게 그 방울 있잖아요, 문 앞에. 그 방울. 너무 이쁘게 해놓은 거예요. 그리고 소리도 너무 듣기 좋은 거예요.

그래서 이 사람 마음에 든 거예요. 아 나, 이 그, 그거 뭐지?

'방울 있잖아. 갖고 싶다.'

그래서 집에

'이거 어떻게, 어떻게 내 거 될 수 있나?'

집에 가서 한참 몇날며칠 생각한 거예요. 그래서 좋은 방법 생각 하나한 거예요. 나름대로. 좋은 방법은 어떤 걸까요? [조사자: 내 걸로 하고 싶어가지고요?] 네.

'어떻게 내 거 그렇게 할 수 있을까?' 그리고 '다른 사람들 모를 수 있을까?'

그런 식으로 그렇게 훔칠 수 있을까 그런 방법 했는데. 나름대로 본인 생각한 거는,

'내가 내 귀를 막을게요.' (웃음)

내 귀를 막아서 이거 하면, 소리 안 들리잖아요. 그러면 다른 사 람도 안 들리는 줄 알고. (일동 웃음) 나름대로 그 사람 생각한 거는,

'내가 귀 막아서 가서 이 방울을 이거 해.'

본인은 집에서 테스트한 거예요. 이거 귀 막으니까, 이거 하니까 소리 안 들리잖아. 그래서

'다른 사람도 안 들리겠다.'

생각하면서.

그래서 그러니까 귀 다 막고 이렇게 해서 거기 가서 하러 간 거예요. 그런데 이미 아시다시피 다른 사람 이미 다 소리 들으고, 그 안에서 집 주인도 나와서 그래서 잡혀가는 그런 얘기구요.

그래서 (웃으며) 눈 가린다고, 뭐 귀 막은다고 그런 거 안 볼 수 있는 거 아니잖아요. 그래서,

'성실하게 살아라.'

저희 어릴 때 많이. [조사자: 성실하게 살아라.] 네, 뭐 어릴 때.

'내 거 아니면 이렇게 도둑질하고 나쁜 짓하면, 언젠가 다른 사 람 다 알 수 있다.'

나만 모르는 거지 다른 사람 알 수 있잖아요. 그런 거 어릴 때 많 이 들은 이야기들이에요.

세 스님 이야기

● **구연정보**

조사일시 : 2017. 10. 21(토) 오후

조사장소 : 경기도 안산시 단원구 원곡동 세계문화체험관

제 보 자 : 박영숙 [중국(한국계), 여, 1976년생, 결혼이주 17년차]

조 사 자 : 김정은, 황승업

● **구연상황**

제보자가 〈동곽 선생과 늑대〉 구술을 마친 뒤 바로 이어서 구술했다. 중국사
람들이 평소에 많이 하는 이야기라고 했다. 일본의 쿠미코 제보자와 우즈베
키스탄의 허율리나 제보자가 청자로 함께 하면서 적극적으로 반응했다.

● **줄거리**

옛날에 어느 산의 절에 스님이 혼자 살고 있었다. 그는 부지런히 물을 떠와 살
림을 꾸렸다. 그 절에 스님 한 명이 더 왔는데, 원래 있던 스님이 두 번째 스님
에게 물을 떠오라고 시켰다. 며칠 동안 혼자 물을 떠오던 두 번째 스님이 불만
을 터뜨리자, 결국 둘이 같이 물을 떠왔다. 이후 세 번째 스님이 들어왔는데,
원래 있던 두 스님이 세 번째 스님에게 물 떠오는 일을 시켰다. 또 며칠 혼자
일하다가 억울해 한 세 번째 스님이 물을 떠오지 않겠다고 하자, 그 절의 살림
이 제대로 유지되지 못했다. 결국 세 스님은 서로 힘을 합쳐 물을 떠 와 살았
다. 그래서 '스님 혼자 있을 때에는 물을 마시고, 둘이 있을 때에는 같이 떠 오
고, 스님 셋이 있을 때에는 물이 없다.'라는 말이 있다.

옛날 옛날에 어느 산에, 산에 절 하나 있고, 저 아래 스님 하나
있는 거야. 이 스님은 되게 부지런히 해. 매일매일 물도 있잖아, 혼자
서 지어서, 물 지어 오고. 멀리에서 지어오고 마시고. 거기 청소도 잘
하고 물도 잘 갈아 주고, 뭐 그렇게 부지런히 살았어요.

혼자서 물 지면 어떻게 지어요? 이거 이렇게, 이렇게 (가방을 매는 시늉을 하며) 하고 양쪽에 이렇게 끼잖아요, 이렇게. 이 자세 꼭 기억해요. 이렇게 하잖아요. [조사자: 요게 꼭 필요해요, 이렇게.] [청자: 자세, 자세.] 네, 아무튼 이렇게 물 지르고 할려, 했어요.

그래 어느 날, 또 한 이 스님 들어 왔어. 이 절에. 이 산에 스님 들어와서, 새로 왔잖아요. 그런데 이 앞의 스님이 물 많이 지어 놓은 거예요. 그래서 이 두 번째 온 스님은 어. 아이고, 조금 뚱뚱하고 키 크니 까먹었네요. 아무튼 두 번째 승인데, 이 스님은, 그래 첫 번째 스님이 얘기한 거야.

"아, 내가 옛날에 내가 물 다 지었는데, 너가 마셨잖아. 절반 마셨잖아. 그래서 이번에는 니가 가서 지어 와라."

ㄴ한 거예요. 그래서 이, 이 친구 몇 번 지어다가 하니까 너무 힘드는데, 그리고

"우리 둘이잖아. 왜 나만 혼자 해야 돼? 우리 둘이 같이 해야 되지. 물 하러 가야 되지."

그래 둘이 갔다. 둘이는 이제 어떻게 해요? 물 하나 가고 둘이 같이 들지. 이렇게 이렇게.(둘이 양동이 손잡이를 함께 드는 동작을 하며) [조사자: 아, 둘이 같이요.] 이래 같이 들지, 들리니까. 이렇게 드는 거예요. 혼자 할 땐 이렇게(한 쪽 어깨에 지게를 올리는 동작을 하며), 둘이 할 때는 이렇게. [조사자: 같이.] 이렇게 했어요.

세 번째 왔어. 두 번째는 조금 뚱뚱해요. 세 번째는 조금 키 크고 날씬해. 어, 스님이 왔어요. 이 세 번째 올 때는 물 있었잖아요. 그래서 했는데, 또 마셨어. 이제는 앞에 있는 두 스님이 말한 거예요.

"너가 물 마셨는데, 이제 너 차례다. 가서 물 지고 와라."

한 거예요. 그래서 이 스님도 며칠 했어요. 그런데

"왜 사람은 셋 있는데, 혼자 가야 되냐?"

안 갈라 한 거예요. 서로 안 갈라 한 거예요, 세 명. 서로 안 갈라 해요. 그런데 결국은 있는 물도 다 마셔버리고. 그리고 거기 절 안에 뭐 불필요한 거 청소하고 그런 거 다 누구도 안 한 거예요. 혼자 있을 때 물도 부지런히 하고, 청소도 깨끗이 하고 다 했는데, 두 번째에

도 그나마 같이 어떻게 했는데. 세 번째 때는 세 명 스님 있을 때 누구도 안 한 거예요. 그래서 굶어 죽을 뻔했잖아요. 물도 없고 하니까.

결국, 결국은 이 세 스님은 생각한 거야.

"아, 이거는 아니다. 우리 살기 위해서도 서로 맞춤해서 어떻게 해야 된다."

그렇게 얘기하면서 반성하면서 다시 같이 그렇게 물도 지고 같이 살았다는 이야기.

그래서 중국에 말은 이렇게 얘기한 거예요.

'혼자, 스님 혼자서는 물 지고 마시고, 마신다. 두, 두 스님 있을 때 이렇게 같이 물 들고 마신다. 세 스님 있을 때 물 없다.' (일동 웃음)

물 없다 한 거예요. [조사자: 오히려.] 네, 오히려 물 없다. 그런 이야기.

고구려를 건국한 주몽

● **구연정보**

조사일시 : 2016. 12. 07(수) 오후

조사장소 : 서울특별시 광진구 화양동

제 보 자 : 김설화 [중국(한국계), 여, 1983년생, 유학 8년차]

조 사 자 : 박현숙, 김현희

● **구연상황**

제보자가 준비한 이야기들을 마치고 조사를 정리할 즈음 문득 이야기가 생각
난 듯 제보자가 주몽신화에 대해 설명하며 구연을 시작했다. 어릴 적에 아버
지가 이 이야기를 책으로 자주 읽어주었고, 글자를 익힌 뒤에는 스스로 많이
읽어서 이야기를 잘 기억한다고 했다.

● **줄거리**

강의 신 하백에게 세 딸이 있었다. 천상의 아들 해모수가 지상으로 내려와 채
찍으로 집을 짓고 잔치를 벌였다. 하백의 세 딸이 이곳에서 술을 마시고 잠이
들었다가 중간에 두 딸이 깨어 돌아가고 유화만 남았다. 해모수기 유화와 함
께 지내자 하백이 진노하여 군사를 보내 해모수를 잡아오려고 했지만 실패했
다. 하백은 마음을 바꿔 용마차를 보내 해모수와 유화를 초대하여 연회를 베
풀었다. 해모수와 유화가 술에 취해서 잠이 들자 하백이 용마차에 태워 하늘
로 올려 보내려 했다. 그런데 해모수가 도중에 잠이 깨어서 탈출하여 혼자 올
라가 버렸다. 하백은 홀로 돌아온 유화의 입을 잡아당겨서 길게 만들고 내쫓
았다.

    유화는 강에서 물고기를 잡아먹고 살다가 그물에 걸렸다. 유화가 긴 입 때
문에 말을 못 하자 금와왕이 칼로 유화의 입을 잘랐다. 비로소 말을 하게 된
유화가 지난 일을 금와왕에게 말했다. 어느 날 햇빛이 유화에게 비추자 유화
가 알을 낳았다. 금와왕이 이를 상서롭지 못하다고 여겨 알을 버렸으나 말과
새가 품어주므로 유화에게 돌려주었다. 알에서 주몽이 태어났는데, 능력이
뛰어나 금와왕의 왕자들이 주몽을 질투했다. 유화가 말을 먹이는 일을 하는
주몽에게 명마의 혓바닥에 바늘을 꽂아 두게 했다. 그 말이 여위자 왕자들이

주몽에게 주었고, 주몽은 그 말을 잘 키웠다. 그뒤 주몽은 그 말을 타고 유화
의 조언대로 동쪽으로 달아났다. 군사가 쫓아왔으나 물고기가 다리를 놓아주
어 주몽 일행이 무사히 탈출했다. 주몽이 좋은 땅을 발견한 뒤 지혜로 그 나라
의 군사를 속여 승리하고 그곳에 고구려를 세웠다.

그 해모수가 여기 어떤 지상에 내려왔는데. 천상의 아들이, 아들
해모수가 부하들을 거느리고 지상에 내려왔는데 강의 신 하백의 딸
이 셋이 있었어. 근데 이 딸들이 가끔은 여기 이렇게 버드나무가 있
는 이곳에서 여자애들 셋이 나와서 노래도 하고 춤도 춘대요. 멀리
서 봤는데 욕심이 나는 거예요. 그래서 그 근처에 집 하나를 이렇게
지어서 채찍으로 이렇게 해서 집이 하나가 생겼는데, 거기에다가 잔
칫상을 베풀어 놨대요.

그래서 어느 날 딸 셋이 나왔는데, 놀려고 나왔는데 좋은 냄새가
나고 보니까 거기에 있는 거예요. 그래서,

"어머 저거 뭐지?"

하고 집에 들어가서 술잔치가 있으니까 그냥,

"어, 좋다."

하고 술을 마시고 그랬대요.

근데 과하게 마신 거예요. 세 딸이 다 잠들어 버린 거예요. 그래서
해모수가 잠든 틈을 타서 들어갔는데 적게 마신 두 딸은 깜짝 놀라서
도망을 갔고, 거기에 유화만, 유화만 잡힌 거예요. 그리고 잔 거죠.

잤는데, 아무것도 안 했는데 깨어나 보니까 남자가 있고 이 남자가,

"나는 천상의 아들이다. 그리고 이렇게 이제 우리 집에서 잤으니
까, 내 부인해라."

그랬는데 유화는 처음에는 막 울고불고 난리 났죠. 근데 집에는
못 가는 거예요. 왜냐하면 이 집을 나가는 순간에 이 여자는 남자가
있는 여자가 되는 건데 이렇게 도망을 가면 안 되고 하니까.

그러던 차에 이렇게 좀 시간이 지나니까 정이 들고, 또 해모수가
울고불고하기 전에는 잘생긴 남자가 생겼으니까, 있으니까 마음은

동했고. 근데,

"아버님의 허락이 없이 혼인하는 건 좀 그렇다."

이래갖고,

"일단 그 부분은 내가 천상의 아들이니까 걱정하지 말아라."

이런 식으로 해서 살았던 거 같아요. 근데 이 하백이, 아빠가 노한 거죠.

"어떻게 감히 내 딸을 납치를 하느냐."

(이런) 식으로 해갖고. 그래서 이렇게 사람을 보내갖고 얘네를 잡아오게 하더라고요. 근데 해모수가 천상의 아들이다 보니까 힘이 센 거야. 얘네를 다 이렇게 물려버린 거죠. 퇴치해 버린 거예요. 그래서 몇 번, 세 번인가 가서 이렇게 하다가 싸우다가 그 안 되니까 이번에는 그 하백의 전용 용마차가 있어요. 용마차를 보낸 거예요. 이제는 초대를 한다는 식으로.

"와서 딸을 델고 와라. 상을 이렇게 연회를 베풀어주겠다."

이런 식으로 해서 간 거예요. 그래서 유화랑 해모수가 같이 갔어요. 같이 가갖고 환대를 한 거죠, 하백이. 그래서,

"니가 천상의 아들인 것을 증명해 봐라."

해서 해모수가 막 이렇게 마술을 부렸대. 부려갖고,

"증명이 됐구나. 해모수 아들이구나, 왕의 아들이구나! 천상의 아들이 맞네."

이랬는데,

"알았다."고.

그래서 막 술을 멕이고 잔치를 크게 벌였는데 두 사람이 잠들어 버린 거예요. 두 사람이 잠들어 버리고 하백이 그래도 걱정이 되니까 얘네들 잠들어버린 애들을 그 주머니 속에다가 넣어갖고, 넣어갖고 용마차에 태워서 하늘로 올려 보낼려고 이렇게 보낸 거예요.

근데 올라가는 도중에 해모수가 깨어난 거예요. 화가 난 거죠.

"나를 환대한다더니 이게 무슨 짓이냐. 주머니에 넣어갖고."

그래갖고 칼로 이렇게 주머니를 찢어서 혼자 천상에 갔대요. 그래서 용마차는 천상에 올라 못가고 유화는 다시 강으로 들어온 거

죠, 용마차를 타고.

그래서 그 하백이 노해갖고 이제는 이 딸을 시집도 보낼 수 없고. 그리고 정절을 지키지도 못했고. 그래서 주둥아리를 물고기 주둥아리처럼. 아니 물고기 아니고 길게 집어 당겼는데 길게 됐대요. 그래서 이렇게 얘는 인간의 세계에서도 살지 못하고 그리고 아버지의 궁궐에서도 살지 못해서 이렇게 쫓겨났는데, 물에서 물고기들을 잡아먹는 식으로 살아갔다고 하더라고요.

근데 어느 날 물고기 잡아먹다가 그 그물에 걸려서 잡혔는데, 주둥아리가 너무 기니까 이 사람들이,

"희귀한 괴물이 나타났다."고.

이게 왕한테까지 말이 올라간 거예요.

근데 얘가 주둥아리가 길어서 사람 모양인데 말을 못하는 거죠. 왕이 와서 보니까 왕이 개구리 [조사자: 금와왕.] 맞아 맞아. 금와. 부여 쪽 왕이었던 거 같아요. 와서 얘가 이렇게 말을 못하니까 왕이 칼을 휘둘러갖고 주둥아리를 잘라버리니까 이 사람의 입이 되어서 말을 하기 시작해서,

"나는 하백의 딸인데, 이렇게 이런 일 때문에 여기까지 왔다. 뭐 이렇게 됐다."

했는데, 금와왕이 신의 영역의 사람이니까 강의 딸이고, 신의 딸이고 하니까 그냥 이렇게 내버려 두면은 신에 대한 뭐 이렇게 사람으로서 처벌을 받을 수 있으니까 궁궐로 데려갔는데. 이렇게 그래도 좋은 음식을 대접을 해서 멕이고 이렇게 계속 부양을 했대.

근데 어느 날 갑자기, 아! 그래서 이렇게 왕비로 맞을려고 금와왕이 계속 청혼같이 했는데 계속 승낙을 안 해서, 그냥 아주 궁궐 안 쪽에서 이렇게 허드렛일을 하고 일을 하면서 이렇게 보냈다고 하더라고요. 근데 뭐 구타나 이런 건 안 당하고 접대를 받으면서 그냥 일거리를 하면서 이렇게 살았는데 어느 날 갑자기 하늘에서 햇빛이 내려와서 며칠이 안 지나서 계란을 하나 낳는데, 엄청 큰 거야. [조사자: 알을.] 네. 엄청 큰 알이 태어났어.

근데 이 알이 계속 알 위에 햇빛이 들어와갖고 엄마는 내가 낳은

알이니까 굉장히 소중하게 여겼는데. 이 왕이,

"상서롭지 못하다."

알을 낳는데 그것도 계속 햇빛이 있고 해서 그래서,

"애를 버려라."

그래서 처음에는 말들이 있는 거기에 버렸는데,

"말들의 발길에 깨지게끔 만들어라. 버려라."

했는데, 말들이 밟지 않고 애를 이렇게 품어줬다. 계속 따가운
온기로 애를 보살펴주고,

"이상하다, 이게."

그래갖고,

"그러면 산속에 버려라."

산속에 버렸는데, 한번 어떤, 애가 깨졌는지 안 깨졌는지 확인을
하러 갔는데, 새들이 학들이 와서 애를 알을 품었다. 그래서,

"이게 아무래도 하늘에서 뭔가가 애를 보호하고 있는 거 같다.
신의 뭔가 있는 거 같다."

그래서 애를 더는 못하고 다시 유화한테 돌려줬대요.

유화가 이렇게 정성스럽게 했는데 알에서 이렇게 다 큰 애기가
태어난 거죠. 나오자마자 말할 줄 알고, 걸을 줄도 알고, 아주 건장한
아이가, 남자아이가 태어났죠. 근데 이 아이가 활을 잘 쐈다. 갑자기
이 밤에 파리가 많아, 모기가 너무 많아갖고 엄마한테 활을 만들어
달라고 해서 엄마가 작은 활을 만들었는데 쏘는 것마다 (웃으며) 다
떨어졌대.

그리고 신분은 없고 하니까 계속 그냥 마부같이 이런 허드렛일
만 하면서 궁궐에서 살았는데, 클수록 잘생기고 한마디만 들어도 다
배울 수 있는 이런 재능을 갖고. 왕자들이 굉장히 질투를 많이 했다
고. 그래서 한 번도 말을 타본 적이 없는데 왕자들이 이렇게 비꼬는
식으로,

"아니, 니는 말도 못 타고."

뭐뭐 이래서 한 번 같이 탔는데 제일 먼저 이렇게 말솜씨가 굉장
했고, 활을 겨뤘는데 활 솜씨가 굉장했다. 다 일등을 하고. 그래서 금

와왕이 칭찬을 하면서도,

"너 참 나라를 할 수 있는 좋은 인재가 될 수도 있겠다."

뭐 이런 식으로 했는데, 왕자들이 시샘을 해갖고 애를 죽이려는 의도들이 있었던 거 같애. 그래서 엄마가,

"아무래도 이 사람들이 너를 가만히 내버려 두지를 않을 거 같은데. 조용히 살다가 내가 이렇게 봐둔 말이 하나 있는데 그 말의 혓바닥에다가 바늘을 하나 꽂아놔라."

그래갖고,

"왜 그러냐?"

했더니,

"내 말대로 일단 해라."

해갖고 혓바닥에 바늘을 꽂았더니, 말이 먹지를 못해서 갈수록 여위어지는 거예요. 거의 죽게 될 징조까지 가니까 사람들이,

"그냥, 니가 가져."

이렇게 말을 다스렸다고 하더라고요, 주몽이. 마구간에서 말을 다스리고 하니까, 뭐 거의 죽는 말이니까 이거 갖고 뭐하나 싶어서,

"니가 가지라."고.

그래서 주몽이 그다음 날부터 바늘을 빼고 좋은 걸로 멕이고 정말 제일 좋은 걸로 멕이고 정말 알뜰하게 키웠는데 명마가 된 거였죠. 원래 소질이 명마였는데, 얘가. 그래서 엄마가,

"이제는 때가 된 거 같구나."

이래갖고, 애한테 이렇게 보따리를 주면서,

"내 걱정은 하지 말고 어느 방향으로, 동쪽인가 어느 방향으로 가라. 도망을 가라."

그래갖고 몇몇 사람들이랑 같이 갔대요. 도망을 간 거예요. 근데 군사가 따라온 거야. 얘네들 잡을려고. 그래서 가다가 가다가 강이 얘네를 가로막고 있어갖고 채찍으로,

"내가 하늘 신의 손자이다. 그리고 하백의 외손자이고. 그래서 빨리 다리를 하나 만들어 달라."

이랬더니 물고기랑 이렇게 다리가 돼갖고 얘네가 지나가고. 부

하들은 같이 지나갔고 그래서 계속 이렇게 가다가 어떤 아늑한 지역을 본 거예요. 이렇게 평벌이 있고 이런 지역을 만났대요.

"이제 여기에서 우리가 뭐지? 이렇게 궁궐을 지어놓고 하자. 나라를 만들자."

해갖고 궁궐을 지을려고 했는데 그때 마침 근처에 다른 왕이 있었대요.

그 왕이,

"니네는 뭐냐! 니네는 뭐냐. 빨리 신하로 들어오지 않으면 죽여버린다."

뭐 이런 식으로.

"침공을 할 것이다."

이런 식으로 해서 꾀를 하나 썼는데 궁궐을 빨리 짓기에는 사람도 없고 너무 짧은 시간이니까 대신 그냥 겉모양만 크게 지은 궁궐을 하나 만들었대요. 안에는 아무것도 없고 그냥 겉모양만 크게 만들어서 북을 하나 큰 걸 이렇게 걸어놨대요.

근데 개네가 쫙 밀고 들어왔는데 애네들이 오는 타이밍을 보고 갑자기 그 뭐지? 북을 크게 크게 쳤대요, 소리가 크게. 그 소리를 듣고,

"쟤네 병사가 많은 거 아니야?"

그래서 놀란 거죠. 멀리서 이렇게 가만히 숨어서 도대체 뭐하는 사람들인가 봤는데. 궁궐도 굉장히 크게 짓고 하니까,

'아, 쟤네 사람이 많구나!'

이렇게 생각해갖고 그러면 주몽하고 왕하고,

"그럼 단독적으로 만나자."

해서

"우리 겨루자."

해서 겨뤘대.

주몽이 이긴 거죠. 그래서,

"그러면 우리가 니 나라 신하가 되겠다."

이래갖고 그 나라까지 같이 하면서 이 나라 고구려를 만들었다. 뭐 이런 식으로.

박혁거세와 알영의 탄생

● **구연정보**

조사일시 : 2017. 01. 11(수) 오후

조사장소 : 서울특별시 광진구 화양동

제 보 자 : 김설화 [중국(한국계), 여, 1983년생, 유학 9년차]

조 사 자 : 박현숙, 김현희

● **구연상황**

제보자가 〈물고기 방생한 어부와 욕심 많은 아내〉 구연을 마친 뒤 잠시 이야기대회에 대한 얘기를 나누다가 다른 설화 구연을 청하자 제보자가 경주 계림과 관련된 이야기 구연을 시작했다. 구연을 마친 뒤 제보자와 조사자는 한국 건국시조들에 대해 길게 대화를 나눴다. 제보자는 대화가 끝난 뒤에 어릴 때 아버지가 역사동화책을 많이 읽어주었고 그때 한국 역사인물에 대해 알게됐다고 설명했다.

● **줄거리**

옛날 혁거세 왕은 준수한 외모로 알에서 태어났다. 알영은 계룡이 승천한 우물에 떠오른 박 속에서 빨래하던 할머니에 의해 발견되었다. 할머니가 알영을 목욕시키니 입에 붙은 닭부리가 떨어져 울기 시작했다. 알영은 몸에서 특이한 향이 났다. 계룡이 날아간 뒤에 태어난 알영에 대한 소문이 왕에게까지 전해졌다. 왕이 그 소문을 듣고 알영을 짝으로 여기고 왕비로 맞이했다. 그렇게 생겨난 나라가 계림이다.

아, 뭐였지? 계림? 여기 경주. 책에, 〈동명성왕〉 책에서 봤던 거같아요. 근데 잘은 기억이 안 나는데 왜냐면 이해를 잘 못해서요. 그 왕과 왕비 이 만났다는, 이 과정을 이해를 못했기 때문에 기억이 잘 안 나고.

다만 왕도 어, 뭐였지? 알 속에서 태어났는데 이렇게, 어, 알 속에서 태어났는데 까서 나와 보니까 굉장히 준수한 남자아이였고, 왕비 같은 경우에는 우물가에 계룡이, 그니까 닭같이 생긴 용이 승천을 했는데 뭔가 이렇게 박 같은 것이 물 위로 이렇게 떠 있었대요. 빨래하는 할머니가 가까이 가서 그게 뭔가 싶어갖고 이렇게 했는데 가까이 올수록 향이 이상하게 많이 나고. 근데 봤더니 여자 아이가 누워 있었어요. 근데 여자 아이 입 주둥아리인 거야. 닭 부리인 거예요. 닭 부리 같이 생겨서 아이가 울지를 못했대요. 그래서,

'아, 신기한 아이구나. 아무래도 용의 자식이 아닐까?'

이래서. 근데 뭔가 아이가 금방 태어난 거 같고 해서 그냥 그 물에 이렇게 목욕을 시켜줬는데 이렇게 씻으니까 이 닭 부리가 떨어지고 사람의 입으로 변해서 아이가 울기 시작했다고, 이런 식으로? 신기한 향이 나고, 참 이쁘고. 그래서 할머니가 굉장히 귀하게 키웠는데. 어느 날 다 성장을 했는데 이 왕이 소문을 듣고,

'어떤 아가씨가 용의, 계룡이 날아간 뒤에 태어난 여자아인데 특이한 향이 나는 여인이 있었다.'

그 소문을 듣고 와서,

"아무래도 니가 나의 짝인 거 같다."

이렇게 해 갖구 왕비가 되어서 그래갖구 두 사람이 사는 이 왕의, 왕국을 계림이라고 이름을 지었다고. 닭하고 관련된 계림. 근데 그게 어딘지는 그때 볼 때는 몰랐거든요.

'이런 지역이 있었구나.'

그냥 이랬었는데. 읽고 보니까 경주드라구요. 어. 저희가 경주 집안, 경주 김씨였는데 족보에, 첫 장에 계림이 나오는 거예요. 그걸 보고,

"아 계림이 또 이런 지역이? 그 계림이 그 계림인가?"

[조사자: 근데 어떤 부분에서 이해가 잘 안됐어요, 이 이야기가?] 왕이 왕비를, 왕비와 왕과의 그 관계에서 이 사람이랑 이 사람 아무 관계도 없는데. 에. 만났다는 것 자체가 이상한 거 같고, 에. 그리고 왕이 태어날 때의 그 이야기가 굉장히 모호했어요, 읽어도. 잘 이해를 못

했던 것 같아요. 그래서 그 왕비가 태어나는 거는 설명했드라구요. 그냥 용이, 계용이 날아갔고, 그 아이다 이런 식으로. 근데 왕이 태어 날 때의 그게 잘 기억이 안 났어요. 기억을 잘 못하겠더라구요. 두고 두고 생각해도 이 이 부분은 계속 생각이 안 나는 거예요. 책이 있어 야 되는데. 이사가면서 그 책이 어디 갔는지 모르겠어요.

[조사자: 그 알에서 태어난 애가 박혁거세.] 그, 그 왕이 박혁거세인 거예요? [조사자: 응.] 아 그래요? [조사자: 응.] 혁거센 거. [조사자: 그 아내가 알영.] 아, 그래요? [조사자:그 이야기.]

평강공주와 온달

● 구연정보
조사일시 : 2017. 01. 11(수) 오후
조사장소 : 서울특별시 광진구 화양동
제 보 자 : 김설화 [중국(한국계), 여, 1983년생, 유학 9년차]
조 사 자 : 박현숙, 김현희

● 구연상황
제보자가 〈큰 물고기를 물리친 작은 물고기 떼〉 구연을 마친 뒤 다른 기억나
는 이야기가 없느냐고 묻자 평강공주 이야기 구연을 시작했다. 제보자는 이
이야기를 북한 애니메이션에서 보았다고 했다.

● 줄거리
옛날 평강공주가 계속 우니까 왕이 공주의 울음을 달래려고 공주에게 바보
온달에게 시집보낼 거라는 말을 하곤 했다. 공주가 시집갈 나이가 되자 아버
지가 배필을 찾아주려고 했다, 평강공주는 왕에게 신의를 말하며 바보 온달
에게 시집을 가겠다며 온달을 찾아갔다. 평강공주는 온달과 결혼하여 온달을
서당에 보내고 무예를 닦게 했고 왕의 사냥터에서 호랑이를 잡게 했다. 왕이
온달의 실력을 확인하고 사위로 인정했다. 온달은 벼슬을 얻고 전쟁에 나가
싸우다가 적의 화살에 맞아 목숨을 잃었다. 온달의 시신을 장사지내려고 하
는데 온달의 시신이 움직이지 않았다. 평강공주가 직접 가서 위로하자 시신
이 움직여 무사히 장례를 치렀다.

어렸을 때, 평강이라는 공주가 계속 우니까 이 왕이,

"평강아! 평강아! 울지 말어라. 니가 계속 울면은 온달한테, 바보
온달한테 시집 보낼 거야."

어, 근데 그럴 때마다 애가 안 울었대요. 그래서 이 아버지는 늘

애가 울 때면은, 울보 공주, 울보 공주를 달래기 위해서 그 말을 했
고. 근데 성장을 하면서 이 평강공주가 그 말을 계속 기억을 하고 있
는 거죠.

'아, 바보 온달이 내 신랑이다.'

라는 거? 그래서 이제 성년이 되고 나서 어, 아빠한테,

"나 온달한테 시집가겠습니다."

뭐, 혼기가 찼으니까 아빠가,

"이제는 너도 결혼을 해야지."

하면서,

"어떤 사람을 골라줄까?"

했더니,

"바보 온달한테 가겠습니다."

해갖고,

"아빠가 그거는 너를 달래기 위한 거야. 너가 하도 울어서 그냥 울
지 말라고 그 말을 하면은 니가 안 우니까 내가 했던 말이고, 뻥이다."

이렇게 했는데,

"어떻게 임금이 어, 내뱉은 말을 이렇게 거짓말이라고 할 수 있
느냐. 이게 임금으로선 하면 안 되는 말이다."

뭐 이런 걸 해갖고 어, 하도 그러니까 어 평강공주가 이렇게 금
은보화를 싸들고 밤에 도주를 해서 온달을 찾아가는데, 이 온달이
산속에서 가난하게, 정말 거지, 거지 온달이니까. 어, 찾아갔는데, 마
침 좀 야밤인 거 같더라구요. 초저녁 같은 때. 이렇게 갔는데,

"혹시 여기가 온달님 집이냐, 댁이냐?"

했더니,

"맞는데 누구신지요?"

했더니,

"아, 나 너한테 시집 온 평강공주다."

했더니 이 온달이 너무 놀라갖고,

"너 여우귀신이지?"

하도 이쁘고,

"너 여우귀신이지? 빨리 못 물러나겠냐!"

막 내쫓았대요. 내쫓아서 집에 못 들어오게 하고.

그랬는데, 어, 그래서 갈 데도 없고 하니까 그 집에서 그 집 바깥 쪽에서 그냥 잤대요. 아침에 엄마가 밖에 나왔는데 여자가 자고 있으니까,

"너 누구냐?"

했더니

"평강공준데 온달님 색시다, 결혼하러 왔다."

뭐 이랬더니 엄마가,

"어, 사람은 맞네. 왜 이 바깥에서 자느냐?"

했더니,

"온달이가 나 여우귀신이라고 해서 집에 못 들어가게 해서 그런 다."

그래서,

"아이고 이렇게 귀한 손님이 왔는데 어떻게 밖에서 자겠냐, 집에 빨리 들어가자."

집에 들어가서, 사람인 건 맞고 그래서 결혼을 시켰대요.

온달 그래서 결혼을 시켜갖고 자기가 갖고 온 돈으로 공부시키 려고, 이렇게 선생님한테 보냈는데, 서당에 보냈는데 서당에서 무예 를 익히고 공부를 익혀야 되니까 서당에 보냈는데. 이 온달이라는 사람이 색시가 너무 그리워서 공부를 하다가 혼자 가만히 도망 나와 서 색시 보러 오고 이렇게 다닌 거예요. 그래서 한 번은 어, 평강공주 가 따끔하게,

"이러면은 아무것도, 돈도 돈이지만 어, 어, 사내 대장부가 이래 서야 되겠냐?"

그래서,

"잘못했다."

온달이가. 그래서 다시 들어가서 어, 선생님한테서 글을 익히고 말재주 이렇게 활 쏘는 거 다 익혀서 굉장히 무예도 뛰어나고 문무 가 뛰어난 이런 사내대장부가 되었대요. 그래서 어, 다시 돌아와서

이렇게 했는데, 아, 이제는 뭔가 이렇게, 뭔가 갖추어진 남자가 되어 가지고.

그래서 하루는 평강이가 집에 돌아온 온달을 어, 어디였지? 그 그그그 사냥터로 보낸 거예요. 그래서 사냥터에 가갖고 사람들 사냥 하러 다니니까 같이 들어가서 사냥을 했는데 온달이가 호랑이를 사냥해 온 거예요. 그래서 왕 앞에 나타나게 되어서,

"오늘 호랑이를 사냥한 어, 신이 있다는데, 누구냐?"

그래서 온달이가 나온 거예요. 그래서 왕이 보더니,

"아, 참 인물도 준수하고 늠름하고 용맹도 하다."

그랬더니,

"니 이름이 뭐냐?"

그랬더니,

"온달입니다."

그래서 깜짝 놀란 거죠. 그리고,

"평강이가 너한테 있냐?"

그랬더니,

"맞다."

평강공주 그래서,

"니가 뭐 생각했던 것보다는 참 멋있구나. 공주 델고 와라."

그래서 공주를 같이 만났고 그러면서 막, 눈물의 재회를 하고 공주와는. 그리고 온달은 그만큼 또 실력도 있고 하니까 관직을 줘서, 어 이렇게 왕궁에서 같이 살게 되었고. **를 함께 모시는. 어, 이렇게 살았는데.

살았는데, 어, 전쟁이 일어난 거죠? 전쟁이 일어나갖고 온달이 자진을 해서,

"내가 가서 물리치겠다."

나갔대요. 그래서 여러 번 전쟁을 다 이겼는데 마지막에 어, 이렇게 활에 맞아서 죽어버리는. 그런데 활에 맞아서 죽었는데 관이 움직이지를 않아서. 그 자리를 뜰 수가 없어서. 이 비보가 평강공주 한테 간 거예요. 근데,

"문제는 이 관을 옮겨가야 장례를 치르고 할 텐데 관이 움직이
지를 않습니다. 아무래도 한이 맺힌 것 같습니다."

이랬더니 평강공주가 직접 거기 가서,

"이제는 가야죠."

그랬더니 관이 움직였다. 어, 그래서 평강공주가 관을 데리고 와
서 장례를 치렀다, 이렇게.

[조사자 1: 이걸 북한 애니메이션으로 봤다는 거예요?] 네. [조사자 1:
어릴 때?] 네. 영화로 봤나? 애니메이션으로 봤나? 아무튼. 네.

분꽃 유래

● 구연정보

조사일시 : 2017. 01. 11(수) 오후

조사장소 : 서울특별시 광진구 화양동

제 보 자 : 김설화 [중국(한국계), 여, 1983년생, 유학 9년차]

조 사 자 : 박현숙, 김현희

● 구연상황

제보자가 〈평강공주와 온달〉 구연을 마쳤을 때 조사자가 기억나는 이야기가 있으면 하나만 더 구연해 달라고 청하자 제보자가 곧바로 구연을 시작했다.

● 줄거리

옛날에 남매가 병든 어머니를 모시고 살았다. 남매는 선녀의 분(粉)을 먹이면 어머니 병이 낫는다는 소리를 들었다. 남매가 선녀를 찾아가서 분을 달라고 요청하자 선녀가 남매에게 그걸 가지고 싶다면 자신의 시종 노릇을 하라고 했다. 남매가 기약도 없이 시종 일만 하게 되자 초조해진 여동생이 선녀의 분을 조금 훔치려다가 발각됐다. 선녀는 화가 나서 여동생을 꾀꼬리로 만들어 새장에 가두었다. 여동생이 선녀에게 발각될 때 분을 떨어뜨렸는데 그 자리에서 꽃이 피어났다. 오빠가 그 분꽃을 어머니에게 달여 먹였더니 어머니의 병이 나았다.

남매가 살았는데 엄마가 늘 아프셨대요. 근데 이 남매가 왜 그런지는 모르겠는데 선녀의 시중을 드는 남맨 거예요. 아, 선녀의 시중을 드는 게 아니라 엄마가 너무 아픈데 약을 아무리 많이 써도 병이 낫지를 않는 거예요.

그래서, 그, 한 번은 어떻게 어떻게 하다 보니까 들었는데,

"선녀의 분, 얼굴에 바르는 분이 있는데 이분을 먹으면은 병이

나을 거다,"

라는 이 말을 들었어요. 그래서 남매가,

"그러면 이분을 우리가 가서 달라고 하자. 조금이라도 되니까."

그래도 선녀한테 가서 달라고 했는데, 이 선녀가 안 주는 거예요.

"어, 내 물건에는 인간으로서는 손을 못 댄다."

이런 식으로.

"아무리 그래도 그렇지."

어, 그러면서.

"만약 가지고 싶으면 시종 노릇을 해라."

어. 그래서 어, 오빠는 머슴같이 일을 하고, 어, 여자아이는 선녀의, 그 옷시중도 들고 뭐, 이런 가까이에서 시중을 들게 되었어요. 머리도 빗어주고. 이런 시중을 들게 됐거든, 된 거죠.

근데 시중을 들다가 어, 계속 이렇게 시중을 들기에는 너무 시간이 안 가고, 엄마는 늘 아프고 걱정만 되고 그래서 어느 날, 어느 순간에 여자아이가 그 뭐지? 오빠한테 말을 하는 거예요.

"아, 이게 보니까 분이 거기에 있더라. 화장대 앞에 분갑이 있던데 그걸 굉장히 소중히 다루시더라. 아무래도 그건 거 같다. 내가 그거 잠깐 쓰면 안 될까? 우리 갖고 가서 우리 엄마 조금 먹여갖고 다시 제자리에 돌려놓으면 되지 않을까?"

어, 그래서 오빠도,

"그럼 그렇게 할까? 어, 선녀가 없는 틈에 우리가 그렇게 하자."

했거든요? 그래서 어느 날 선녀가 집에 없는 틈을 타서 애네가 갖고 나간 거예요. 갖고 나갔는데, 발각이 된 거죠. 네. 선녀한테 발각이 된 거예요.

그래서 선녀가 노해서 어, 이 여동생을 새로 변하게 만들었대요. 꾀꼬린가 뭔가 노란색 새로 변해서 벌을 받아서 늘 선녀 집 안에 있는 새 우리에 넣어버리고. 그리고 이분이 이렇게 선녀를, 선녀한테 발각되면서 떨어뜨려가지고 이분 자국 위에서 꽃이 피었는데 분꽃이 되었다, 이렇게 하더라구요.

그래서 이 오빠한테는 벌을 안 주고 이 여자아이한테 벌을 줬는

데. 왜냐면 오빠를 만나기 전에 발각이 되었으니까. 그래서 오빠는 그
분을 이제는 더는 어떻게 도둑질하지 못하고 여동생도 저렇게 되어
버리고 하니까 근데 이상하게 그 자리에 꽃이 피어나게 되고 하니까.

　　'이 꽃이라도 갖고 가보자.'

　　해서 그 분꽃을 꺾어서 엄마한테 달여 먹였더니 엄마의 병이 나
았더라. 네.

백일홍 유래

● 구연정보
조사일시 : 2017. 01. 11(수) 오후
조사장소 : 서울특별시 광진구 화양동
제 보 자 : 김설화 [중국(한국계), 여, 1983년생, 유학 9년차]
조 사 자 : 박현숙, 김현희

● 구연상황
제보자가 〈분꽃 유래〉 구연을 마친 뒤 제보자에게 혹시 할미꽃이나 백일홍
유래를 들어본 적이 있느냐고 묻자 제보자가 〈배추도사 무도사〉 애니메이션
에서 본 적이 있는 것 같다며 백일홍의 유래 구연을 시작했다.

● 줄거리
옛날 어느 마을에 마을 사람들을 괴롭히는 용이 있었다. 마을 사람들은 피해
를 줄이기 위하여 매년 여인 한 명을 제물로 바쳤다. 왕자가 이 마을에 왔다가
제물로 바칠 여인을 사랑하게 되었다. 왕자는 용을 퇴치하겠다며 바다로 떠
나면서 여인에게 자신이 살아서 돌아오면 배에 흰 돛을 달 것이고, 자신이 죽
었다면 검은 돛을 달고 오겠다고 했다. 왕자가 용을 퇴치하는 과정에서 용의
검은 피가 돛에 튀었다. 왕자는 돌아오는 길에는 돛이 검은색이 돼 있는 걸 뒤
늦게 보고서 돛을 내리게 했지만 때는 이미 늦은 뒤였다. 여인이 이미 멀리서
검은 돛을 보고 왕자가 죽은 줄 알고 스스로 목숨을 끊었다. 왕자가 여인의 무
덤 앞에서 눈물을 흘렸고 여인의 마음이 백일홍 꽃으로 피어났다.

그 마을에 왕자가 왔는데, 괴물이 생겨서 드래곤 같은 괴물, 괴
물이 생겼는데.

아 그전에 이 마을에서 그 마을에 그냥 왔다가 이 마을에 어떤
가난한 여인을 만나게 되어서, 어, 여인을, 여인과 아무튼 살게 되었

고. 마을에서 살게 되었고. 서로 도와주면서 살다가 마음에 통하고 그러면서 이제는 신분을 말을 해버리고.

"나는 왕잔데 어떠어떠한 일 때문에 여기에."

추방되듯이 왔던 거 같아요. 그래서 어, 언약을 하는 거죠. 언약을 하게 됐는데 문제는 이 마을에 그, 여인을 제물로 바치는, 용한테 제물로 바치는 용이었나? 뱀이었나? 암튼 제물로 바쳐야 되는데 올해에 이 여자가 제물이 되는 거예요. 그래서 이 여자가 막 우는 거예요.

"아, 이 마음은 있는데 나도 너 마음에 드는데 올해 내가 제물로 가야 된다."

그랬더니 왕자가 노해서,

"어떻게 사람을 제물로 바칠 수 있느냐?"

그러면서,

"내가 가서 그 용을, 뱀을 죽일 거야."

떠났어요. 그러면서 농담처럼 했던 말인 거 같은데,

"내가 살아오면은 우리가 돌아올 때 그 돛이, 배의 돛이 하얀색일 것이고. 내가 죽었을 경우에는 그 돛이 검은색일 것이다."

어, 그 말을 남기고 떠난 거예요. 그래서 배에서 어떤 부하가 물어봤죠.

"왕자님 죽으면은 하야, 아니 검은색이고, 어 살아 돌아올 때 하얀색인 걸 니가 어떻게 아느냐, 왕자님은 어떻게 아세요?"

했더니, '하하하' 웃더니,

"그냥 농담한 거다. 그렇게 말을 해야 저 여인이 덜 걱정을 하니까. 어차피 나는 살아올 것인데."

이래, 이랬던 거 같아요.

근데 싸우다 보니까 어, 용, 뭐지? 그그 용 피가 검은색이었는데 이 돛대에 물들어버린 거예요. 근데 그걸 몰랐던 거고. 매일같이 이 여인네는 그 바다를 향해서 바라보고 있었죠, 그 배가 돌아오기를. 근데 문제는 이 왕자가 용을 이기고 나서, 용을 죽이고 나서 귀선을, 귀향을 하는데 기절을 해버린 거예요. 배에서 혼절을 하다가. 이제 거의 도착하게 될 때 눈을 떴는데 돛대가 검은색 거를 그때 본 거예

요. 그래서

"빨리 저 돛대를 내려라."

이랬는데 이미 그때 늦은 거예요. 멀리에서 이미 검은색의 돛대를 바라본 여인네가,

"어, 왕자님이 죽으셨, 죽으셨네. 나도 따라가야지."

하면서 에, 그, 바다에 몸을 던져버린 거고.

그리고 돌아와서 바로 찾았는데 여인네가 이미 바다에 몸을 던진 걸 알게 됐다. 시신을 찾아서,

"어, 내가 잘못했다."

그 앞에서 참회의 눈물을 흘렸던 왕자.

그리고 그 무덤에서 백일홍이 피어났대요. 그 왕자를 기다렸던 여인의 마음이 백일홍으로 해서, 백일을 기다렸다고 해서 백일홍.

쇠 먹는 불가사리

● **구연정보**

조사일시 : 2017. 01. 19(목) 오후

조사장소 : 서울특별시 광진구 화양동

제 보 자 : 김설화 [중국(한국계), 여, 1983년생, 유학 9년차]

조 사 자 : 박현숙, 김현희

● **구연상황**

제보자가 〈방귀쟁이 며느리〉 이야기 구연을 마친 뒤 북한 영화로 본 이야기
가 기억 난다며 〈불가사리〉 이야기를 구연했다. 이 이야기를 끝으로 이날의
조사를 마쳤다.

● **줄거리**

고려시대 어느 마을에 전쟁으로 많은 가족을 잃은 한 누이가 할머니와 동생
과 살았다. 하루는 누이가 불쌍한 불가사리 새끼 한 마리를 집으로 데려왔다.
그런데 불가사리가 주변의 쇠를 먹으며 몸집이 점점 커졌다. 모든 쇠붙이를
불가사리가 다 먹어버린 상황에서 왜적이 쳐들어오자 누이가 불가사리를 전
쟁에 내보내 불가사리가 왜적의 무기를 다 먹어치우게 했다. 왜적이 물러가
자 마을에 평화가 찾아왔지만 쇠를 먹는 불가사리 때문에 마을의 피해가 점
차 커졌다. 누이가 고민하다가 손에 쇠붙이를 들고 불가사리를 유인하여 스
스로 불가사리에게 잡아먹혔다. 불가사리는 사람을 먹은 뒤 이상 반응을 보
이더니 점차 몸이 해체되어 죽었다. 동생이 쇳덩이 위에서 죽은 누이를 찾아
돌아왔다.

어렸을 때 잠깐 보기는 했었는데. 이게 고려시댄가요 고구려시
댄가요? [조사자 1: 고려.] 아, 고려예요? 암튼 그 시대였는데 전쟁이
나갖고 이 마을 사람들이 이렇게 뭐지? 막 무기도 만들고 이랬는데.

어느 날엔가 이 누이, 동생이 사는 집이었던 거 같아요. 할머니랑 누이가 살았는데 아버지도 전장에 나가서 죽고, 엄마도 죽고. 누이, 동생? 누이, 동생은 맞아. 근데 하루는 뭔가 이렇게 이 새끼를, 짐승 새끼 같은 애를 불쌍해서 집에 데리고 왔는데, 이렇게 주머니에 넣고 왔는데 밤에 자꾸 이상한 소리가 난 거예요. '사각사각' 하는 소리가 나는 거죠. 근데 다음날 보면은 문고리가 없어지거나, 이런 이상한 일들이 생기게 되는 거죠.

밤에 한 번은 누이가 뭔 일인가 싶어서 봤는데, 이 새끼가 철들을, 쇠를 자꾸 먹어버리는 거죠. 그러면서 커지는 거예요, 얘가. 그래갖구,

'어, 이상하다. 이 괴물을 계속 집에다 둬야 하나? 버려야 하나?'

고민을 하는데 때마침 그 애가 먹으면서 계속 커지는 거죠, 힘이 세지고. 근데 사람은 안 해치는 거예요. 그래서 때마침 이 왜적의 침범, 마을이 공격을 당하게 된 거예요. 그래서,

'이 공격에서 벗어나기 위해서는 뭔가가 있어야 되는데, 무기가 있어야 되는데 무기는 이 불가사리가 다 먹어버리고. 그래서 어떻게 할까? 어떻게 할까?'

하다가 이 누이가 꾀를 써서. 누이 말은 듣는 거예요, 이 불가사리*가. 그래서 이 불가사리를 얘가 이렇게 델고 가서 이 얘네들 다 물리치는 거죠. 무기를 먹게 하고 또 얘가 커지니까 그리고 철로 만든 애라서 방어가 되는 거예요. 그래서 활을 쏴도 얘는 죽지를 않고. 누구도 죽일 수가 없는 이런 물건이 된 거죠.

그래서 이렇게 하다가 하다가 이겼어요. 전쟁에서 이기고 이제는 적의 이 공격이 없어진 마을, 평안한 마을이 됐어요. 그러면서 살게 됐는데 문제는 이 불가사리가 문제가 된 거야. 계속 먹다 보니까 그 마을 어구에 이렇게 종루가 그 종까지 다 먹어버리는 거예요, 얘가. 그래서 마을에서는 더는 얘를 이렇게 용납할 수 없는 거기까지

● 不可殺伊, 고려말 조선초에 나라가 어수선할 때 나타났다는 쇠를 먹는 상상의 동물이다. 사기(邪氣)를 쫓고 악몽을 물리친다고 한다.

되었고. 얘를 자꾸 쫓는데 얘는 계속 먹어야 된 철이 필요하고, 쇠가 필요한 거죠.

그래서 자꾸 커지니까 이제는 마을에 피해가 되는 거죠, 부수고. 어, 몸집은 커지고. 그러면은 자꾸 집을 망가지게 만들고. 그래서 사람들이 막 이렇게 몰아내도 얘는, 쫓아내도 얘는 인간으로서 대항할 수 없는 이런 악이 된 거예요. 그래서 누이가 이제는,

'더는, 더는 이러면 안 되겠다.'

마을 사람들이 피해를 보고 죽는 사람들도 생기고 하니까.

그래서 죽일 수 있는 방법이 유일하게 하나밖에 없는 거예요. 이 누나가 죽일 수밖에 없는 거야. 응, 그래서 얘를 이렇게 유인을 하는 거죠. 쇠로 유인을 해갖고 얘 몸통에 누이가 잡혀 먹혀요. [조사자 1: 쇠를 들고 있으면서?] 네, 쇠를 들고 있어서 누이가 얘 몸속으로 들어가는 거죠.

근데 얘는 쇠만 먹어야 되는데 인간을 먹었기 때문에 누이가 자기가 죽는 거죠. 자기가 희생해서 마을 사람들을 살려야 된다는 이런 게 있기 때문에 누이가 이렇게 먹힌 거예요. 근데 몸 속에 사람이 들어가 있어서 이 불가사리가 그때부터 앓기 시작하는 거예요. 몸이 막 부서지기 시작하고. 그러면서 이렇게 다 해체돼버리는 거예요. 불가사리가 죽어버렸어요. 누나도 같이 죽은 거예요.

어, 그리고 이 마을사람들이 어, 누이가 안 보이고 불가사리가 안 보이니까,

'뭔 일이 있겠다.'

싶었는데 동생이 찾으러 온 거죠. 그래서 멀리 이렇게 따라갔는데 쇠가 막 부서지고 있는 게 있으니까 거길 따라서 가봤더니 불가사리는 안 보이고 철덩이에 누워있는 누이를 발견한 거죠. 그랬던 거 같아요.

[조사자 1: 확실히 북한 식이다.] 아 그래요? [조사자 1: 이거는 언제 봤어요? 북한 영화에서?] 초등학교 때요. [조사자 1: 엄청 재미있게 봤겠네.] 네. [조사자 1: 그쵸? 괴물이 쇠 먹으면서.] 그리고 고전, 고대의 옷들을 입고 다녔으니까. 처음 보는 옷들인 거죠. [조사자 2: 만화로 보셨

어요?] 네? [조사자 2: 만화영화로 보셨어요?] 그냥 영화로.

　　[조사자 1: 북한에 있어, 불가사리 영화가. 성인 영화 식으로.] 네, 다 다 인간이 나오고 불가사리가 이상한, 그렇게. 만들어져 있는. [조사자 1: 본 거 같애. 영화는 못 봤는데, 뭐야 그, 뭐지 이렇게 포스터 같은 거 본 거 같애.]

돌밭에서 건진 화수분

● 구연정보
조사일시 : 2017. 01. 19(목) 오후
조사장소 : 서울특별시 광진구 화양동
제 보 자 : 김설화 [중국(한국계), 여, 1983년생, 유학 9년차]
조 사 자 : 박현숙, 김현희

● 구연상황
제보자가 한국 전래설화 〈은혜 갚은 까치〉 구연을 마친 뒤 다른 설화를 탐문
하는 조사자에게 화수분 이야기가 기억난다면서 구연을 시작했다.

● 줄거리
옛날에 한 농부 총각이 돌밭에서 돌을 파내다가 동이 하나를 발견했다. 총각
이 어느 날 그 동이에 실수로 동전을 떨어뜨렸는데 두 개가 되어 나왔다. 총각
은 화수분 동이 덕분에 부자가 되었다. 어느 날 총각의 아버지가 아들을 찾으
러 아들 방에 들어갔다가 실수로 동이에 빠졌다. 아들이 화수분 동이에서 아
버지를 꺼냈지만 화수분에서 아버지가 계속 생겨나서 방이 아버지로 가득
찼다.

어떤 총각이 농부였는데, 어, 밭을 이렇게 계속 돌이 너무 많은
밭을 가지다 보니까 이 돌을 계속 이렇게 판 거죠. 그래서 이렇게 한
쪽으로 그러면서 이 돌을 다 파내야 여기에 뭔가를 작물을 심을 수
있게끔 되어버리는 밭인 거예요.

그러다가 캐다가, 캐다가 어느 날엔가 이상한 그, 동? 동이라고
해야 하나? 그릇 같은 것을 캐게 된 거예요. 동이라고 해야 되나? 암
튼. 이상한 애를 발견하게 된 거예요. 보고,

'아 뭐 집에 가서 써야겠다.'

싶어서.

'튼튼하고 좋다.'

그래서 집에 갖고 간 거예요.

근데 어느 날엔가 그냥 이렇게 집에다 났다가 애가 그냥 동전 하나를 잘못 떨어뜨린 거죠. 떨어뜨렸다가,

"어, 어디 있지? 어디 있지?"

했는데 저기에, 화수, 걔가 화수분이죠. 화수분에 떨어뜨린 걸 보고,

"아, 저기에 있구나."

하고 집어서 뺐어요. 근데 봤는데 하나를 분명 떨었는데 두 개가 나온 거예요.

'어, 이상하다? 나는 분명 하나밖에 안 떨었는데? 나 하나밖에 없었는데, 엽전이?'

이상하다 해갖고 하나 더 떨어봤어. 근데 꺼내니깐 두 개가 되는 거예요.

'아, 이거였구나! 뭔가 계속 두 개씩 나오는 이런 뭔가 보물이구나.'

싶어서. 그래서 다른 것도 넣어봤더니 똑같이 두 개씩 나오는 거예요. 너무 좋다 싶어 갖구 있는 그 동전을 일단은 계속 넣는 거죠. 그러면서 이제 계속 뿌리고, 뿌리고 하면서 좋은 집 마련하고, 부자가 된 거예요. 부자가 된 거예요. 너무 좋은 거예요.

그래서 이렇게 보물단지로 집에 모셔놓고 있었는데. 문제는 어느 날엔가 아버지가 이 방에 들어온 거예요. 그래갖고 아들을, 아들 내미를 찾아서 뭔가를 부탁을 하려고 들어갔는데 아들내미가 안 보이는 거야. 근데 이상하게 뭔가 이렇게 구석에 아들이 뭔가 이렇게 굉장히 신주단지같이 모셔놓은 동 그릇 같은 게 하나 보인 거죠. 그래서,

"아 이게 뭐지?"

하고 이렇게 봤는데 거기에 홀러덩 빠진 거예요. 어, 들어가버렸어. 그래서 나오는 순간 아들이 그때 마침 아들이 방에 들어오게 된

거죠. 그래서,

"어, 아부지 나 부르셨어요?"

하고 했는데 그 그릇에서 아버지 두 사람이 나온 거야. (웃음)

"어머 거기 왜 들어가셨는데요?"

막 놀랐는데 갑자기 어, 그래서 꺼낼라구, 한 사람을 꺼냈는데 갑자기 또 한 사람이 나온 거야. 그래서 똑같은 아버지가 방을 꽉 채워 버려갖고, 그래서 끝난 거 같아요.

'욕심이 과하면은, 어 이렇게 된다.'

뭐 이런 식으로.

은혜 갚은 까치

● 구연정보

조사일시 : 2017. 01. 19(목) 오후

조사장소 : 서울특별시 광진구 화양동

제 보 자 : 김설화 [중국(한국계), 여, 1983년생, 유학 9년차]

조 사 자 : 박현숙, 김현희

● 구연상황

제보자가 〈서호의 돌 향로〉에 얽힌 이야기 구연을 마친 뒤 조사자가 또 기억
나는 이야기가 있는지 묻자 없다고 했다. 조사자가 다시 어렸을 때 전래동화
애니메이션에서 본 것 중에 〈은혜 갚은 까치〉 이야기가 없는지 묻자 제보자
가 있었다면서 기억을 되짚었다. 조사자가 기억나는 부분까지만 구연해 달라
고 하자 제보자가 기억을 되살려가며 구연을 했다.

● 줄거리

옛날에 한 선비가 과거 시험을 보러 가다가 구렁이가 까치 둥지의 알을 먹으
려는 것을 목격하고 구렁이를 죽였다. 선비가 그날 밤 어느 집에서 유숙했는
데 선비가 낮에 죽인 구렁이 집이었다. 암구렁이는 선비에게 자신과 함께 용
으로 승천하려던 남편을 죽였으니 복수를 하겠다고 했다. 선비가 암구렁이에
게 기회를 달라고 하자 암구렁이가 아침 해가 뜨기 전에 종소리가 들리면 살
려주겠다고 했다. 선비가 이제 죽겠구나 생각하고 있을 무렵 종소리가 들려
와 목숨을 건졌다. 암구렁이는 복수의 한을 풀지 못하고 슬피 울면서 용으로
승천했다. 선비가 종이 울린 곳으로 찾아가보니까 까치들이 죽어있었다. 선
비가 까치들의 시신을 묻어주고 상경하여 과거에 급제했다.

그 장안, 장안이 아니라 과거시험 보러 가는 선비가, 가는 길에
어, 아. 가는 길에 어떤 구렁이가 이 까치 둥지를, 까치 둥지의 알을

먹을려고 이렇게 가는 걸 봤어요.

그래서 이 까치들이 막 울고 하니까 뭔 일인가 봤더니 구렁이 한 마리가 거기에서 알을 삼키려고 하니까 사람이, 이 선비가 뱀을 때려죽인 거죠. 때려죽였어. 그래서 까치 새끼들은 무사하고 그리고 까치들이 막 이렇게 좋아서 날아다니는 거죠.

그래서 그날 밤 가는 길에 어떤 여인이 나타난 거죠. 여인이 나타난 건가? 아니면 가다가 밤을 자야 되니까 어떤 집에 묵게 되었나? 아무튼 갔어요, 어떤 집에 갔는데 여인이 있었고. 그래서,

"오늘 밤 여기서 묵을 수 있느냐?"

했더니 여인이 된다고 했고. 근데 밤중에 이상하게 여자가 계속 우는 거예요. 그래서,

"무슨 일이냐?"

했더니,

"남편이 죽었다, 오늘."

그래서,

"어떻게 죽었냐?"

했더니,

"누구한테 맞아서 죽었다."

이런 거죠.

"아, 그러냐. 그럼 누가 죽였는지 아느냐?"

그랬더니 갑자기 이 여인이 뱀이 되는 거죠.

"니가 죽인 거야."

이랬더니 아, 깜짝, 생각나는데,

'아, 내가 오늘 죽였던 구렁이가 이 여인의, 이 구렁이의 남편이었구나.'

"근데 왜 이러냐?"

했더니,

"어, 우리가 수행을 몇백 년 했는데 오늘 내일이면은, 내일이 되는 거죠? 내일이면은 이게 용으로 승천할 수 있는 날인데 너 때문에 내가 혼자 남겨져갖고, 남편은 죽고 혼자 남겨져 갖구 이렇게 됐다.

승천을 하게 됐다. 너를 죽이지 않으면은 내가 이 한을 풀 수가 없어."

그랬더니,

"그렇다고 이렇게 함부로 죽이면 되냐?"

구 그랬더니,

"그러면 어, 기회를 한 번 주겠는데 내가 승천하는, 그 해뜨기 전까지 저기에 있는 종이 울리지 않으면 나는 널 잡아먹을 거야. 그리고 나는 승천한다."

어, 이랬죠. 그랬더니 선비가,

"참 어이없는 소리를 한다."

"내가, 거기에 있는 종이 어떻게 울리냐?"구.

"그러면 죽을 때까지 너는 여기서 기다리라."

구 그랬죠. 그래서 선비가 막 한숨을 쉬고,

'정말 이제는 다 죽었구나, 내가. 괜한 걸 죽여갖고 죽게 됐는데,'

해 뜨는 순간에 저 멀리에 있는 종소리가 울렸던 거 같아요. 그래갖고 이 뱀이 갑자기 종소리를 들으면서 놀라면서도 눈물을 흘리는 거죠. 어, 남편의 복수를 못하고 어, 그러다가 막 눈물을 흘리면서 있다가 용으로 변해서 승천을 한 거예요.

난 그게 이상하더라고요. 이게, 이게 한을 품은 애가 승천이 가능할까?. 아무튼 승천을 했어. 그래서 선비가,

'참 이상하다.'

생각해갖고,

'이제는 승천도 했겠다.'

그래서 다시 가던 길을 갔는데 그 종 쪽으로 한 번 가봤어. 가봤는데 보니까 죽은 까치 떼들이 이렇게 쫙 널려 있었던 거 같아요. 그래서 그 까치떼들을 보고,

"아, 너희들이었구나. 고맙다."구.

그래서 얘네들을 이렇게 무덤을 파서 이렇게 묻었던 거 같아요. 어, 그러면서 다시 길을 떠났다고 했었나? 네.

[조사자: 그러고 나서 어떻게 됐대요? 잘 됐대요?] 과거 급제했다는 식으로, 네.

해와 달이 된 오누이

● **구연정보**

조사일시 : 2016. 12. 07(수) 오후

조사장소 : 서울특별시 광진구 화양동

제 보 자 : 김설화 [중국(한국계), 여, 1983년생, 유학 8년차]

조 사 자 : 박현숙, 김현희

● **구연상황**

제보자가 〈강의 신을 물리친 염제〉 이야기 구연을 마친 뒤, 어릴 때 자주 들었던 옛이야기 구연동화 녹음테이프에 관해 이야기를 나누었다. 제보자는 조선족이 옛이야기를 접할 수 있는 통로는 설화 구연 테이프와 유치원뿐이었다고 했다. 조사자가 녹음테이프에서 들었던 이야기 중 기억나는 것을 들려 달라고 요청하자 제보자는 곧바로 〈해와 달이 된 오누이〉 구연을 시작했다.

● **줄거리**

옛날 어떤 엄마가 세 아이와 살았다. 호랑이가 나타나 떡을 팔고 돌아오는 엄마를 잡아먹었다. 호랑이는 엄마 옷을 입고 아이들에게 가서 엄마라고 했다. 아이들이 의심을 하자 호랑이는 아이들을 속이고 집 안으로 들어갔다. 아이들이 방안에서 음식 먹는 소리가 나서 엄마에게 엄마가 먹는 걸 달라고 했다. 엄마로 변장한 호랑이는 막내 아기 발을 아이들에게 던지며 호랑이의 본색을 드러내고 아이들을 잡아먹으려 했다. 아이들이 도망을 가면서 하늘에 빌었더니 하늘에서 금 밧줄, 은 밧줄, 썩은 밧줄 세 개가 내려왔다. 남매는 금과 은 밧줄을 잡고 하늘에 올라갔고, 호랑이는 썩은 밧줄을 잡고 올라가다가 밧줄이 끊어졌다. 남매는 하늘로 올라가서 오빠는 해가 되고 동생은 달이 되었다. 호랑이는 수수밭에 떨어졌고, 호랑이의 피가 수수에 스며들어 수수가 빨간색이 되었다.

　호랑이가 가난한 집에 엄마가 아이 셋이 있었는데, 오빠가 있고, 중간에 딸이 있고, 갓난쟁이 아이가 아들이 있었고.

　근데 애들을 먹여 살리기 위해서 떡 팔아서, 떡 팔러 간 거예요. [조사자: 엄마가?] 예. 떡 팔러 갔대요. 올 때 밤늦게 와갖고 도중에 길에서 호랑이를 만나갖고 호랑이가 잡아먹었대요. [조사자: 엄마를?] 예. 엄마를.

　그런데 '아이들도 있을 거다'라는 생각 때문에 이 호랑이가 엄마 옷을 입은 거죠. 그리고 떡 함지를 이렇게 맨 거예요. 집까지 갔어요.

　집까지 갔는데,

　"문 열어 달라. 엄마가 왔으니까."

　이랬는데 애들이,

　"어? 말소리가 이상하다. 우리 엄마 아닌 거 같다."

　이랬더니,

　"아니야. 아니야. 엄마가 오늘 이렇게 너무 말을 많이 해서 목소리가 쉬어갖고 이렇게 된 거야."

　이렇게 했대요.

　근데,

　"그래도 아니면 어떻게 해요. 뭔가 우리 엄마라는 걸 알려 달라."

　했더니 그 엄마 손가락을. 엄마를 먹다보니까 손가락이 있었는데, 그 손가락을 그 문 창호지 사이로 넣어줬대요. 애들이 그걸 보고,

　"아, 엄마 맞네."

　하고 문을 열어준 거예요. 그래서 이렇게 누웠는데, 그래서

　"이제, 자 자."

　하고 누웠는데 애들이 엄마하고 이렇게 안으려고 하니까 손을 딱 봤는데 이상한 거예요.

　"엄마 손이 왜이래? 왜 이렇게 커?"

　하니까,

　"아, 오늘 일을 많이 해서 손이 거칠어졌어."

　이랬대요.

　'어. 그런가보다.' 했는데 누웠는데, 같이 누웠는데, 이상하게 '아

작 아작' 하는 소리가 나더래요. 그래서

"엄마 뭐해?"

하니까,

"어, 엄마 배고파서 뭐 먹고 있어."

이러더래요. 그런데,

"어, 뭐 먹어? 나도 좀 주면 안 돼?"

하니까,

"어, 그래."

하고 이렇게 줬대요.

그런데 먹으려고 보니까 동생의 발이더라. 그래서 애들이 깜짝 놀라서,

"엄마 이거 뭐야? 이게 뭐야?"

했더니,

"어, 너희들 먹으려고 그런다."

이랬더니 '훅' 해갖고 호랑이로 됐대요. 옷을 벗어버린 거예요.

그래서 애들이 놀라갖고 도망을 나온 거지요. 그런데 가다가, 가다가 호랑이가 계속 쫓아오고 이제 갈 길이 없으니까. 애들이 빈 거죠. 하늘에다가,

"살려 달라."고.

그래서 하늘에서 밧줄이 세 개가 내려왔는데 금으로 된 거 하나, 은으로 된 거 하나, 동으로 된 거 하나. 동이 아니다. 이렇게 썩은 밧줄이 하나, 썩은 밧줄이 내려왔다고 하더라고요.

그래서 애들이,

"그냥 아무거나 그냥 타고 올라가자."

해갖고. 오빠는 금 밧줄을 타고, 여자애는 은 밧줄을 타고, 그리고 호랑이는 쭉 올라가는 걸 보니까 같이 간다고 썩은 밧줄을 잡은 거죠. 올라가다가 애들이 놀라는 거죠. 호랑이도 같이 오니까. 또 하늘에 빌더래요.

"우리를 구해 달라. 호랑이가 계속 쫓아온다."

그랬더니, 갑자기 호랑이가 타고 있던 밧줄이 끊어져서 아이들

은 하늘로 올라가서 오빠는 해가 되고 여자애는 달이 되고.

　그리고 그 떨어진 호랑이가 수수밭에 떨어졌는데 그 호랑이 피가 그 수수에 물들어서 수수가 빨간색이 되었다. 그렇게.

선녀와 나무꾼

● **구연정보**

조사일시 : 2016. 12. 07(수) 오후

조사장소 : 서울특별시 광진구 화양동

제 보 자 : 김설화 [중국(한국계), 여, 1983년생, 유학 8년차]

조 사 자 : 박현숙, 김현희

● **구연상황**

제보자가 〈해를 다시 조정한 항아 부부를 기리는 월병〉를 들려준 뒤, 바로 이어서 〈선녀와 나무꾼〉 구연을 시작했다. 제보자가 구연한 〈선녀와 나무꾼〉은 선녀승천형이었는데, 어릴 때 녹음테이프에서 들었다고 했다. 제보자는 구연을 마친 뒤, 성인이 돼서 본 그림책을 통해 〈선녀와 나무꾼〉에 수탉유래형도 있음을 알게 됐다면서 간략하게 그 내용도 말했다.

● **줄거리**

옛날에 가난한 나무꾼이 살았다. 나무꾼이 포수에게 쫓기는 꽃사슴을 살려주었다. 꽃사슴이 노총각 나무꾼에게 선녀가 목욕하는 곳에서 날개옷을 숨겨서 선녀와 결혼하라고 말하며 선녀가 자녀를 세 명 출산할 때까지 날개옷을 내주지 말라고 당부했다. 선녀가 하늘을 그리워하자 나무꾼이 선녀가 자녀를 둘 낳았을 때 선녀에게 날개옷을 내어주었다. 선녀는 아이들과 함께 하늘로 올라가 버렸다.

　　나무꾼이 꽃사슴의 도움으로 두레박을 타고 하늘로 올라가서 가족과 함께 살았다. 나무꾼이 어느 날 어머니가 그리워서 어머니를 만나러 지상으로 내려갔다. 나무꾼이 앓고 있는 어머니를 위하여 여러 일을 한 뒤 이별하려고 했으나 이별 시간이 길어져 하늘로 올라가는 두레박 타는 시간을 놓치고 말았다. 하늘로 올라가지 못한 나무꾼은 하늘을 보고 울다가 닭이 되었다.

　어렸을 때 그냥 들었던 거는 그 뭐지? 농부가 있었는데 나무꾼이 있었는데 찌질하게 가난하고 이랬는데. 한 번은 산에 갔다가 그 포수들한테 쫓기는 노루를. 사슴이죠. 사슴이라고 해요. 꽃사슴이라고 해야 되나? 꽃사슴을 살려준 거예요, 애가 숨겨갖고, 꽃사슴을 살려줬대요. 꽃사슴이 은혜를 보답하기 위해서,

　"언제 언제 밤에 가면은, 어디에 가면은 거기 가만히 보면은 여자들이, 목욕하는 여자들, 아니, 옷이 있을 거다. 그중에 옷을 한 벌 도둑질해라. 숨겨 놔라. 그래갖고 내 말을 따르면 너한테 좋은 일이 있을 거다."

　이래서 얘가 간 거예요. 근데 딱 봤는데 하늘에서 선녀들이 쭉 내려오더래요. 쭉 내려오고. 얘네들이 날개를 벗고, 선녀의 옷을 벗고 목욕을 한 거죠. 그래갖고 그 사슴의, 꽃사슴 말대로 옷 그냥 옷 한 벌 훔친 거예요. 옷 한 벌 훔치고 이렇게, 이렇게 훔치고 이렇게 인사하려고 했는데 이 선녀들이 딱 보고, 사람 있는 거 보고 깜짝 놀라서, 이렇게 칠선녀니까 여섯 명이 날아 올라가고 훔친 옷을 갖고 있는 그 선녀는 옷을 찾지 못해서 올라 못 간 거예요.

　그래서 막 울다가 이 사람이,

　"울지 말라."고.

　"우리 집에 가자."

　고 해서 델고 갔대요. 그리고 착하니까, 이 사람이 착하니까 이렇게 살고, 아이를 둘을 낳은 거죠. 근데 꽃사슴이 그때 또 한마디 했는데,

　"이 여자랑 사는데, 무조건 애기 셋을 낳을 때까지 기다려야 된다. 날개를 주면 안 된다."

　고 했대요.

　그래서 행복하게 살고 있지만, 이 명절 때가 되면 이 여자가 늘 우울해했대요. 이렇게 속상해 했대요. 가고 싶어서,

　"하늘의 부모님 만나고 싶다. 그립다."

　뭐 이랬는데, 남자가 애 둘을 낳았으니까 이제 그래도 너무 불쌍해 보이니까 설마 하는 마음에. 그리고 아내가,

"아 날개만 있으면 잠깐이라도 갔다가 내려올 수 있을 텐데."

자꾸 오겠다는 말을 하니까. 그래서 남편이 이렇게 말을 해준 거죠.

"내가 갖고 있다."고.

그래서 약속을 한 거죠.

"갖고 갔다가 내려온다."고.

근데 정말 주니까 옷을 입은 거예요. 그리고 입고 애 둘을 안고 올라간 거죠. 그래서 이 남자는 매일 울었다. 여기까지 알고 있었어요. 그냥 올라간 거까지만 알고 있었거든요. 애 셋을 왜 낳아야 되는지 모르겠었어요, 그때는.

후에 책을, 이렇게 책을 봤는데, 그림이 있는 책을 봤는데 애가 또 올라갔다네요. [조사자: 누가, 나무꾼이?] 네. 나무꾼이 그 뭐지? 선녀가 너무 그립고 애가 너무 그립고 이래서 꽃사슴을 찾아갔는데. 이 꽃사슴이,

"왜 말을 안 들었냐?"

했더니,

"혹시 방법이 없느냐? 만날 수 있는 방법이 없느냐?"

했더니,

"그 백두산에. 이제 니가 지난번에 그래갖고 이제 선녀들이 안 내려오니까 대신 백두산 물을 갖고 올라가기 위해서 뭔가 이렇게 두레박이 내려온대요. 그래서 그 두레박을 타고 올라가라. 내려오지 말아라."

그랬대요.

그래서 타고 올라가서 선녀를 만난 거죠. 선녀는 놀랐고 그래 만났는데,

"그러면 우리 이제 여기서 살자."

그랬대요. 오케이 했는데 이 남자가 천상에서 살다 보니까 남겨진 엄마가 그리운 거야.

"내가 없으면 우리 엄마는 어떻게 살지? 굶어 죽을 텐데. 아플 텐데."

그래갖고 선녀한테 간청을 한 거죠.

"잠깐 내려갔다가 다시 오면 안 될까?"

이랬는데 선녀가,

"힘들다."

이렇게 말하다가 하도 불쌍하니까 그래서 알려준 것이,

"두레박이 니가 이렇게 한 번 내려갔다가 다시 올라오려면 이 두레박을 타야 되는데."

그 타이밍이 있는 거예요. 그 시간을 알려준 거예요.

"그걸 못 타면은 너는 영원히 못 올라온다."

그래갖고,

"알았다."

고 해갖고 이렇게 내려갔대요.

집에 갔는데 엄마가 앓고 있는 거야. 앓고 있어갖고 이 엄마를 그 시간이 되기까지 약을 사고 막 집안일도 막 다 준비해놓고 내가 없어도 살 수 있게끔 다 준비하고, 선녀도 뭔가 준 거예요. 돌봐주라고 이렇게 엄마에게 남겨줄 뭔가 이렇게 돈도 갖고 오고 옷도 갖고 오고 갖고 왔대요.

주고 이랬는데 이 엄마가 아들보고,

"가지 말라."

고 막 울고 하다가 이 시간을 놓친 거예요. 이 시간을 놓쳐갖고 이 남자가 막 갔는데, 이제 두레박이 이제는 안 내려오는 거.

'이제는 못 올라가는구나!'

천상의 문이 닫혀버려서 맨날 하늘을 보면서 울다가 닭이 됐대.

(웃으며) 나는 깜짝 놀랐어. 닭이 됐다고. 닭이 해가 뜰 때 왜 하늘을 보고 이렇게 '꼬끼오' 하는가 하면은 나무꾼이 선녀를 그리워해서 '꼬끼오' 하는 거다. 뭐 이런 식으로.

콩쥐와 팥쥐

● **구연정보**

조사일시 : 2016. 12. 07(수) 오후

조사장소 : 서울특별시 광진구 화양동

제 보 자 : 김설화 [중국(한국족), 여, 1983년생, 유학 8년차]

조 사 자 : 박현숙, 김현희

● **구연상황**

제보자가 창포로 머리 감은 처녀 이야기 구연을 마친 뒤 잠시 침묵이 흘렀다. 조사자가 전실 자식을 구박하는 계모 이야기를 아는지 묻자 제보자가 생각이 난 듯 구연을 시작했다. 제보자는 구연을 마친 뒤 한국에 와서 알게 된 〈콩쥐팥쥐〉가 자신이 알던 내용과는 달라서 놀랐다면서 새롭게 알게 된 〈콩쥐팥쥐〉 뒷부분 내용을 간략하게 소개했다. 제보자는 〈콩쥐팥쥐〉 이야기를 초등학생 때 한국의 만화영화 <배추도사 무도사>를 보고 알았다고 했다. 한중수교 이후 중국에 들어온 한국 비디오들을 구매해서 많이 봤다는 설명을 덧붙였다.

● **줄거리**

옛날에 콩쥐가 친모를 일찍 여의고 계모와 계모의 딸 팥쥐와 살았다. 계모는 콩쥐를 구박했다. 계모는 마을 잔치에 자신의 딸 팥쥐만 데리고 가고 콩쥐에게는 행하기 어려운 여러 일을 시켰다. 콩쥐가 어려움을 겪자 참새가 벼 말리는 일을 돕고 두꺼비가 구멍 난 항아리에 물을 채우는 일을 도와주었다. 모든 일을 마친 콩쥐는 엄마가 생전에 마련해 둔 옷을 입고 꽃신을 신고 마을 잔치에 참석했다. 콩쥐는 강을 건너가가 꽃신 한 짝을 떨어뜨렸는데 원님이 꽃신 주인을 찾으러 다녔다. 신발은 팥쥐에게 맞지 않았고 콩쥐에게 맞았다. 콩쥐가 나머지 꽃신 한 짝을 가져와서 원님과 결혼했다.

집에 이 딸이 있었는데, 아빠가 엄마가 죽고 나서 결혼을 했는 데. 아, (잠시 생각하며) 뭐였지? 잠시만요. 어, 딸을 하나 델고 왔어. 근데 그게 장화? 콩쥐팥쥐였나? 콩쥐팥쥐 맞을 건데. 이야기 구조로 봤을 때는 콩쥐팥쥐 맞는 거 같은데 제목이 기억이 안 나요, 지금은.

[조사자: 딸을 하나 데리고 왔어요?] 응. 딸 하나 델고 왔는데 굉장 히 미운 딸이었어요. 못생긴 딸인 거예요. 근데 이 남자 아빠의 딸은 착하고 마음씨가 착해서 엄마가 시키는 일 집안일 다하고 모든 걸 다하고 했는데.

한 번은 마을에 잔치가 벌어졌는데. 잔치가 벌어졌는데 엄마는 자기 딸만 데려갈려고 이 여자애한테 굉장히 많은 일들을 이렇게 남 겨줬는데, 할 수 없게끔 만들어놨대요.

"벼를 말려라."

해서 이렇게 말렸는데 얘네가 자꾸 참샌가 뭔가가 와서 쪼아 버 리고 해갖고. 그리고 동아리(항아리)에 물을 채우려고 했는데 구멍 난 동아리(항아리)였고. 그래서 애가 하다하다 너무 힘드니까 앉아 서 울었대.

어떤 두꺼비가 와갖고,

"울지 말라."고.

그래서 두꺼비가 항아리 구멍을 이렇게 메꿔 주더니 항아리에 물이 다 차 있고. 그리고 이렇게 봤더니 벼 이삭들이 참새 물어간, 참 새들이 다시 이렇게 다 제대로 갖다 놓아서 벼가 아주 잘 말려져 있 었다. 걔들을 다 정리해서 엄마가 시키는 걸 다 완성을 하고 갈려고 보니까 옷이 없었다.

근데,

"어디에, 장롱에 가서 이렇게 봐라."

고 하니까 그 장롱에 이쁜. 아, 엄마가 준비했던 옷이었을 거예 요, 죽은 엄마가. 죽은 엄마가 뭔가 이렇게 준비해 놓은 딸아이 옷인 데 이걸 입고 이렇게 꽃버선을 신고 뭐 이렇게 해갖고 고무신을 신 고, 꽃신 신고 갔는데. 가다가 강을 건너다가 꽃신이 이렇게 (웃으 며) 흘러내려 갔대.

　그래서 그거 때문에 막 쫓아가다가 고을 원님이 이렇게 도와줘서 그랬는데. (잠시 생각하며) 그래서 어쨌다고 했었지? 암튼 그래갖고 고을 원님이 이 여자애를 또 찾기 시작한 거예요. 근데 애가 이렇게 그때 바로 돌려준 게 아니라 애가 놀라갖고 원님을 만나면 놀라서 이렇게 도망을 가버린 거죠. 도망을 가버려갖고 원님이,

　"이 신발 주인을 찾는다."

　그래서 돌아다녔대요. 근데 이렇게 계모가,

　"내 딸 신발이다."

　해갖고 딸을 자꾸 신겨보라고 했는데 안 해주고, 어, 신었는데 안 들어간 거죠. 안 들어가고 근데,

　"이 집에 딸이 또 없냐?"

　했더니,

　"없다."

　고 (웃으며) 그랬대.

　근데, 마침 그때 이렇게 이 아빠의 딸이 지나간 거예요.

　그래서,

　"너도 한번 신어 봐."

　신었는데 딱 맞는 거죠.

　그리고 애가 자기 나머지 하나를 같이 갖고 나온 거예요. 짝을 맞춘 거야. 그래서 이 집의 딸이, 아빠 딸이 원님하고 결혼을 하게 됐다. 이렇게.

　여기 와서 들은 거랑 너무 달라.

　[조사자: 여기 와서는 어떻게 들었어요?] 뭐 엄마 딸을 젓국으로 만들었다고. 아니다. 그 아빠 딸이 죽어서, 죽여버려갖고 [조사자: 누가 죽여?] 그 엄마가 죽였다나? 계모가. 계모가 죽여갖고 자기 딸을 원님한테 시집을 보냈는데 이 죽은 딸이 혼령이 되어갖고 계속 이렇게 다니는 거. 원님을 계속 찾아오는 거. 그래갖고 도대체 무슨 일인가 싶어갖고 조사를 했더니 자기와 결혼할 여자가 그 원하는 여자가 아니었었다. 그 벌로 이 계모의 딸을 젓국으로 만들었다든지, 죽여 버렸다든지 아무튼 그랬어.

그리고 이 여자가 혼령 뭐 이렇게 이 연못이었나? 연못의 꽃으로 이렇게, 연못의 연꽃으로 이렇게 피어났다가 이렇게 한을 풀어주니까 다시 재생해서 사람이 됐다. 뭐 이렇게 살았다. 뭐 이렇게 나오더라고요.

[조사자: 그래서 원님이랑 잘 살았다고?] 네. 살았다고. [조사자: 어디서 무슨 자료로 읽은 거예요? 본 거예요? 들은 거예요?] 들은 거예요. 누구한테 들었던지 기억은 안 나는데 그렇게 나와요. [조사자: 최근에 들은 거 같아요?] 네.

연이와 버들도령

● 구연정보

조사일시 : 2016. 12. 07(수) 오후

조사장소 : 서울특별시 광진구 화양동

제 보 자 : 김설화 [중국(한국계), 여, 1983년생, 유학 8년차]

조 사 자 : 박현숙, 김현희

● 구연상황

제보자가 〈콩쥐와 팥쥐〉 구연을 마친 뒤, 조사자가 어릴 때 본 한국의 만화영화 중에 〈연이와 버들도령〉 이야기도 있었는지 물었다. 그러자 제보자가 주저 없이 구연을 시작했다.

● 줄거리

옛날에 연이와 계모가 살았다. 계모는 연이를 구박하며 한겨울에 구할 수 없는 식재료를 구해오라고 했다. 연이가 산속에서 나물을 찾다가 쓰러졌다. 연이는 산속 동굴에 사는 도령의 도움으로 동굴에서 계모가 원하는 것을 가져갈 수 있었다. 연이는 계모가 불가능한 것을 요구할 때마다 도령이 준 복주머니를 들고 동굴 앞에서 뭐라고 말하면 도령이 나와서 필요한 것을 주었다. 계모가 연이를 미행하여 모든 것을 확인했다. 계모는 연이의 복주머니를 가지고 동굴로 찾아가서 도령을 죽이고 동굴 안을 망가뜨렸다. 연이는 다음날 계모가 주문한 것을 구하기 위해 동굴에 찾아가자 거북이가 도령의 시체를 끌고 언덕으로 올라왔다. 연이는 도령이 주었던 주머니에서 약을 꺼내 도령을 살렸고 둘은 신선이 되어 올라갔다.

계모가 들어왔는데, 탐욕스러워서 뭔가 이렇게,

"감자를 삶아오라. 뭘 삶아오라."

이래서 얘가 계속하는데, 한겨울에,

"복숭아 먹고 싶다."

이래갖고 그걸, 뭐,

"나물이 먹고 싶다."

아무튼 겨울에 없는 이런 것들 자꾸 찾는데, 애가 하도 이렇게 자꾸 찾아오라고 하니까 추운 겨울날 이렇게 산에 들어간 거죠. 막 눈이 오고하는데 너무 추워갖고 쓰러졌는데, 어떤 동굴에 이렇게 들어가게 됐어요. 근데 동굴에 갑자기 돌이 이렇게 움직이더니 도령이 나온 거야. 그래갖고,

"들어오라."

고 해서 같이 들어갔는데,

"여기에 니가 원하는 거 갖고 가라."고.

그래서 복숭아도 따오고 뭐 이렇게 나물도 따오고 해서 갖고 간 거예요.

그래서 매번 엄마가 뭘 시키면 애가 계속 이렇게 갖고 올 수 있어서 엄마가 희한해 한 거죠. '이 겨울날 애가 어디서, 어디서 도둑질한 거 아니냐. 누구를 만나서 이런 거 가지고 올 수 있었을까.' 하면서 애를 따라간 거예요, 겨울에.

따라갔는데 딱 보니까, 이렇게 어떤 동굴에 들어가서 뭐라고 불렀던 거 같아요. [조사자: 주문?] 주문은 아니고, 뭐라고 이렇게 부르면 이 도령이 나오는 거예요. 도령이 문을 열어주는 거예요. 그리고 이 도령한테서 복주머니 세 개를 받았던 거 같아요. 세 갠가? 하난가? 복주머니 받았던 거 같아. 그래갖고,

"이거를 잘 간직하고 있어라."

해갖고 잘 간직하고 있었는데, 엄마가 그 계모가 그걸 보고 다음날에 똑같이 그 도령의 거기 가서 똑같은 말을 하니까 도령이 문을 열어준 거예요. 근데 딱 문을 여는 순간 이 엄마가 악마로 변하더라고요. 악마로 변해갖고 도령을 죽이고 막 거기를 막 난장판을 만들고 이렇게 나가더라고요. 나는 그게 왜 그런지는 잘 모르겠어요. 지금 생각해봐도 그거, 그거는 이해 잘 안 되는데 악마로 변하더라고요.

그래서 다음에 또 시키는 거예요. 똑같이 시키는 거예요. 뭐 가

지고 오라고. 여자애가 갔는데 문이 열려져 있고 들어가 봤더니 여기
가 굉장히 이상하게 변해, 다 망가져버리고. 그래서 이렇게 늪이, 못
이었나? 못에 도령이 이렇게 둥둥 떠 있는, 시체가 둥둥 떠 있는 거.

그래서 막 울면서,

"도련님 무슨 일이 있었냐."

막 이랬는데 죽은 거죠. (잠시 말을 멈추면서) 아, 아니다. 떠 있
는 게 아니고. 어떤 거북이가 이 도령을 이렇게 이고 이렇게 이 언덕
으로 올라왔었던 거 같아요, 시체를. 그래갖고 놀라서 애가 이렇게,

"무슨 일이 있었냐?"

이랬더니 그 주머니 속을 이렇게 열어봤대요. 열어봤죠. 열어봤는
데 뭔가 약인가 뭔가 물 같은 게 있어갖고 그 도령한테 멕이고, 그랬
더니 도령이 살아나서, 그리고 다른 주머니의 거 하나하나 열어갖고
동산을 복원을 시킨 거죠. 두 사람은 신선이 돼서 올라갔던 거예요.

도깨비와 며느리의 씨름 시합

● **구연정보**

조사일시 : 2017. 01. 19(목) 오후

조사장소 : 서울특별시 광진구 화양동

제 보 자 : 김설화 [중국(한국계), 여, 1983년생, 유학 9년차]

조 사 자 : 박현숙, 김현희

● **구연상황**

제보자가 〈돌밭에서 건진 화수분〉 이야기 구연을 마친 뒤 조사자가 제보자에게 다른 기억나는 이야기도 구연해달라고 요청했다. 제보자는 전래동화 애니메이션에서 본 도깨비 이야기가 생각난다면서 구연을 시작하였다.

● **줄거리**

어떤 마을 늙은 나무에 씨름을 좋아하는 도깨비가 살았다. 도깨비는 술 취한 사람에게 씨름 내기를 걸어서 자신을 이긴 사람에게는 돈을 주고 진 사람은 시름시름 앓다가 죽게 만들었다. 어떤 할아버지도 귀갓길에 도깨비와 씨름을 했다. 할아버지가 집으로 돌아오지 않자 가족들이 할아버지를 찾아 나섰는데 할아버지가 늙은 나무를 잡고 씨름을 하고 있었다. 할아버지가 그 후 시름시름 앓기 시작하자 마을 사람들이 도깨비 때문이니 다시 도깨비와 씨름을 해서 이겨야 살릴 수 있다고 했다. 힘센 며느리가 남장을 하고 도깨비를 찾아가서 씨름을 해서 이겼다. 도깨비가 씨름에서 지자 창피하여 도깨비불로 변해 마을에서 사라졌다. 할아버지는 며느리 덕에 건강을 되찾았다.

어떤 마을어구에 늙은 나무 아래에 어, 도깨비 한 마리가 계속 있다고. 근데 그 도깨비가 씨름하는 걸 좋아해서 이 남정네들이 술 취해 갔다가 도깨비한테 잘못 걸리면 씨름 한 판 부어, 붙는대요. 근데 이기지를 못 하면은 집에 돌아와서 시름시름 앓다가 죽는다구.

어, 그랬는데 이 마을에 어떤 할아버지가 그 당한 거죠. 도깨비한테 당한 거야. 술, 술에 취했다가 밤에 돌아오는 길에서 도깨비를 만난 거예요. 그리고 도깨비한테, 도깨비가,

"나한테 씨름 한 판 붙을래? 이기면은 내가 돈 주지."

이랬는데 이 할아버지가 술 취한 김에,

"그깟 거. 한 판 붙자."

해서 붙은 거예요.

근데 다음 날 너무 안 돌아오니까 식구들이 찾으러 나왔는데 이 할아버지가 그 나무하고 낑낑거리면서 이렇게 씨름을 붙는 거죠. 그래서,

"어 아버님 뭐 하시는 거예요."

하면서 집으로 모셔왔는데 그날부터 시름시름 앓기 시작하는 거죠. 그래서 마을 사람들이

"아무래도 나무한테 붙어있는 걸 보니 얘가 도깨비랑 씨름 한 판 붙은 거 같다. 아 큰일이다 이거. 그 도깨비를 다시 찾아서 씨름을 해서 이기지 않으면은 아무래도 이 며칠은 건너기 힘들 것이다."

이런 식으로 말을 해버린 거죠? 근데 이 집에 며느리가 어 힘 장수인 거예요. 어, 마을에 있는 이 안 되는 이 힘들이, 돌이거나 빡 박혀있는 돌들을 남몰래 밤에 와서 옮겨버리고 그랬던 며느린데. 이걸 보고,

'아, 시아버님을 살려야겠다.'

해서, 밤에 어, 그냥 바지 입고, 남자, 남장을 하고 바가지로 이렇게 손가락을 딱 찔렀는데 이게 그, 뭐지? 가면같이 되어갖고 걔를 쓰고 이렇게 도깨비를 찾아갔던 거 같아요. 근데 도깨비를 찾아가갖고,

"씨름 한 판 붙자. 내가 이기면은 우리 시아버지 살려내라."

어, 그랬던 거죠. 그래서 이 도깨비가,

"어, 너 여잔데 어떻게 되냐? 빨리 가라."

고 그랬더니,

"한 번 붙자."

고 했죠.

그래서 뭐, 이렇게 옆에 있는, 박혀있는 돌을 꺼냈던 거 같아요,
이 며느리가. 그걸 보고 도깨비가,

"그래 한 판 붙자."

해갖고 붙었는데 이긴 거죠, 여자가 이긴 거예요.

그래서 도깨비가 자기가 진 걸 되게 부끄럽게 생각해갖고 다음
부터는 도깨비불로 확 변해서 도망가버렸고, 도망가버렸고. 집에 돌
아오니 시아버님이 위기를 넘기셔갖고 건강을 회복해서 이렇게 깨
어나 있었던 거로.

방귀쟁이 며느리

● **구연정보**

조사일시 : 2017. 01. 19(목) 오후

조사장소 : 서울특별시 광진구 화양동

제 보 자 : 김설화 [중국(한국계), 여, 1983년생, 유학 9년차]

조 사 자 : 박현숙, 김현희

● **구연상황**

도깨비 관련 이야기 구연을 마친 제보자에게 조사자가 혹시 방귀 잘 뀌는 며느리 이야기를 아느냐고 묻자 제보자가 생각난다면서 구연을 시작했다. 구연 도중에 이야기 내용을 다소 헷갈려하기도 했다.

● **줄거리**

한 집에 얼굴도 예쁘고 집안일도 잘해서 시댁식구들의 사랑을 받는 착한 며느리가 살았다. 며느리가 날이 갈수록 안색이 좋지 않자 시아버지가 이유를 물었다. 며느리가 사실은 방귀를 못 뀌어서 그렇다고 하자 시아버지가 방귀를 뀌라고 했다. 며느리가 방귀를 뀌자 물건이 날아가고 집 전체가 들썩거렸다. 시아버지가 놀라서 며느리에게 방귀를 조용히 뀌라고 했고 며느리는 부엌에서 몰래 방귀를 뀌었다.

여인이 시집을 갔는데, 시집을 갔는데. 참 이쁘고 착하고 집안일도 잘하는 이런 며느리였대요. 그래서 시부모님의 사랑을 담뿍 받았는데 이상하게 며느리가 날이 갈수록 축해지고 얼굴이 누렇게 되고. 말수가 적어지고 이랬대요.

그래서 이 시아버님이 하루는,

"아가야. 너 어디 아프니? 많이 불편하니?"

그랬더니 시, 아니 며느리가 너무 부끄러워하면서,

"사실은 방귀가 너무 뀌고 싶은데 뀔 수가 없었다."

그래서 시아버님이,

"그런 거는 괜찮아."

했대요. 그래서 아 괜찮다고, 그냥 뀌라고 했는데.

이 며느리가 방구를 한 번 딱 뀌었는데 뭐가 날아갔, 집이 막 날아가고, 암튼. 집도 날아가게 생기고. 다 날아간 건 아닌가, 암튼. 뭔가 굉장히 힘이 센 방구를 뀌었나 봐요. 세 번을 뀌었는데, 이게 막 들썩들썩 하고. 어, 그래서 거기에 시아버님이 너무 놀라갖고,

"어, 어, 너무 크게 뀌지 말고, 조용히 그냥 뀌라."

구 어, 이렇게 그랬대요. 그래서 며느리가 하도 부끄러워갖고,

"알겠습니다."

하고 그다음부턴 이거 참지 말고 뀌라고 해서 그냥 이렇게 부엌에 가서 남몰래 뀐다고. 그냥 그렇게 알고 있었어요.

[조사자 1: 아, 나중에 쫓겨나거나 그러진 않고.] 네네.

제보자 정보

권경숙
[중국(한국계), 여, 1981년생, 결혼이주 10년차]

권경숙 제보자는 중국 흑룡강성(黑龍江省)Heilongjiang의 조선족 마을에서 태어나 자랐으며, 연변 사범대학을 졸업한 후에 초등학교 교사로 일하다가 한국인 남편과 결혼하면서 한국으로 이주했다. 현재 화장품 회사에 근무하며 중국어 강사와 부산관광공사에서 중국어 해설도 맡고 있다. 한국어 구사 능력은 상급으로 발음상의 어색함이 약간 있었으나 의사소통에는 문제가 없었다. 교사로 일했던 만큼 중국의 다양한 이야기들을 알고 있었으나, '이런 이야기가 있다'라는 식으로 설명하는 경향이 있었다.

부산시 진구 서면의 카페에서 1회의 조사를 진행했다. 1시간 반 정도에 걸쳐 총 27편의 자료를 구술했는데 몇몇 단형의 이야기를 제외하고는 완성된 형태의 이야기를 구연하지 못했다.

권화
[중국(한국계), 여, 1972년생, 결혼이주 8년차]

권화 제보자는 중국 북경에서 태어나고 성장했다. 중국으로 연수 온 남편을 만나서 연애를 시작했고 오랜 연애 기간을 거쳐 결혼했다. 결혼 후 한국에 와서 서울 강북구에 8년째 살고 있다.

권화 제보자는 한국어 표현이 능숙하고 말의 속도가 빠르며 손짓을 활용한 비언어적 표현을 자주 사용했다. 제보자는 한국계이지만 북경에서 성장해서 한족 문화에 익숙했다. 중국 역사인물담을 기억해서 구연했고, 중국 소수민족의 문화에 관해서도 들려줬다. 구연한 자료는 총 9편이다.

김설화
[중국(한국계), 여, 1983년생, 유학 9년차]

김설화 제보자는 1983년에 중국에서 태어났다. 한국으로 유학 와서 현대시를 전공했고 현재는 박사과정을 수료했다. 어머니와 함께 서울에서 9년째 살고 있다.

김설화 제보자는 말투가 차분하고 구연 속도는 느린 편이다. 손 짓 등의 비언어적 표현을 자주 곁들였다. 기억력이 좋아서 어릴 때 어머니가 사준 구연동화 테이프에서 들었던 이야기와 TV 방영 프로그램, 북한 애니메이션, 라디오 동화 등에서 접한 이야기들을 여럿 구연했는데 인물 설명이나 상황 묘사가 구체적이고 맥락적인 요소도 잘 설명했다. 김설화 제보자는 총 3회 진행된 이야기판에서 48편의 이야기를 구연했다. 구연한 자료는 어린 시절 경험담 한 편을 제외하고는 모두 중국 설화와 조선족 설화, 그리고 한국 설화였다.

동순옥
[중국(한국계), 여, 1971년생, 결혼이주 20년차]

동순옥 제보자는 1971년에 중국 연길에서 장녀로 태어났다. 남편과 결혼하여 한국으로 이주한 지 20년 되었으며 현재 서울시 강북구에 거주하고 있다.

동순옥 제보자는 한국어 표현이 능숙하여, 구연할 때 청중이 빠져들도록 맛깔나게 구연하였다. 또한 스마트폰으로 자료를 찾아가면서 적극적으로 이야기판을 이끌어 나갔다. 권화 제보자와 함께 구연한 생애담을 포함하여 실존 인물의 성공담 등 총 4편의 자료를 구연했다.

류정애

[중국(한국계), 여, 1980년생, 결혼이주 8년차]

류정애 제보자는 중국 한국계 출신으로, 한국어를 매우 잘하는 고급 화자이다. 중국에서 남편을 만나 2008년에 결혼했으며 2009년에 한국에 왔다. 수원에서 시어머니, 남편, 딸과 함께 살고 있는데, 다양한 봉사 활동을 통해 한국에서 적극적인 생활을 영위하고 있다. 그녀는 고향인 길림성에서 유년시절에 한국학교에 다녔기 때문에 유창한 한국어를 구사할 수 있었다.

제보자는 결혼 후 한국으로 이주하여, 한세대에서 영어 통번역학과를 졸업하고, 현재는 중국어 교습소를 운영하며 한국 학생들에게 중국어를 가르치고 있다. 한국어와 한국문화뿐 아니라 중국어와 중국문화도 지속적으로 공부하고 있어, 중국 설화를 잘 구술할 수 있었다. 총 9편의 설화를 구술했는데, 내용을 짜임새 있고 구체적으로 표현하는 것이 특징이었다.

박영숙

[중국(한국계), 여, 1976년생, 결혼이주 17년차]

박영숙 제보자는 1976년에 중국 연변에서 태어났으며, 25살에 결혼하여 한국에 이주했다. 현재는 경기도 안산에서 거주하면서 안산의 세계문화체험관에서 다문화강사를 하고 있다. 다문화강사로 활동 중인 이주여성들로 구성된 안산 다문화 작은도서관 '옛이야기 모임'의 대표로서 본 조사에 많은 도움을 주었다.

박영숙 제보자는 말이 빠른 편이고 이야기를 서술해 가는데 막힘이 없다. 이야기 감각이 좋아서 서사구조를 잘 이해하고 표현하는 특징이 있다. 청중들이 다음이 어떻게 전개될지 궁금해 하도록 유도하는 등의 구연 기법을 활용했다. 다른 제보자들이 이야기를 구연할 때는 적극적인 청자의 입장에서 이야기를 끌어내는 역할을 했다. 웃음이 많아서 재미있는 이야기를 들을 때 즉각적인 반응을 보이며 판을 흥겹게 끌어갔다. 타국의 이야기에도 관심이 많아서, 의문이 생기는 부분이 있으면 조사자들보다 먼저 질문을 하기도 했다. 2차에 걸친 조사를 통해 박영숙 제보자가 구술한 설화는 총 13편이다.

서청록
[중국(한국계), 남, 1962년생, 이주노동 6년차]

서청록 제보자는 한국계 출신으로 흑룡강 근처가 고향이다. 조부모님이 중국으로 이주하여, 유년시절을 중국에서 보냈다. 중국에서 한국계 중국인인 아내와 결혼한 뒤 한국에서 일을 하기 위해 이주했다. 조사 당시에 아내와 딸은 수원에서 거주하고 있으며, 서청록 제보자만 전북 진안의 회사에서 근무하고 있었다.

제보자는 의사소통에는 무리가 없을 정도로 한국어를 구사했지만, 조선족 특유의 발음과 억양이 강한 편이었다. 설화보다는 어린 시절에 경험한 일을 중심으로 총 11편의 자료를 구술했다.

이화(이윤정)
[중국(한국계), 여, 1974년생, 결혼이주 19년차]

이화 제보자는 한국계 중국인으로, 성인이 된 후 지인의 소개로 남편을 만나 결혼하면서 한국으로 이주를 했다. 수원에 살다가 이사하여 조사 당시에는 청주에서 거주 중이었다. 이화 제보자는 다문화 방과후 교사 활동을 하고 경인교육대학교 석사과정에 입학하는 등 활발한 사회활동을 하고 있다. 한국에 거주한 기간이 길고, 많은 사회생활을 했기 때문에 한국어 수준이 매우 높다.

한국에서 이주한 외할머니와 어린 시절을 함께 보내면서 자연스럽게 많은 설화를 접할 수 있었다. 외할머니에게 들은 자료를 바탕으로 구술하였고, 외할머니의 만주 이주담을 구술하기도 했다. 그리고 중국의 보편적인 여러 설화들을 자세히 구술했으며, 동북3성에서 전해오는 특별한 전설들을 다수 들려줬다. 이화 제보자가 들려준 장백산(백두산) 관련 설화들은 구술 자료적 가치가 매우 높았다. 2회에 걸친 조사를 통해 총 19편의 설화를 들려주었다.

인춘매

[중국(한국계), 여, 1976년생, 결혼이주 10년차]

인춘매 제보자는 1976년 중국에서 태어났다. 2008년에 결혼했으며, 남편과 초등학생 두 자녀를 키우며 경기도 안산시에 거주하고 있다. 안산에서 다문화 강사를 하고 있으며, 도서관에서 다른 강사들과 이야기 모임을 하고 있다.

인춘매 제보자는 안산의 다문화 옛이야기 모임 대표인 박영숙 제보자와 함께 조사에 참여했다. 처음에는 부담스러워했지만 어린 시절 들었던 속담과 관련된 이야기를 시작으로 중국에서 듣거나 보았던 이야기들을 재미있게 구연했다. 박영숙 제보자가 구연할 때에는 청자로 참여하여 적극적으로 반응해 주었다. 구연한 자료는 총 5편이다.

임향금

[중국(한국계), 여, 1978년생, 결혼이주 10년차]

임향금 제보자는 1978년 중국 지반시에서 태어났다. 2010년에 결혼하여 경상남도 진주시에서 남편과 두 아들을 키우며 살고 있다. 진주YWCA에서 다문화 강사육성 프로그램에 참여하면서 이후 방과후 다문화강사로 활동할 준비를 하고 있었다.

임향금 제보자는 조사의 취지를 듣고서 떠오르는 짧은 이야기가 있다며 구연을 해주었다. 별도의 준비 없이 조사 과정에서 기억해낸 민담과 고사, 풍속과 속담 등을 다양하게 구연했다. 구연한 자료는 총 11편이다.

주경옥

[중국(한국계), 여, 1973년생, 결혼이주 13년차]

주경옥 제보자는 중국 한국계 출신으로, 한국어를 매우 잘하는 화자이다. 중국에서 남편을 만나 결혼했으며, 현재 충주에서 거주하면서 초등학교 다문화 강사와 중국어 통번역을 함께 하고 있다.

아들 1명의 어머니이기도 한 주경옥 제보자는 다문화 가정에 대한 선입견과 편견을 없애고자 설화 조사에 응했는데, 매우 적극적으로 설화 구술을 이끌어 나갔다. 2회에 걸쳐 조사팀과 만나 신화와 전설, 민담에 이르기까지 총 20편에 달하는 다양한 중국 설화를 들려주었다. 신화와 역사 이야기에 특별한 관심과 재능을 나타냈다.